葛拉茲
（半人牛族）
Glatts / Minotaur
「我要為村莊奉獻己身。」
蘿娜娜
（半人牛族）
Ronana / Minotaur
Farming life in another world. Volume 03

「真、真真抱歉。」
琪亞比特
（天使族）
Kierbit / Angel

「溫泉調查隊，再度組成！」
Farming life in another world. Volume 03

「前往北方的迷宮吧！」

烏爾莎
（？）
Ursa / ?
Farming life in another world. Volume 03

「這個，可以吃嗎——？」

異世界悠閒農家 02

Farming life in another world.

Presented by Kinosuke Naito

Illustration by Yasumo

內藤騎之介

插畫 やすも

Farming life
in another world.

Kadokawa Fantastic Novels

異世界
悠閒
農家

Farming life in another world.

Prologue

Presented by
Kinosuke Naito
Illustration by
Yasumo

〔序章〕

過度保護的葛萊姆

我叫葛萊姆。

雖然神賜下這個來歷輝煌的名字，但是大家都不用它稱呼我。

最近都只叫我「萬能農具」而已。

在神的指示下，我開始服侍一位新主子……然而這位主人不就是個普通的人類而已嗎？是不是哪裡搞錯了？好歹我也是叫做「神具」或「神器」的神專用道具耶？普通人沒辦法運用吧？

結果我白操心了。

原來如此，這位新主子有神的庇佑啊。不愧是神，毫無破綻。

那麼，既然不需要操心，我就開始工作吧。

之前一直躺在倉庫裡，所以能上工讓我很開心。

而且主人好像相當勤勞。嗯嗯，今後也麻煩多指教了。

砍伐森林、挖掘洞穴、開墾田地和製作小道具……

主人好忙碌啊。不過嘛，獨自一人住在這種森林裡也是無可奈何的吧。

我知道您重視田地，可是也不必這麼固執吧？性命是最重要的喔。畢竟田地這種東西，想開墾幾塊都沒問題。

嗯？要雕神像嗎？雖然相當難，不過我會盡力而為。

怪了？農業神明明是一位性感的女性，為什麼要雕成男的？對喔，主人沒見過祂。原來如此。那麼不論我再怎麼努力，都會以主人腦內的印象為優先。

我是道具，要有主人才能發揮功用。這件事我無能為力，不是我的錯喔。

就這樣一天天過去，不知不覺主人開始與地獄狼一同生活。

據我所知，那些傢伙是凶暴的狼型魔獸……主人卻把牠們當狗看待。這樣好嗎？

好吧，結果地獄狼也表現得像狗一樣，應該沒問題吧。

生活變得稍加熱鬧後，主人也很開心嘛。

希望大家和睦相處啊。

…………

地獄狼的孩子們會對主人惡作劇。

嬉鬧一下是無妨，不過是不是咬得太用力啦？太沒規矩就把你們鋤成肥料喔……算了，既然主人笑著原諒，我應該就沒機會出手了。

惡魔蜘蛛？不，是進化後的品種嗎？嗯，相當有威嚴呢。搞不好比龍還要厲害，幸好牠不是我們的敵人。

雖然只要主人正確運用我就不會打輸蜘蛛，但是至今與主人一起生活的我十分清楚——主人的性格並不好戰。

如果有個什麼萬一，地獄狼一家啊，你們可要好好保護主人喔。

來了個吸血鬼女孩。

主人能跟女性邂逅或許算一件好事。

不過，求婚方式就不能再浪漫一點嗎……算了，至少他好好說出口了。

神那個世界的戀愛實在很糟糕。

主人並不在意對方是吸血鬼還是什麼的，希望他們幸福。

問題在於能不能生小孩。這點只有向神禱告了，我真恨自己無能為力。

啊……呃，主人啊，我覺得你該了解一下什麼叫手下留情。

我不會說是在哪方面手下留情，不過……主人的精力還真旺盛。

來了個天使族女孩。

先來的吸血鬼女孩順水推舟把她拉入大家庭。真是太高明了。

嗯，也對。只有一個人太辛苦了。可喜可賀、可喜可賀。

那之後，又多了一位吸血鬼女孩、一群高等精靈女孩、一群鬼人族女孩以及蜥蜴人，共同生活的人愈來愈多。

這裡變得相當熱鬧，我也認為日子很和平。

不過，飛龍卻在這時忽然來襲。

真是的，那隻飛龍到底在想什麼？確實牠應該算得上強，然而，牠沒有意識到這個地方有我在，真是愚不可及。

我叫葛萊姆。

如今人稱「萬能農具」，遙遠的太古時代則被稱為「神槍葛萊姆」的存在——我其實是它的分靈。

若要問我想表達什麼，那就是我的本業其實是長槍。

來吧，主人，請好好使用我。

邪惡滅亡。

我感到神清氣爽，但主人好像還耿耿於懷。

嗯，為了轉換心情而開墾釀酒用葡萄田嗎？我覺得這點子不賴。

當主人忙著耕種時，魔族和龍族都來打招呼了。

魔族是沒什麼關係……但問題在龍族。

跑來拜訪的龍族名叫德萊姆。

跟我的名字很像。

雖然這事好像很無聊，但我沒辦法視而不見。可惡，為什麼我沒有手呢？

不，並不是有手就會去做什麼啦，但是應該能讓龍族考慮改名吧？龍族的名字也會帶來庇佑，所以無法更改？唔，為什麼我會有這樣的知識呢……

在那之後，又發生了許多事，吸血鬼女孩跟天使族女孩都生下了主人的小孩。

恭喜啊，吾主。

有了小孩以後，感覺主人的工作量又增加了。

我也很拚命，因此希望主人別太勉強自己。

儘管我有這種期望……但是主人啊。

您是否在考慮一旦沒辦法使用我的時候該怎麼辦？我可是完全無法想像這種事耶？呃，我明白您的憂慮啦。一直仰賴我也不是好事，有這種想法我也能理解。理解歸理解，但我就是無法接受。

主人啊，我跟您的羈絆就只有這點程度嗎？這樣我可要生氣嘍！

結果我忙到連生氣的空閒都沒有。呵呵呵，看來果然少不了我。

像是開闢其他新村子什麼的，沒有我的力量大概辦不到吧。

因此，主人非常珍惜我。嗯，不愧是我的主人。

我打算伴隨主人直到他的生命劃下句點為止。

哎呀，主人。

很久以前就說過了，我沒法變成釣魚相關的道具。因為管轄範圍不同。

我乃前身為神槍的農具，而非漁具。長槍跟魚叉雖然像，卻是兩種完全不同的東西。

另外，既然有我在，就不需要拿普通的槍或劍了吧？

看，就是因為拿那種劍才會打輸蜥蜴人。

明明用我就行了。

嗯，區區蜥蜴人，我馬上就為您把他劈成兩半……不對，蜥蜴人也是村裡重要的居民。訂正。我會將勝利獻給主人，呵呵呵。

那麼，今天也要跟主人一起務農，加油吧。

咦？今天不下田？那要做什麼？啊，要製作跟地獄狼玩要用的玩具啊？了解。

玩具沒有管轄問題。正確說來是不受管轄，所以能隨心所欲。

我猜，在神具當中，最擅長製作玩具的恐怕就是我了吧？以後回到神的世界，我可要對大家炫耀一番，不過應該還會享受一陣子陪伴主人生活的樂趣。

之後也請多多指教嘍，主人。

所以，拜託別把我當成玩具。啊，原來只是當參考而已。還好。

Farming life in another world.

Chapter,1

Presented by
Kinosuke Naito
Illustration by
Yasumo

〔第一章〕

一年的結束與開始

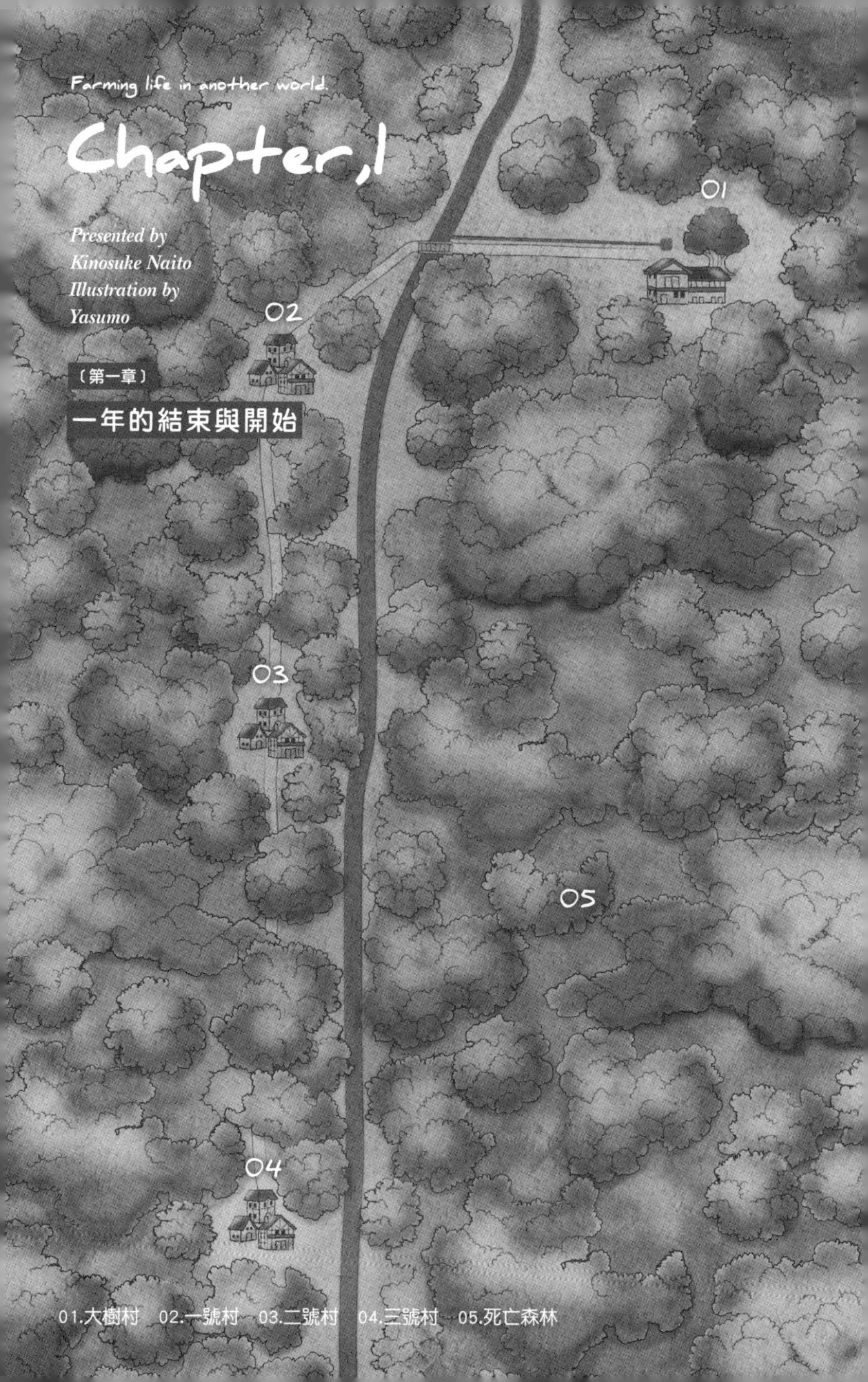

1 冬日

冬季降臨。

而且是突然大量積雪的那種嚴寒，好危險啊。

如果三號村再晚幾天完工，部分半人馬族就得請北方迷宮關照了。

「糧食已經運送完畢，各村都沒有問題。」

負責聯絡各村的半人馬族之一向我報告。

一號村是樹精靈，二號村是半人牛族，三號村則是半人馬族，大家分別展開新生活。

「防寒對策呢？」

「沒問題，柴薪也相當充足。只不過，哥頓先生跟古露瓦爾德小姐，要商量有關屋頂積雪的事。」

「嗯？屋頂積雪？」

「因為我們半人馬族一旦爬上屋頂，就有可能會把屋頂壓壞。」

「我覺得就算是你們上去也撐得住耶……好吧，我明白了。我會派人除雪，等天氣好一點就麻煩你們載過去。」

「遵命。」

「來這裡的途中有遇到問題嗎？」

「沒什麼特別的狀況。」

「河川的情況如何？」

「這麼說來，感覺水量比平常多。先把水車從河川上撤掉會不會比較好？」

「不，水量稍微增加應該不會有什麼影響吧。水路工程呢？」

「二號村和三號村都還在計畫階段。由於您指示過不要勉強行事，所以挑天氣好的日子動工。」

「嗯，千萬不要勉強喔。」

我分配給二號村跟三號村幾項冬季的工作。

然而，這畢竟是他們在陌生土地上度過的第一個冬天，所以我希望他們注重安全。

「一號村的情況如何？」

「沒有異狀。」

「這樣啊。有其他聯絡事項嗎？」

「有一件。一號村的依葛小姐、二號村的哥頓先生和三號村的古露瓦爾德小姐，這三位希望村長能幫個忙。」

「嗯？什麼忙？」

「因為各村的領袖一樣被稱呼為村長，所以希望能為村長冠上新的尊稱。」

「喔，這樣啊。」

村子數量增加，所以村長也變多了嗎？原來如此，我沒想到這個問題。

…………

給我新的稱呼嗎……除了村長以外的？取什麼比較好？

「根據那三位的提議，直接稱您為『王』，不知您意下如何？」

「『王』？這實在有點……」

「另一個提議是『大村長』。」

「……我、我考慮看看。不過，不要太期待。」

「遵命。那麼，我在這裡待命約二小時，之後會沿路經過各村，再返回三號村。」

「我知道了。」

我實在受不了什麼「王」還是「大村長」的。

外頭傳來小黑子孫們的叫聲，於是我把門打開。

由二十隻狼組成的團隊排得整整齊齊。唯一站在隊伍前面的，則是小黑的孩子小黑五。

牠們吠了一聲後，同時往西邊奔去。

目前在一號村、二號村和三號村，各有二十隻小黑子孫擔任警衛。雖說是警衛，但其實也只是在那邊生活而已。

小黑六、小黑七和小黑八擔任各村的隊長，小黑五則是遊擊隊。游擊隊目前的任務是替半人馬等聯絡員開路。

半人馬族就算遇到魔物或魔獸也跑得掉，所以似乎不需要開路，但考量到萬一的情況，還是不能輕忽大意。

雖然會讓小黑們辛苦一點，不過希望大家多擔待。

才剛目送小黑五牠們離開，背後便傳來叫聲。啊，好，我知道啦。是在說外面很冷，所以要我趕快把門關上是吧？我對著在家裡午睡的小黑跟小雪道歉，並且關上了門。

……剛認識牠們的野性上哪去啦？

冬天，外頭很冷。我躲在家裡完全不出門，持續過著閉關的生活。

糧食方面雖然不敢說萬無一失，但我算是充分準備三餐都能吃飽的量。

超乎我預期的部分，則是今年誕生的小黑子孫數量。

正當我擔心食物有可能不夠時，哈克蓮跟拉絲蒂去南方抓了大魚回來，一口氣把問題解決掉。真是太感謝了。

關於糧食問題，一開始就這樣解決不是很好嗎？不，即使要拜託她們，也得等自己盡力之後再說。

「下一盤用炸的。」

「我也要──」

總而言之，我正忙著幫哈克蓮跟拉絲蒂料理那些魚。

格蘭瑪莉亞來找我商量。

「村長，我想談談巡邏範圍的事。涵蓋新村之後，巡守面積變得相當遼闊。」

「巡不完嗎？」

「用飛的是沒問題，但地面的監視密度不足，可能會有漏網之魚。」

「唔──好吧，這也是不得已的。反正冬天小隻的基本上不太會活動，沒漏掉大的就行了。」

更何況，最需要警戒的對象是飛龍。

「我明白了。那麼，我們就維持現狀。另外，到了春天，我想把自己的朋友拉來這裡，不知這樣做是否妥當？」

「妳說的朋友是天使族嗎？」

「是的。雖然戰力不算強，可是至少能飛。」

「如果對方表示想住下來就沒關係，但妳不可以強迫人家喔。」

「我知道了。等到春天我就去聯絡看看。」

格蘭瑪莉亞她們的朋友啊？會是怎樣的天使族呢？

牧場區的馬兒不知產生怎樣的心境變化，居然願意讓我騎了。

而且，還會在某個程度上按照我的期望行動。

也就是說……我學會騎馬了。哦哦哦！

仔細想想，自從我騎在古露瓦爾德背上的樣子被馬看見後，牠先是鬧了一下脾氣，和好之後就意外地變得聽話。

既然馬願意親近我，那麼疼牠也是合情合理。這就是關係變化的契機嗎？

乖乖乖。好，我們走吧。

雖然只是快步走的速度，但我還是很享受騎馬之樂。

不遠處，古露瓦爾德正瞪著這邊，害我背後竄過一股惡寒。

為什麼古露瓦爾德會來這裡？對喔，是來定期聯絡的吧。呃……雖然沒做什麼壞事，卻有種良心不安的感覺。

不知是否察覺到我的心情，馬兒刻意朝古露瓦爾德露出笑容。

嗯，古露瓦爾德看起來有夠恐怖的。

冬季期間，座布團牠們不見蹤影。想必是在冬眠吧？這個時期總覺得有點寂寞。

然而，還是有一部分精力充沛地在我家屋頂活動。

雖然不會去冷的地方。

但是希望牠們小心一點，別靠近有火的地方，免得燒到自己。

那麼，關於冬天的工作，我已經決定好要做什麼了。

首先，要增產獎勵牌。

目前我正在和大家商量，要不要把獎勵牌頒給半人牛、半人馬，以及樹精靈族。給的話該給多少，這也需要討論。

為了因應各種可能性，我努力地增產。

大概是熟練了吧，加工速度比去年來得快。

接下來是製作小道具跟雜物。

新村子的東西太少，只有最低限度的量，所以我要趁冬季生產，增加物品數量。

至於成品，則是交給定期聯絡的半人馬運走。由於大家的評價都很好，我得意忘形便做了一大堆。

「那個……村長？」

「怎麼了？」

不久前我拿了幾個杯子給鬼人族女僕當成家用杯，但她卻顯得有些為難。

「這些杯子呢，側面的雕刻太過精美，所以使用起來不太方便……還有，清洗的時候，也必須特別注意。」

「唔，做過頭了嗎？」

「木製杯子的雕刻精細到這種程度，已經不是日用品，而是美術品了。另外，這上頭應該是村長非常重視的神明大人吧？」

「對啊。」

「那麼，建議您將它們當成贈送或答謝用的禮物。」

「呃……把我自己做的東西送給別人，不會覺得很丟臉嗎？」

「您大可不必顧慮。附帶一提，也有人找我商量各村分配到的那些食器該如何處理，我告訴他們拿去當裝飾品了。」

「……我哪裡做得不好嗎？」

「盤子就姑且先不說了，在嘴巴接觸的部位雕刻杯子是不行的。集中雕刻在杯子側面的一塊，是不是比較好呢？」

「類似這樣嗎？」

「……這上面的圖案，是我嗎？」

「是啊。」

「非常感謝您。我會當成傳家之寶。」

「不，這只是我隨手做的東西。可以的話，希望妳拿來用……」

鬼人族女僕不理會我的建議，雙手捧著杯子，小跳步地離開房間。

日後，可以看見有所期待的鬼人族女僕們，對髮型及服裝格外下工夫。

好啦，我會幫所有想要的人都做一個啦～

由於二號村和三號村的神社與神像都完工了，所以我開始雕刻還沒做的小黑像、小雪像，以及座布團像。

跟往常不同，這回是在室內精心製作，所以感覺不夠狂野。這種太斯文的成品我不太滿意。

我心想換一下姿勢或許能改善，因此以「躍動感」為主題，再度挑戰。

結果新雕像帶來的震撼，讓走進房間的鬼人族女僕一副如臨大敵的模樣。

「這是……驅魔用的嗎？」

「雖然不是，但應該很類似吧。」

具備「躍動感」的座布團雕像，非常受冬季仍在活動的座布團孩子們喜愛。

經常可以看到牠們待在雕像旁。

然後是最後一件事。

三名高等精靈——莉亞、莉婕和菈法懷孕了。全是我的孩子。嗯，畢竟跟我在一起很久了嘛。

發現懷孕，讓高等精靈們在冬季陷入了宛如慶典的喧鬧氣氛。

雖然她們籠罩在想要男孩子的氣氛中，但就我的立場來說，不論是男是女都無妨，只要能平安生下來就好。

不久後，發現鬼人族女僕安也懷孕了。當然，也是我的孩子。

鬼人族女僕們同樣興奮無比，其程度不輸高等精靈。

這讓我再次下定決心，今後要以父親的身分繼續打拚。

既然我都有這種決心了，各種族的諸位女性，別一直把我趕進房間裡好嗎？

2 冬季的麻煩

雖然想悠閒過冬，問題卻主動找上門來。

冬季的大問題主要有三個。

其中之一是小黑子孫們引發的糧食問題，不過已經由哈克蓮跟拉絲蒂解決了。

剩下兩個則跟訪客有關。

那是一個明明處於冬季，氣候卻暖和宜人的日子。

「打擾啦！」

一名身高超過三公尺的大漢說。

他戴著完全遮住臉的頭盔，身穿看似非常厚重的全身鎧甲，手持巨大棍棒站在外頭。

一副威武雄壯的模樣。

由於比傑爾一臉為難地站在那個人旁邊，於是我忍不住把他叫過來詢問。

「那傢伙是誰啊？」

「魔王國四天王之一，葛拉茲。」

「四天王？」

「類似魔王國大臣之類的職稱吧。」

「這位大臣來幹什麼？」

「由於魔王大人一直讚美這個村子，所以他想來挑戰一下。」

「挑戰……是指之前的武鬥會嗎？」

「是的。他想和村裡最強的人一戰。」

「真會找麻煩。但是就算這樣跟他說，他也不會回去吧？」

「八成不會。」

「唔。不過，就算想讓他挑戰也沒辦法，武鬥會的優勝者枕頭可是在冬眠喔？」

「隨便找一個合適的人跟他交手，他應該就會心滿意足地回去了。」

「那麼，就找小黑牠們……」

「抱歉。他在抵達村子前就被修理過了，還請換個對象。」

「那麼，格蘭瑪莉亞。」

「一樣，在抵達村子前就被狠狠修理了。」

「格蘭瑪莉亞第一輪就輸掉了耶？那傢伙不是四天王嗎？」

「雖然他負責軍務，但並不是自己在前線衝鋒陷陣的那一型，而是擅長在後方指揮……」

「既然如此，為何要來挑戰？」

「因為他本人很想在前線廝殺。」

「這種貨色也算四天王之一，真的好嗎？」

「他在後方指揮的本事確實算得上天才就是了……」

「……看來你很辛苦呢。」

「是的。」

不過，要替他找對手就尷尬了。

比較懂得手下留情的莉亞跟安都有孕在身。就算本人自告奮勇，我也不會讓她們戰鬥。

這麼一來就只剩下蜥蜴人達尬、矮人多諾邦，以及山精靈芽。

達尬雖然在第一輪落敗，實力依然足以在騎士組出場。

芽是戰士組的優勝者，所以選多諾邦可能比較妥當？不過，總覺得他是那種不會手下留情，也不會客氣的人。

當我還在思索時，獸人族的賽娜已經打敗他了。

「呃……」

「能不能找個比那位獸人族女孩弱的對手？」

比傑爾的要求也太難達成了。

總之呢，這件事被當成了冬季消磨時間的活動。

然而，我說的訪客問題並不是指這個。真正的問題還在後頭。

「請妳務必嫁給我！」

魔王國四天王之一葛拉茲，正在向一名女性求婚。

那位對象叫蘿娜娜，是二號村派駐在我這邊的人員，一名半人牛少女。以半人牛族來說，她的個頭算嬌小，身長不到兩公尺。

她渾身散發出沉穩優雅的感覺。若要一言以蔽之，就是溫柔的鄰家大姊姊。

不過，胸部的壓迫感相當驚人。她就是位這樣的女性。
每次葛拉茲戰鬥受傷，都是由蘿娜娜替他治療，這大概就是他愛上對方的理由吧。
葛拉茲摘下全罩頭盔，露出真面目。是一個大帥哥。此外，他頭上還長著小小的牛角。
他強調自己也是半人牛族，極力展現優點。
然而……
「很抱歉。我要為村莊奉獻己身，所以無法回應你的感情。」
蘿娜娜立刻拒絕了。
原本要直接舉辦安慰他的宴會，但葛拉茲卻不放棄。
「奉獻給村子，也就是妳還未婚的意思吧？太好了。我可以找妳的父母商量這件事嗎？還是說，妳另有其他的監護人？」
儘管蘿娜娜持續拒絕，但葛拉茲談起戀愛跟戰鬥表現截然不同，相當有毅力。
「沒有村長的許可就不行。」
最後，蘿娜娜搬出我的名字。
「村長？」
我被葛拉茲瞪了。不，我可沒有對她出手喔。
她只是作為派駐員，居住在村子裡而已。不過就算我強調這一點，應該也沒用吧。

對，果然是白費工夫。

「請說出您的條件。」

「咦？」

「讓我娶蘿娜娜為妻的條件。」

我請他先等一等，然後找附近的高等精靈與鬼人族女僕們商量。

「提親就是這種感覺嗎？」

「故事裡都是這樣演的。」

「好羨慕喔！」

「對啊，被村長拆散的戀情。」

……根本沒法商量嘛。

我只知道，如果我不說個條件出來，場面就無法收拾。

比傑爾建議我，如果覺得他們兩人不合適，一般來說出個做不到的難題就好，而我也乖乖聽從他的意見。

「我個人很想支持你，但我更重視當事人的選擇。除非蘿娜娜她本人說想跟你結婚，否則我沒辦法答應。」

「也就是說，只要蘿娜娜說想跟我結婚，您就會答應嗎？」

「不准強迫她喔。也不能用暴力和權力威脅她。」

我對葛拉茲這麼說完，又把蘿娜娜叫過來。

「不需要馬上回覆他。別考慮村子的事，先想清楚自己跟對方適合不適合，之後再回答。假使妳說想跟那個男的結婚，我便會全力支持。啊……這跟我有沒有看上妳一點關係也沒有喔。」

「我明白了，非常感謝您。」

就這樣，最後葛拉茲跟蘿娜娜的事情就以「靜待後續發展」暫時解決了。我本來以為應該沒什麼問題才是。

結果，問題依然存在。

「我決定住下來。」

葛拉茲表明要住進「大樹村」。

「你在胡說什麼啊？你是四天王吧？而且還是侯爵吧？更何況，你現在還擔任西方軍總司令不是嗎！你的工作跟領地該怎麼辦？」

比傑爾試圖抵抗。

「那些事總會有辦法的。」

「會有辦法才怪。好了，別鬧了，快回去吧。」

「那我辭職。另外，侯爵家世我也不要了。剩下的就交給我的妹妹或弟弟。」

「不要這麼衝動！」

「我要為愛而活！」

比傑爾跟葛拉茲吵得非常激烈。

依據葛拉茲的說詞，他想盡量待在蘿娜娜身旁，好讓她更了解自己的優點。另外，也能就近監視，避免其他男性接近她。

我理解這種想法，不過比傑爾都快哭了，所以希望雙方能找出妥協點。

比傑爾來村裡的時候，盡可能聯絡葛拉茲。

如果葛拉茲想過來，就送他來村子。

不知這算是比傑爾努力說服的成果，還是雙方在尋找妥協點時，蘿娜娜說了一句「工作請加油」的功勞……

臨走時，葛拉茲還在蘿娜娜面前說了大約一小時的情話，實在讓人傷腦筋，不過看來他並不是什麼壞人。

之後，葛拉茲跟蘿娜娜似乎藉由聯絡比傑爾的小型飛龍通信，成了類似筆友的關係。

這就是第二個問題及現狀。

嗯，這件事我也只能旁觀。既不會強制推動，也不會出手妨礙。

至於其他人，我希望盡量不要干預。不，是命令才對。所以要他們別多管閒事。

無論什麼時代，他人的風流韻事都是很好的娛樂。

而第三個問題。

就是德萊姆的弟弟——德麥姆逃來這裡了。

3 德麥姆與廓恩

跑來村子的德麥姆化為人形向我打過招呼後，到旅舍要了個房間。

接著，又把哈克蓮叫過去在旅舍餐廳小酌起來。

「姊姊大人妳聽我說，這件事真的太過分了啦。」

德麥姆來村子的理由是逃亡。

據說他是被逼婚，才會逃來這裡。

附帶一提，不知為何我也在場。原本在旅舍暫住的二號村和三號村派駐員，反倒是去我家避難了。

都是哈克蓮的要求。這個嘛，大概是需要有人幫忙做菜吧。

我替哈克蓮和德麥姆下廚、端菜。他們的重點似乎是喝酒，所以我都準備些下酒菜。

按照原本的情況，冬季時就算是住宿客也不能毫無顧忌地大吃大喝。畢竟存糧很重要。不過德麥姆細心地帶來了許多食材與伴手禮，所以不成問題。希望他能盡情地吃。

那麼，整理一下我做菜端菜這段時間聽到的情報後……

德麥姆的結婚對象其實是他認識的龍。說得更精確一點，他們是表姊弟，而且對方好像比德麥姆還要強。

由於雙方一見面德麥姆就會被修理，所以他強烈抗拒有個這樣的妻子。

但是，德麥姆的姊姊賽琪蓮看上那位結婚對象的弟弟，所以站在女方那一邊。至於德斯與萊美蓮則是多子多孫多福氣的結婚推動派，德麥姆在家裡完全沒有支持者，所以他才絕望地逃出來——大致上似乎是這樣。

嗯，原來如此。於是，此時此刻。

那位結婚對象也化為人的外形，隔著桌子坐在德麥姆對面。

「您就是村長先生嗎？抱歉這麼晚才來打招呼。我叫廓恩，家父是萊美蓮夫人的弟弟。由於這層關係，我即將要成為德麥姆大人的妻子。以後還請多指教。」

廓恩身穿晚禮服，一頭整齊的漆黑長髮卻有種日本女子的風姿。儘管沒看過龍形的樣子，不過就算她是一隻東方龍而不是西洋龍，我也不會感到驚訝。

「我是村長火樂，請多指教。」

順道一提，她來訪時無人受傷。似乎是在當時負責巡邏的庫德兒指引下，靜靜地降落在村裡。

廓恩為了向待在旅舍的我致意才跑一趟，沒想到剛好撞見德麥姆，於是便直接入席。

目前，德麥姆渾身僵硬，完全無法動彈。

「德麥姆大人？您怎麼了？是太緊張了嗎？呵呵，您好奇怪呀。」

「……」

「德麥姆大人，回答我。」

「啊，唔，嗯。」

德麥姆勉強擠出聲音。

「見到我應該很高興吧？」

「唔，嗯，很高興。」

「能跟我結婚很高興吧？」

「…………」

「德麥姆大人，回答我。」

「之、之、之前就說過了，我……」

「您有其他喜歡的女人嗎？」

餐廳裡瀰漫著殺氣。

「好了啦、好了啦，廓恩，不准欺負我弟弟。」

「哈克蓮姊姊，我並沒有欺負德麥姆大人，反而我才是被欺負的那方喔。」

「是這樣嗎？」

「是的。我們明明已經約好要一起出去玩了，他卻隨隨便便失約。我都特地去接他了，他卻假裝不在家。」

「啊……這樣就是德麥姆的錯了呢。」

只見德麥姆搖頭。

像這種狀況，我雖然不想牽扯進去，但是同樣身為男性，我不能拋下他不管。

「哈克蓮，不好意思，妳可以陪廓恩稍微聊聊嗎？我跟德麥姆有些話要說。」

「哎呀？在這裡也可以談啊？」

廓恩試圖阻止，但我先讓德麥姆離席後，才對廓恩咬耳朵道：

「這是為了說服他跟妳結婚，因此請妳給我一點時間。」

「……我明白了。真不愧是哈克蓮姊姊認可的對象呢。」

我急忙追上德麥姆，因為感覺他會直接開溜。實際上，他也正打算逃跑。

「等一下、等一下。」

我制止正準備逃之夭夭的德麥姆。

「做什麼？」

「即使你逃跑，她也會追上去的。要是被逮到可就完蛋嘍。」

「唔……可、可是。」

「好啦、好啦。你先冷靜一下，跟我稍微聊聊吧。」

「聊聊？」

「嗯，該怎麼講呢？雖說我今天才第一次見到她……但是那個廓恩有種危險的氣息。」

「你能理解嗎？」

「是啊。」

「太、太好了。真是太好了。有人能體會我的心情。」

「先別哭。那麼接下來我問的事，你要老實回答。」

「什麼事？」

「關於跟廓恩結婚這點，你有什麼條件？」

「咦？」

「如果要跟廓恩結婚，你想對她提出什麼條件？」

「不，那個，說穿了我根本沒把她當結婚對象……」

「這點你就放棄吧。」

「叫我放棄……」

「剛才說過她有種危險的氣息對吧？我看你是逃不掉的。我猜，就算現在德斯跟萊美蓮都反對，廓恩也不會放棄。認識她只能說是你氣數已盡。」

「說認識她……我出生的瞬間她就在旁邊看了耶！」

「那就是命運。放棄掙扎吧。」

「怎、怎麼這樣……」

「結婚這點只能認命，但還不到絕望的時候。」

「……你的意思是？」

「所以才要提條件啊。她有讓你討厭的地方吧？提出來要她改善。這樣一來，不就能變得讓你認為『要跟她結婚也可以』了嗎？」

「怎麼可能，我不覺得她會聽進去。」

「是這樣嗎？那麼到目前為止，你有沒有對她提過這方面的意見？」

「啊……不，雖然我沒提過……」

「那就說說看吧。」

「啊……嗚……」

「別擔心！照我看，她一定會接受你的條件！」

「真、真的嗎？」

「是啊。不過，為此你必須好好說出來，那才是重點。」

「可是，我在她面前根本沒辦法放膽說話……」

「我知道了，那就用寫的吧。」

「咦？」

「寫在紙上總行吧？努力把要求都寫出來。還有，外面很冷，我們趕快回屋裡吧。」

「唔，嗯。」

向留在餐廳的哈克蓮與廓恩揮揮手之後，我跟德麥姆一起回到他借住的房間。

接著把紙跟筆遞給德麥姆。

「來，把你對她的要求毫無保留地寫出來！就算是細枝末節也不要忽略！要想著你寫了多少，對方就會改多少！讓那個廓恩變成符合你喜好的女性，用力寫吧！」

「好、好的！」

我把全心全意面對紙張的德麥姆留下，獨自返回餐廳。

「德麥姆大人已經接受了嗎？」

「在討論那件事之前，廓恩，我有事想問妳。」

「什麼事呢？」

「妳想跟德麥姆結婚嗎？」

「當然。」

「對象是德麥姆沒問題嗎？」

「是的，我就要德麥姆大人。」

「我完全明白了。老實說，我剛才要德麥姆針對結婚這件事，把自己對於未來妻子的期望一一寫在紙上。」

「未來的妻子……也就是說——」

「寫給廓恩妳的。我想既然是妳，應該能接受他的一切要求吧？」

雖然才剛認識，但不知為何我可以理解她的性格。

「是的。既然是德麥姆大人的期望，我非得全部滿足才行。」

「真是理想的新娘啊。」

「感謝誇獎。」

「不過，光是這樣可無法讓婚姻生活順利。」

「……請問這是什麼意思？」

「雖然我好像沒立場對妳說教……不過還是讓我講幾句。所謂結婚，最重要的就是夫妻雙方彼此互相認同。」

「彼此互相認同……」

「單方面壓倒性的強勢是不行的！另外，單方面完全地服從也不對！所謂結為夫妻，不是只要生小孩就好，而是要兩者同心協力建立家庭！廓恩！剛才那些妳做得到嗎？」

「當、當然做得到！我一定會跟德麥姆大人建立幸福的家庭給您看！」

「很好。那麼，妳也在紙上寫下對德麥姆的期望吧！」

我對廓恩遞出紙筆。

「咦？」
「就是妳希望德麥姆改進的部分。應該有吧？」
「嗯，有，可是……」
「對方可以提出要求，妳當然也行。別客氣，全都寫出來吧！」
「……我知道了。」
我幫廓恩準備好客房，讓她在裡面專心寫。

旅舍餐廳裡只剩下我跟哈克蓮。
「村長，你還真喜歡管閒事呢。天性如此嗎？」
「德麥姆是妳的弟弟吧？」
「因為和我弟弟有關才這樣？」
「沒錯。」
「村長。」
「什麼事？」
「其實我對村長也有些要求耶～」
「哈哈哈，真巧。我對妳也有一些要求喔～」
我跟哈克蓮一邊調情，一邊享用剩下的酒菜。

翌日。

德麥姆拿著他的超級大作，與手上抓著大約二十張紙的廓恩隔桌而坐。

「那麼，雙方互換。」

「咦？那個，不需要先刪改一下嗎？」

「你們的心情哪需要刪減！」

我對躊躇不前的德麥姆大喝一聲，於是兩人交換。

「接下來，回房間全部讀過一遍！是全部喔！一字一句都不能漏！」

兩人回房去了。

「這樣就沒問題了嗎？」

「很難講。不過……至少把心裡想的寫給對方看了，總比先前的關係更進一步了吧？」

「原來如此啊～」

雖然不曉得是否會如我所料，但至少德麥姆跟廓恩要回去時，兩人是一塊兒走的。

德麥姆的表情看起來輕鬆一些了，我猜應該沒問題了吧。

問題來了又去，真是太好了。

「只有哈克蓮姊姊跟村長在場……太詐了。」

事情明明跟龍族相關卻被排擠在外，讓拉絲蒂稍微鬧了一下彆扭。

於是……

「拜託您，關於我跟廓倫的感情……」

由於讓德麥姆跟廓恩有所進展，我被稱讚為「奇蹟的諮詢對象」，就連哈克蓮之妹暨德麥姆之姊賽琪蓮也跑來找我。

龍的動作還真快啊。

4 冬日漫漫

說起一到冬天就想吃的食物，便是麻糬了。

麻糬，需要先蒸熟糯米，再用杵搗過並捏出形狀。

麻糬，一有想吃的念頭，食慾就會愈來愈強烈。

麻糬、麻糬、麻糬。雖然糯米的產量並不多，但拿來做麻糬也算是合情合理吧！

第一次，蒸了卻失敗，嗚。

第二次，好不容易成功了！不過，跟我追求的口感似乎不太一樣。是搗糯米的方法有誤嗎？還是節奏不對？不，可能是我的力氣太小？

第三次，我請半人牛族的派駐員幫忙搗，找半人馬族的派駐員幫忙翻面。

結果很好吃。搭配砂糖醬油更是美味，沾砂糖黃豆粉也不賴。明年該多種幾塊糯米田，何況這種食物也能長期保存。

說起一到冬天就想吃的食物，還有紅豆湯圓！先熬煮紅豆，加入砂糖以及少許的鹽。調整甜味跟鹹味的平衡還滿難的，我差不多試到第七次才試出可以接受的味道。

最後再把麻糬放進去！完美的紅豆湯圓！

「竟、竟然把麻糬放進去……完全沒想到耶。」

「紅豆湯配上麻糬，怎麼可能不好吃。」

沒多久就吃得一乾二淨了。

說起一到冬天就想吃的食物……還有什麼呢？惠方卷（註：一種大阪的特色壽司，由海苔包裹醋飯及餡料捲製而成）？海苔……拜託麥可先生幫我弄來了。米飯有。醋也有。至於餡料……雖然主要是蔬菜，不過也沒問題。最後剩下煎蛋……差不多就這樣吧？

「這是新菜色嗎？」

「是啊。」

本來是不必切，直接一長條咬著吃，不過最後還是切了讓大家享用。

「真是不可思議的滋味。」

「跟飯糰不一樣對吧？」

「裡頭的餡料可以換……讓人感覺到無限的可能性。」

結果大受好評。

做了惠方卷，讓我順便想到節分（註：日本節慶，吃惠方卷跟撒豆子都是屬於節分的活動）。

節分。

……擔心存糧的情況下還撒豆子，應該是不太可能。

其他鄰近的節日還有……情人節？巧克力應該是拿可可豆做的吧？

「萬能農具」雖然能種出可可樹，但把可可豆做成巧克力的方法我就不知道了。

可可的果實裡總不會裝巧克力吧？

啊……可是，我也有點想吃巧克力。入春以後就來試種可可樹好了。

與食物有關的部分大概就是這種感覺吧。

上述食物是在我家裡做的，因此為了那些不巧沒吃到的人，後來又做了好幾次。

麻糬非常受歡迎。

「不要噎到喔～」

冬天進行的實驗。

在天氣好的日子，我拜託拉絲蒂盡可能飛到高空，並把某樣物品扔下來。

拜託她投放的物品就這樣自由墜落。途中有塊布順勢往外張，然後啪的一聲攤開——是降落傘。

張開了降落傘的物體，一邊減緩墜落速度，一邊搖搖晃晃地飄落到地面。

降落傘上頭垂掛著充當負重物的木箱，我檢查放在木箱裡的玻璃瓶，結果並沒有摔破。

陪我做實驗的格蘭瑪莉亞大吃一驚。

「村長？剛才那個是？」

「這是考量到坐在拉絲蒂或哈克蓮身上時，萬一摔下去所做的……看起來效果不錯。」

「萬一摔下去……要用那個降落嗎？」

「緊急狀況時。不過，除了人以外，我還打算像剛才那樣綁在貨物上。」

「貨物是沒關係，但人不會有危險嗎？」

「雖然稱不上絕對安全，但總比什麼都沒有好吧？」

「有控制降落速度的魔法。」

「……我不會用。」

「非常抱歉。」

「不過嘛，不會馬上用人測試啦。我會先反覆實驗，再找能飛的人試試看。」

「既然如此，我就放心了。」

剛才飛上天的拉絲蒂回來了，我問她從上方觀察的感想。

「往下面大量亂撒的話，感覺應該會很舒暢。」

「…………」

總之，降落傘還需要改良，嗯。可惜供應布匹和繩索的座布團牠們還在冬眠，所以也沒辦法繼續。

等到春天再來試驗吧。

「嗯？」

看上去滿懷期待的酒史萊姆靠了過來。

…………確定嗎？很危險喔？

酒史萊姆的氣息告訴我沒問題。

「祝你好運。」

我對打開木箱蓋子的酒史萊姆敬了個禮，接著牠進入木箱中。

至於蓋子……不蓋可以看到四周，也好。

由於降落傘一旦不開會很恐怖，所以我決定不摺疊，直接保持打開的狀態。

「拉絲蒂，可以幫我維持這個模樣，帶著這個木箱飛上去嗎？」

「我知道了。」

「格蘭瑪莉亞，妳在低空待命。萬一發生意外，妳要去救酒史萊姆。」

「遵命。」

於是，拉絲蒂飛到跟剛才差不多的高度投下木箱。

沒摺疊的降落傘立刻打開，減緩墜落速度。

……乍看之下就像氣球呢。

酒史萊姆享受了幾分鐘的空中漫步，之後平安無事地降落。衝擊也很小，看起來沒什麼問題。酒史萊姆非常高興地跳來跳去。

「……不知為何牠好像很開心呢。」

「是啊。」

拉絲蒂跟格蘭瑪莉亞望向我這邊。

…………反正就算有什麼萬一也能飛起來，我就讓她們去玩降落傘了。

「感覺挺不賴的呢。」

「輕飄飄降下來的感覺既新鮮又有趣呢。」

「不過，降落傘不能只背在肩上，連大腿也要固定住，有點不好意思呢。」

「就是說呀，難道沒有其他的裝備方法嗎？」

事先換上長褲的兩人提出種種改良建議，但之後的部分要等到座布團牠們醒來了。

還有，下一個輪到酒史萊姆。大家要好好排隊。

積雪並不會妨礙半人馬族的移動。

「不過要是暴風雪來臨，你們可別勉強移動喔。」

「了解。如果只有目前這樣就沒什麼……對了，橋上積雪倒是感覺有點恐怖呢。如果橋能稍微寬一點就好了。」

「這個建議有道理。不過，一旦弄得更寬，會讓人擔心魔物或魔獸也順便渡河。」

「魔物或魔獸……這麼說也有道理。抱歉，我要求太多了。」

「哪裡，是我拜託你們每天來回的，如果有什麼不便之處，我也想改善。拓寬是沒辦法，但加個扶手如何？」

「扶手？這樣的確會很有幫助。以現況來說，大家擔心會踩到積雪摔下橋。」

「那就這麼辦吧。能麻煩等天氣好的日子載我過去嗎？」

「遵命。」

天氣好的日子。

我騎著半人馬前往架橋的地點。

同行者包括來定期聯絡的三名半人馬族，以及派駐村裡的兩名半人馬族。

另外，還有負責護衛的小黑與十隻小黑的子孫。其中有半數是今年出生的孩子。

「定期聯絡變成三人一組了嗎？一開始好像是兩人或五人的樣子……」
「是的。經過多次嘗試，最後我們判斷三人組是最佳選擇。」
「原來如此。只要你們不會太勉強就沒關係。」
「是。」

抵達架橋地點。
天氣雖然不錯，但橋上還是有積雪，此外也有半人馬族多次通過留下的足跡。
「因為是木橋，所以不敢用火魔法讓雪融化。」
「哈哈哈，拜託大家千萬別那麼做啊。」
橋是架上圓木後削掉上端弄成的。若要在它上頭加扶手……就需要釘子了。
儘管也帶了釘子過來，但是考慮到施工順序後，應該先做扶手，再把橋拆下來，將扶手固定上去，最後再把橋架回去。
……太麻煩了。
我進入森林，尋找比較大的樹木。直徑大約三公尺，長度也要超過河川的寬度。
砍伐，加工。
我把一根圓木削成U字型的橋。不是做扶手，而是弄出側壁。
「這樣如何？」

「感覺還不賴，但在通過的時候視野會受到限制。應該不用那麼高也可以……」

「原來如此。」

於是我將側壁的高度削去一半，並且在上頭鑿孔。

這種結構一旦下雨或下雪就會積水，因此我讓橋的地板稍微傾斜，還在側壁開了幾個排水用的孔。

「這樣如何？」

「感覺很不錯。非常感謝您。」

「哈哈哈。好，麻煩聯絡員直接往各村移動，通知其他人橋已經換成新的了。」

「了解。」

三名擔任聯絡員的半人馬族通過剛完工的橋，飛奔而去。

「耗掉了不少時間。那我們也差不多該回去了。」

我催促半人馬族的派駐員，準備打道回府，不過……

「小黑牠們好像在追逐獵物呢。」

今年出生的孩子們非常努力。然而，牠們正在驅趕的獵物，我以前從未見過。

鹿？長了看似非常凶暴的角……啊啊，就連行動也很凶暴。

牠揮動鹿角反擊，但都被小黑的子孫們避開。不過攻擊雖然落空，卻讓牠成功突破包圍的樣子。只見鹿往我的方向衝過來，半人馬族派駐員頓時驚慌不已。

幸好，「萬能農具」化成的鋤頭已牢牢抓在我手中。

我對準腦袋揮下去，解決這隻凶暴的鹿。小黑的子孫們也紛紛吠叫，讚揚我的傑出表現。

「哈哈哈。好，放完血就把獵物帶回去吧。」

意想不到的糧食入手，令我喜不自勝。

「這是驚慌馴鹿呢。」

「嗯。」

鬼人族女僕與文官少女組們神情嚴肅。

「不該狩獵牠嗎？」

「不是……呃，儘管牠相當罕見，但因為是魔獸，所以狩獵也無妨……只不過這頭鹿的價值大部分在角上……」

因為我是用「萬能農具」的鋤頭揮下去，所以牠的角跟腦袋一起變成土了。

「抱歉。不過，安全第一。」

要是為了避開角而受傷就糟了。

「這點我明白……不過牠的角似乎非常美味。」

……角可以吃？

「我沒有吃過，但是據說吃過的人都讚不絕口。」

「不是因為稀罕又特殊，大家才給這麼高的評價？」

5 快樂的春天

說穿了就是珍饈一類。

「就當成是這樣好了。」

至於驚慌馴鹿的肉，也算是滿好吃的。

因為角的滋味讓人很在意，所以我趁天氣好的日子去森林狩獵驚慌馴鹿。

動員了格蘭瑪莉亞她們與為數眾多的小黑子孫之後，幸運地在第七天獵到一頭。這回平安無事地保住了角。

據說把角磨成粉後，拿來煮湯是最正統的烹調法。

煮好後我試著嘗了一口。

美味得令人感動啊。馴鹿肉雖然也好吃，不過角更棒，真是太驚人了。

然而，之後不論我去森林幾次，都沒再遇過驚慌馴鹿。

唔，對美食的記憶難以磨滅。

算你行，驚慌馴鹿。

春天來了！生活變得忙碌的春天！我一邊跟重新展開活動的座布團牠們打招呼，一邊為春天的降臨感到喜悅。

首先，來檢查存糧。

以芙勞為首的文官少女組開始檢查，並仔細計算。

「『大樹村』沒有問題！」

「二號村的糧食消耗不太均衡，但是總量沒問題。」

「不太均衡？」

「果實類的消耗好像比較快。反過來說，穀物類的消耗則壓低了。」

「是口味喜好的關係嗎？」

「啊～不，那個，我猜……應該只是把比較能保存的食物延後食用吧。」

「已經告訴過他們只要不夠就會補充吧？難道二號村不信任我們嗎？」

「並非如此，應該只是他們的習慣吧？畢竟來這裡之前，他們似乎餓肚子很久了。」

「……原來如此。下一個村子。」

「三號村，在冬季的消耗好像比較多，需要在這幾天補充。」

「可以從『大樹村』調過去嗎？」

「沒問題。以目前的消耗量，可以撐到下次收成。我這就安排。」

「麻煩妳了。不過三號村消耗比較多的理由是？」

「據說是對小孩的食量估計錯誤。」

「雖說是小孩，不過畢竟還是半人馬。他們似乎都很會吃呢。」

「原來如此。那麼一號村……與其說沒問題，不如說幾乎沒有消耗呢。送去的糧食大部分都儲存起來了。」

「雖說不吃也沒關係，但是根本沒吃又讓人覺得有點……」

「感謝她們幫忙減少消耗吧。」

依據現況，糧食要撐到「大樹村」下次收成沒有問題。然而，那必須建立在收穫量跟往年一樣多的前提上。也就是說，大家都期待我的「萬能農具」發揮功用。看來我得好好加油才行。

清掃冬季累積的汙垢。

骯髒程度超乎我的想像。我趁著大掃除，順便把東西拿去曝曬消毒。至於累積的垃圾一律都用「萬能農具」耕成土了。

好啦，接著是下田——儘管我想努力耕種，但在那之前還得召集各種族代表開會。

一號村的樹精靈依葛，二號村的半人牛族哥頓，以及三號村的半人馬族古露瓦爾德都來參加了。

主要議題包括今年的活動方針與獎勵牌的授與。雖說是開會，不過議題都在事前商量完了，幾乎都只是讓我宣達而已。

「首先，今年我希望致力於發展二號村與三號村。」

理想狀態是二號村與三號村都能分別自給自足。不過，也不必急著達成。就算我想快點做到，多半也不會那麼順利。

當務之急，是讓大家習慣這裡的生活，安心定居。

另外我也接到報告，表示大家趁冬天做手工，已經使屋內裝潢大致齊全。

至於建設水路方面，受天候的影響尚未完成。關於這點我已經交代大家不必太過勉強，所以不成問題。不過，田地還是需要灌溉。因此，優先的依然是建設水路跟蓄水池。

再來則是解決冬季發現的問題。

主要是變更野外廁所的位置，以及設立穿廊之類的東西。

那些都結束後，應該就剩下農田……不過那是由擁有「萬能農具」的我單獨作業，所以對各村沒有影響。

真要說有什麼問題，就是我的行程表太緊湊了。

另外，之前的建築工作都以高等精靈們為主，半人牛族和半人馬族只是從旁協助，但我想讓他們具備某種程度的建築能力。

就現況來說，各村都是以過冬為優先，所以只蓋了過冬需要的住家。希望他們能一邊蓋能夠用來集會的大場地和浴室等建築，一邊學習蓋屋的技巧。

諸如此類的事，我一一傳達下去。

獎勵牌的部分，也在冬天進行過多次討論。

結果——

「除了樹精靈和各村的派駐員以外，住在『大樹村』裡的每位勞動者一人發三枚。各種族代表再多發十枚。」

關於「大樹村」內的分配方式，基本上跟去年相同。

像是阿爾弗雷德、蒂潔爾，以及剛出生的蜥蜴人小孩這種還不能充當勞動力的人口，就不予分配獎勵牌。

反過來說，雖然年紀小，但已經在好好工作的獸人族男孩們都有拿到。另外，小黑和座布團牠們因為是群體而有追加授與。

過去多虧了你們的幫忙，還有，以後也請多多指教。

「今年先不發給一號村、二號村和三號村的居民。不過，各村都會先拿到三十枚，由各村的代表暫時管理。」

對於新加入的居民們，給予明顯的差別待遇。

我本來想平等對待，但是依葛、哥頓，以及古露瓦爾德都婉拒了。

他們表示，自己還沒為村子出過力，此外，把大人跟小孩一視同仁也會造成困擾。他們這麼說的確沒錯。

因此，稍微討論過後，以各村三十枚的形式發下去。

獎勵牌的交換物品清單跟去年相比沒有太大的改變。

但關於我親手製作的家具類，追加了需要等候一段時間的但書，差不多就這樣而已。

此外，對於冬季糧食有貢獻的拉絲蒂跟哈克蓮，也分別多發兩枚獎勵牌。

這個枚數也經過一番爭論。

拉絲蒂和哈克蓮都說不必，我則是堅持要給。最後，變成各兩枚這種不上不下的數量。

或許製作獎狀之類的褒揚方式比較好？獎勵牌要給多少都由我說了算，我覺得這點也是個問題。

之後，在會議上宣布了「大樹村」將來的方針。

包括擴張田地、擴張果樹區、各種作物的土地分配，以及改建我家等。

這部分雖然跟住在「大樹村」以外的人沒什麼關係，但還是希望他們聽一下。

還有一件大事，跟孩子們的教育有關。

二號村的半人牛族有二十三個小孩，四十九個大人。

三號村的半人馬族則有六十四個小孩，四十個大人。

本來讓大人輪流去教小孩就好，不過相對於小孩的數量，大人太少了。

再加上，大人們還要忙著適應新生活。

因此就現況來說，只能派幾名大人負責看著，至於孩子們的教育就擱置不管了。

「考量到將來的需求，至少學會讀寫和算術會比較好吧？」

「話是這麼說沒錯，不過目前連成年人都不見得會……」

一問之下，才知道半人牛族裡沒有能教人讀寫和算術的教師人才。

半人馬族他們也差不多。

進一步詢問，才知道就連自稱能計算的人，也只會加減法而已，乘除法好像完全不行。

「教育程度就只有這樣嗎？」

「呃……」

至於「大樹村」的居民裡，高等精靈和山精靈也有好幾人的算術程度怪怪的，但至少有哈克蓮負責教導所以沒問題。

她自豪地表示，現在除了太小的孩子、史萊姆和蜜蜂以外，都能讀寫和算術。

小黑的子孫們跟座布團的孩子們也會嗎？

好像真的會。這讓我體會到教育程度的差距。而且，不能就這麼坐視不管。

「讓小孩子通學負擔太大了，在各村施教最好。短時間內，就採取從『大樹村』派遣教師出去的方式應急吧。」

教師將以哈克蓮為中心，再加上幾名文官少女組，大致是這樣的感覺。

嗯，教育雖然重要，但也不能操之過急。若是強迫小孩念書，導致他們討厭上學就糟了。所以還是循序漸進地推動吧。

至於最後一點。

就是確認找人移居一號村這件事。之所以尋求外人移居至此，是為了消除我的不安。

讓我感到不安的有兩件事。

第一，使用「萬能農具」的我一旦出了什麼事，可能會使村子產生極大的麻煩。

我當然不想死，但是身為人類就會變老。我遲早會死。

如果阿爾弗雷德跟蒂潔爾能繼承「萬能農具」就沒問題，但這只是我一廂情願的想法吧。

此外，就算我沒死也可能發生什麼狀況導致「萬能農具」無法使用，所以我希望有其他能夠務農的人在。

另一點，就是男女比的問題。

就現狀來說，除了我以外的男性太少了，這樣很不健全。呃，雖然不健全，但我既然出手了，就會好好照顧人家。

我早有這樣的覺悟。老實說，關於這部分我已經認了。但是問題在於未來的發展。

阿爾弗雷德那一代全都是兄弟姊妹，這樣怎麼想都算不上健康吧？

縱使是為了村子的前途，也需要我以外的男性。然而，這次的移民們……半人牛族有尺寸問題，半人馬族則無法交配，至於樹精靈則是根本不需要兩性交配的種族。

即使他們能成為務農的人力，也無法解決男女比例的問題。

所以要繼續尋求外來人口移居此地。

確認完這點後，會議便宣告結束。

會議開完，終於可以下田啦！

我竭盡全力耕種「大樹村」的田地。以前我覺得田地這麼大差不多已經是極限了，沒想到還能設法擴張。

目前田地的大小，從三十二乘二十四塊擴大到三十二乘三十二塊。不過，農田東北方向的藥草田在擴大時保留了下來。

由於藥草田的大小為八乘八塊，所以擴大的田地面積實際上應該是八乘二十四塊。

新居民跟小黑的子孫也都增加了，真是太好了。

擴大農地的過程中，座布團的孩子們照慣例踏上了旅途。

他們奮力舉起一條腿向我敬禮，然後一隻隻噴射絲線飛了出去。

希望牠們就算到遠方也能活力十足。此外還得對留下的孩子們致謝。謝謝你們。

農地擴大完畢，接下來輪到擴張果園區。

將先前的十二乘八塊，變大到十二乘十二塊。

增加椰子、石榴、萊姆、奇異果、荔枝、山竹等比較非主流的水果，另外還有栽種可可樹。

已經是個像樣的果樹園了呢。

住在果園區的蜜蜂們，也順利分出新的巢，看來今年也能期待蜂蜜。

再來是牧場區。

嗯，小牛跟小山羊的數量都順利增加了，長得也很健康。另外住家東側的雞也有所增加，讓牧場變得非常熱鬧。

…………

可愛。嗯，好可愛。

雖然將來預定會變成餐桌上的肉……

目前還不到那個程度。

反正肉可以去森林裡打獵，就算不勉強吃牠們也沒關係不是嗎？

即使明白這樣是偽善，卻心軟到下不了手。

就麻煩你們供應牛奶、山羊奶和雞蛋了。

「大樹村」的工作告一段落後，我便在小黑子孫們的護衛下前往二號村。

6 要種什麼？

二號村是半人牛的村子。

首先將我做來放在二號村神社的小黑、小雪和座布團雕像安放好。

座布團的雕像，由住在二號村的座布團孩子們運到大樹上。為了避免掉落，要牢牢固定住喔。

接著向神祈禱。二號村也拜託祢保佑了。

來二號村途中經過上回改良的橋，發現有些問題。

搬運小黑、小雪跟座布團的雕像時，橋的側壁會礙事。由於糧食向來是靠拉絲蒂跟哈克蓮空運，所以一直沒注意到這個問題。

下回再來思考橋要怎麼改善吧。

住在二號村的半人牛族，過去就有務農經驗，所以不太需要擔心。

「請在這附近挖一個蓄水池。」

當我在「大樹村」作業時，二號村的水路已經完工了。

水路採取竹製。是在冬季時加工竹子並打底，到了春天再一口氣組裝起來。
竹製水路雖然在水量跟強度上有疑慮，但卻具備容易維修替換的優點。
為了增加水量，目前正在規劃建設第二條水路。

我在指定的地點建造蓄水池，順便挖出排水用的水路。
「一眨眼就完工了呢。我們根本挖不動這塊地……」
這全都是多虧了「萬能農具」。因此我告訴他們，與其感謝我，不如更加崇敬神社。
話說回來，他們的信仰是什麼啊？難不成，其實我蓋的神社對他們來說很礙眼……
我擔心這點，於是找哥頓來問。
「我們信仰農神，但沒有狂熱到會去排斥其他神……」
「這樣啊。農神……就是指農業神吧？神社裡的其中之一是祂沒錯……」
「我聽說了。雖然跟我們認知的神明外貌不同，但不算什麼問題。」
「這樣啊。那麼，等我有空就來做一尊你認識的農神雕像吧。」
「非常感謝您。」
那麼回歸我的老本行。
「田地以穀物類為中心。不過，只有一種作物的話，碰到歉收就糟了，還請分成數種。要是果樹也能麻煩您的話，就萬事拜託了。」

我按照二號村的期望開墾田地。至於田地的位置及面積，全都交由二號村的人判斷。

由於第一次耕作是靠我的「萬能農具」，所以費不了多大的工夫。不過，預定第二次之後會以收成的種子來栽種，因此我判斷面積以半人牛族的要求為準比較好。

結果——

二號村首先闢出了十六乘十六塊的農田，上頭種植小麥、玉米、小米、水稗和黍。

老實說，小米、水稗和黍這些我以前只聽過名稱而已，不過半人牛們認得，加上從麥可先生那買來的糧食裡也有，所以我知道它們長什麼樣子。

我拿著穀類的實物，一邊聽半人牛的說明，一邊努力耕作。我相信如果是「萬能農具」就能搞定。

果樹田則是八乘八塊，以橘子、桃子、蘋果和梨子樹為中心，當中也混入了幾棵檸檬樹與萊姆樹。

至於其他部分，則是留了八乘八塊的土地開始飼養山羊。

這部分在我來之前就已預作準備，所以包括柵欄、山羊圈和飲水處都建好了。

我用「萬能農具」開墾預定要放牧山羊的地面，讓能充當山羊飼料的草長出來。

再來就是山羊。

從「大樹村」運來六頭。

儘管這只是我個人的期望，但我希望他們不要吃這批山羊，而是先讓羊群繁殖。

「我們當中有人知道怎麼用山羊奶製作起司，所以會以那個為優先喔。」

那就有勞大家了。

雖然其他還有許多想做的，不過要先站穩腳步。我並不反對這種想法。

「非常感謝您把這麼大片的田地交給我們。」

「我們會努力耕種的。」

「也會好好珍惜這群山羊。」

在他們感謝的話語中，我接著前往三號村。

三號村。

很抱歉這麼晚才來。

我先安放三號村神社要用的小黑、小雪和座布團雕像。

與二號村相同，座布團雕像也是由住在這裡的座布團孩子們搬到大樹上頭。注意別讓它掉下來。

接著也向神祈禱，同樣希望祂能保佑三號村。

半人馬族的信仰非常多元化，不過最多人拜的是戰神。等以後有時間再來雕看看。

三號村是半人馬族的村子。

村子的水路也完工了。

這些半人馬都是女性害我有點擔心，不過二號村的半人牛們好像有來幫忙。

因此這裡跟二號村一樣是竹製水路。

為了回報人家協助建造水路，半人馬族似乎也去幫半人牛族製作家裡的小東西。這真是一件好事。

把蓄水池跟排水路挖好後，我就去開墾田地。

我按照三號村的希望，以蔬菜為中心耕種——這似乎是二號村跟三號村商量的結果。至於我也很高興能挑戰各種不同的作物，所以毫無異議。

田地大小是十六乘十六塊，作物以胡蘿蔔、白蘿蔔、茄子和南瓜為主。其他還包括馬鈴薯、地瓜、草莓、西瓜和香瓜等。

果實田也是八乘八塊。

起初我以為種蘋果應該大家都能接受，沒想到大家希望桃子能種多一點。

「桃子實在太棒了。」

半人馬們似乎很喜愛當初在「大樹村」吃到的桃子。不過，桃子很難保存啊。所以儘管我會多種點桃子，但柿子跟橘子也不能忽略。

再來，就是跟二號村一樣討論家畜的事，最後決定養雞。

因此，準備了四乘四塊的土地，並揮動「萬能農具」種植可以當飼料的草。

還有，雞送到之前要先蓋柵欄。由於只要不讓雞逃跑就夠了，所以我直接放倒粗大的圓木圍出來。

啊，還得建造出入口。

這麼一來柵欄就完成了。

至於雞舍和飲水處，就讓三號村的半人馬族自行努力……半人馬族的成年人都是女性，似乎不太擅長木工。

於是我叫來數名高等精靈，一口氣建好雞舍跟飲水處。

接著從「大樹村」送來大約十隻雞。

這邊我也希望先別吃掉，而是讓牠們繁殖。健康長大吧。

這麼一來三號村的工作就告終了。

我本來這麼想，不過還剩一點點。那就是建造圍繞三號村的柵欄與壕溝。

之前因為時間不夠，加上知道小規模的柵欄跟壕溝沒什麼用，所以把這件事擺到後面。

似乎也因為這樣，小黑的子孫們瞪大了眼睛盯著，還在冬季捉到為數不少的獵物。真是感謝。

不過，這也表示周圍有不少獵物。

雖然之後預定會讓小黑的子孫們常駐這裡，但是有住家的地方還是用柵欄跟壕溝圍起來比較好。

首先是壕溝。用「萬能農具」三兩下就挖出來了。完畢。

接下來是柵欄。去森林裡砍伐比較大的樹木，排在村子周圍。

確保出入口，再準備跨越壕溝用的橋就算完成。既然只需要圍住家部分而非整個村子，就花不了多少時間。

圍住整座村子的柵欄跟壕溝，改天再找機會建造。畢竟這裡的田地還可能再擴大嘛。

結束三號村的作業後，我回到二號村。

二號村也要蓋圍繞住家的柵欄與壕溝。

當然，這邊完整圍繞全村的柵欄和壕溝也一樣要改天再找機會建造。

我回到「大樹村」的同時，去年誕生的小黑子孫們約有百隻一塊出去旅行了。

咦？去找伴侶？因為最近大家都沒出去讓我一時忘了。好寂寞啊。

不過，去年出生的孩子們，還是有一半以上留下。謝謝你們。

我正想撫摸附近某隻狼的腦袋時，小黑倏地插隊進來。

哈哈哈。

乖喔、乖喔。那就先摸小黑。結果等我想摸下一隻時，小雪已經在那邊等了。好啦、好啦。

摸是可以，但每一隻都摸實在有點難，希望你們別排隊啊。

……這隊伍還真嚇人。

另外，連獸人族的女孩跟鬼人族女僕也來排隊是怎麼回事？

當天我跟小黑牠們一直玩到晚上。

在「大樹村」，我家正準備改建。
計畫中要把原本橫長的宅邸繼續橫向延伸，然後轉個彎。
另外，也要打造澡堂。
問題在於鬼人族女僕的宿舍。
我原本還在想該怎麼辦，結果好像決定拆掉目前的宿舍並納入宅邸當中。
還會順便減少住家附近的田地，改為養雞的場所。
住家附近的田，本來就有很重的實驗意味，都是種些少量生產的作物，所以削減也無妨，不過……
房子不會太大嗎？大約會有兩百公尺長喔？
大家堅持沒問題，我也只好接受了。真的是這樣嗎？

那麼，宅邸還在改建中。
我原本以為住在我家的人都得暫時搬去別的地方，結果猜錯了。
似乎是將這棟房子分成數個區塊，然後輪流施工。
先從預定擴建的地方開始。
我在森林裡砍伐改建所需的木材，並運送到工地。

二號村和三號村也派了幾個人來協助並觀摩施工。真是謝謝大家。

這回的改建跟過去的全木製房子不同，首先要打好地基，用石頭砌成牆後，再用類似混凝土的東西固定。

「這次我們試著蓋一間結合木材跟石材的住家。純木屋雖然也不錯，但考量到外觀氣派這點，還是得用到石頭才行。」

據說是這樣。

既然全權交給別人處理了，就別囉嗦。

我按照要求準備好木材，進行加工。

在房子改建完畢前，「大樹村」的收成期又來臨了，所以作業中斷了。

收成不能等。

等收成完畢，又要開始下一輪的耕種。

考慮到現在有二號村、三號村，以及小黑的子孫們，就不能掉以輕心。

我的腦海裡瞬間閃過縮減釀酒用田的念頭，結果還是敗給矮人們強烈訴求的目光，只好繼續維持原樣了。

二號村和三號村不久後應該也要開始收成了吧？

屆時我還得過去耕種田地才行。糧食這種東西準備多一點也沒什麼壞處。

不知為何我好像永遠閒不下來。

7 二號村與三號村的待遇

二號村和三號村的收成結束，我又耕種了新一輪的田。勞動真開心。

那麼，這時候浮現一個問題。

我原本認為各村的收成歸各村所有，但是周遭的人卻不這麼想。

「咦？全部給我？」

二號村和三號村的收成全部變為我的東西了。

對我說明這件事的，是負責照顧三號村半人馬族的菈夏希。至於照顧二號村半人牛族的娜芙，則是退了一步站在後面。

「村長是在期待二號村和三號村可以獨立運作吧？」

「是啊。」

「然而二號村和三號村並不希望獨立。」

「咦？」

「因為與其獨立，倒不如完全接受庇護還比較安全。」

「呃……」

不希望獨立？有這種事嗎？

「請設想他們的狀況。」

「狀況？」

「首先，是村子的防衛能力。這部分幾乎都由小黑先生跟座布團女士的後代負責對吧？」

「這、這個嘛，的確是。」

「生產力方面，將來會怎麼樣，現在還很難說……不過開闢田地的人是村長，他們只是負責照料農作物對吧？」

「是這樣沒錯。」

「再加上，如果他們想要農作物以外的物資，還是一定要拜託『大樹村』對吧？」

「是這樣……嗎？」

「在這種狀況下，不會有人希望村子獨立。」

「嗯……」

「雖然村子各方面的條件逐漸完備，不過畢竟才剛建立起來，我想暫時還是得照顧他們才行。」

「這、這樣啊。」

「農作物收成的所有權歸村長——『大樹村』的村長。關於村長這個稱呼，也差不多該請您檢討一下了。」

「抱歉。」

「接下來，關於今後的體制……基本上，希望能將二號村和三號村視為在遠處幫村長照料田地的管理集團。」
「……這樣好嗎？」
「這是二號村和三號村全體居民的意見。」
「這樣啊。」
「收成要運來『大樹村』也可以，但是之後要分配糧食又得搬回去感覺太麻煩了，所以由各村進行保管，各村可以取用一部分的收成當糧食。至於各村的要求，則由派駐員或負責照料各村的我們傳達給村長。還請您認可這樣的做法。」
「妳說認可，但現在的做法差不多就是這種感覺了吧？」
「是的。」
「我在開墾田地時，並不覺得他們有這種想法啊……」
二號村和三號村的居民對於田地大小以及農作物種類，提供了相當多的意見。
難道不是因為把村子當成自己的才如此積極嗎？
嗯……………
「變更方針是誰出的主意？該不會是某某人在旁邊施加無謂的壓力吧？」
「怎麼會呢。二號村和三號村的大家本來就希望獲得這樣的待遇，並未變更方針。」
菈夏希慌忙否定我的猜想。

「因為村長想把二號村和三號村的收成直接交給村民，他們才急忙找我跟娜芙商量。」
「所以才談起這件事。」
「是的。也可以說是重新確認彼此的關係，希望不要造成任何誤解。」
「……我知道了，那就認可吧。」
「非常感謝您。」
菈夏希與娜芙低下頭。看她們暫時鬆口氣的模樣，這件事帶給她們的憂慮似乎比我想像中更嚴重。
「不好意思，沒有事先說清楚，造成妳們的不安。」
「哪裡。」
「我原先一直以為，放他們獨立、自由比較好。」
「獨立與自由，是跟責任綁在一起的。要談這種東西，也得等能自力更生以後再說。」
「有道理。那麼以下就當作閒聊……二號村和三號村有將來獨立自主的氣魄嗎？」
「三號村要等小孩長大再說，所以談這些事恐怕要十年、二十年以後了。」
「二號村差不多也是這樣。不過，依據半人牛族的習性，應該不會主動尋求獨立。」
「……我明白了。所以目前還是得繼續照顧他們才行，對吧？」
「還請您多擔待了。」
嗯～是我的想法太天真了嗎？
原本以為只要準備好住房跟田地，剩下的移民會自己解決……然而事情沒有這麼簡單。

就算我已經設想周到，但與其聽我的話尋求獨立，還不如繼續依附「大樹村」比較妥當——他們應該是這麼想的吧？

畢竟小孩子很多，比起跌跌撞撞地獨立，繼續追隨我可能還比較能放心。

…………

追隨。

突然感到責任重大。這就是那個吧？所謂「被眾人託付性命」的重擔。在此之前我都沒什麼具體的感覺，或許是因為村民們都生活在我目光所及的範圍？

然而在我難以關注的場所，還有另一群人要靠我生活。

…………

君王還真是了不起啊。感覺我實在做不到那種地步。不過，既然都把他們找來了，就好好照顧到他們能獨立為止吧。

獨立。

菈夏希剛才也說了，要等能自力更生再說。意思就是，必須讓他們能夠只靠自己的村子立足。只花一、兩年的時間恐怕太嚴苛了。不過，我會努力試試看。

小黑牠們的體制也確立了。

基本上，牠們大多數都在「大樹村」生活。儘管先前有大約一百頭踏上旅途，但留下來的數量依然很多。

此外，在一號村、二號村和三號村分別常駐三十頭左右，另外還有三十頭組成的游擊隊巡迴各村。

明明沒有人下指示，牠們卻自發性地幫忙，真是太感謝了。

嗯？我知道了。

我陪小黑牠們玩起飛盤跟球。

「……你、你們也太有活力了吧？」

還有，數量果然還是很多。

座布團的孩子們，我無法掌握正確的數目……不過各村應該都有五十隻左右吧？

牠們主要的任務是擊退外敵以及驅除田裡的害蟲。看來人家跟各村居民都處得很好，以後也要拜託你們嘍。

嗯？你們也想玩？我明白了。

我跟座布團牠們玩起了時裝秀。

這讓我又多了幾件衣服。

「這次的是不是有點像貴族啊？」

雖然下田時不能穿，但座布團似乎很滿足，那我也沒意見了。

之後，大家又開起了馬鈴薯盛宴。

「哈哈哈，謝謝。不過，生的馬鈴薯我沒法吃喔。」

我向拿生馬鈴薯過來的座布團孩子們解釋。

雖說樹精靈在各村都派駐了幾名聯絡員……

「妳們的存在感是不是太薄弱了？」

「要這麼說我們也沒辦法……因為在村裡是保持樹的模樣呀。」

「樹？不是只有樹椿嗎？」

「那是可以進行移動的型態，我們也能變成一般樹木的樣子。」

「原來如此。」

「所以就會自然地融入風景裡對不對？沒有存在感很正常。附帶一提，我們那邊正流行『每天都偷偷靠近住家一點點，猜居民什麼時候會感覺到不對勁』的遊戲喔。」

「注意別玩得太過頭啊。」

「了解。」

雖說任命她們為一號村的管理者，但我完全不必費心真的省了不少事。

嗯……

「有什麼想要我幫妳們做的嗎？」

「咦？如果是這樣，希望您可以幫我們修剪。」

「……修剪？」
「就是清除樹木多餘的枝葉。」
「這我知道，不過……真的沒關係嗎？」
「只要是處於樹木或樹椿的姿態就沒關係喔。」
「這樣啊。那麼……不過嘛，我不確定能不能修得好看……」
於是我巡迴各村，替樹精靈們進行修剪。
「哦哦！好、好厲害的技術。」
「您過去有修剪的經驗嗎？」
「是神，神果然存在。」
樹精靈們對我無比崇敬。我猜，大概是因為使用「萬能農具」修剪的關係。
「半年一次……不，一年一次也好，今後就仰仗您了。」
「哈哈哈，如果我有空的話。」

「為什麼不跟我們玩？」
「大樹村」的居民對我這麼說。呃，我剛才可不是在玩啊。
於是舉辦了小型娛樂活動。
「第一屆『大樹村』捉迷藏大會！」

「那麼，死神就讓村長來當。被抓到的人請一起當死神。」
因為參加者有鬼人族，負責抓人的就不叫鬼，而是稱為死神了。
「只要能躲過一定時間，就會提供某種獎賞喔。」
只有喊叫卻沒碰觸的話不算。
這原本只是個騙小孩的活動，沒想到玩起來還滿熱烈的。
「完全找不到！」
村裡的居民超會躲。

8 情報部？

比傑爾久違來訪，於是我跟他聊聊。
「半人馬族在這裡的生活沒問題吧？」
「沒問題，不過我有點事想拜託你。」
「什麼事？」
「如果有找到名字在這個清單上的人，希望能通知一聲。」
我把一疊紙遞給比傑爾。

裡頭寫了上百個名字，都是住在三號村半人馬族的丈夫、親戚，以及認識的朋友等。

「那一帶的戰火正在平息當中，我會等合適的時機過去找找。」

「那真是幫了個大忙。」

「哪裡，你願意收留她們，該道謝的是我這邊才對。」

既然有這個機會，就順便請他幫忙尋找願意移民一號村的人。

「關於移居者這部分，難道城鎮裡都找不到嗎？那個……這麼說可能不好聽，比如孤兒之類的？」

「有是有，但要勸說孤兒有點困難呢。」

「是這樣嗎？」

「是的。魔王領地裡的孤兒全部由孤兒院養育，畢業以後就會分發去各處工作。這種制度已經運作幾十年、幾百年了，所以很少有人看不起孤兒。」

「原來如此。真抱歉，我提了奇怪的意見。」

「不，只有魔王領地還算好而已，其他國家也有些地方很悲慘。」

「沒辦法從那些地方叫人來嗎？」

「因為是其他國家所以不容易啊。就算我們抱持善意，對方也可能認為是綁架還是什麼的而掀起騷動，甚至引發戰爭。」

「這樣啊。」

「況且，就算做得到，那種地方能找來的也幾乎都是女性喔。」

「……這話怎麼說？」

「因為男性是寶貴的勞動力，會有人或組織收養男孩當成投資未來，女性就……」

「那些有女性工作的店，難道不會為了將來而收養女孩嗎？」

「有餘力的店或許會這麼做，吃緊的小店恐怕就無能為力了。」

「現在能過日子比較重要是吧？」

「沒錯。」

「……」

聽到了些沉重的話題。

然而，我的能力也有限。我不會說什麼要拯救全世界所有不幸之人的大話，更沒有那種志向。

我所能做的，就是在可能範圍內盡量幫助眼前有困難的人而已。

最優先當然是我的家人，其次是村子的居民，再來是村子以外的朋友。

就算知道其他國家有不幸的女性，我也無能為力。

…………

儘管我想做點事，不過卻無計可施。應該沒有能做的吧？畢竟是其他國家，一般來說做不到。雖然做不到……

「換個話題好了……你們沒在其他國家建立蒐集情報的組織嗎？」

「你的意思是？」

「就是蒐集他國情報的組織。那些人在當地生活，一旦獲得重要資訊就向母國報告。」

「啊啊，原來如此。很遺憾，我們是魔族。雖說也有部分魔族乍看之下跟人類沒兩樣，但只要讓懂的人來看，馬上就會穿幫，因此建立那種組織相當困難。」

「你們並非全部都是魔族吧？我聽說像夏沙多以及好林村東邊的村子，就是人類的城鎮與村落？」

「只有市鎮或村子的代表是人類而已，居住在當地的並非全部都是人類喔。不過嘛，人類比較多倒是真的。」

住在這些地方的人類，基本上都贊成人類跟魔族融合。此外，在魔王領地工作的人類，也不會想從事什麼危險的活動。

「原來如此。既然這樣，最好是找當地的人類對吧？」

「要找當地人幫我們可不太……啊！」

討論到這裡，終於跟先前的話題串連起來了。

沒錯，僱用當地的人類。僱用之後要怎麼運用這些人，則是另外的問題。

以我來說，只要有個給錢的藉口就好。

「我願意捐款……雖然金額不多。在可能的範圍內就麻煩你了。」

「我明白了。感謝您的協助。」

我能做的就只有這些。雖然沒有餘力，不過都聽說了也就無法坐視不管。

就撥點村裡的資金……

「哈克蓮。」

「怎樣？」

「昨天妳有掉鱗片吧？那些可以賣嗎？」

「村長會說這種話還真稀奇耶～可以呀～」

於是我拿到十枚哈克蓮的鱗片。

「抱歉，用現貨支付。」

「咦？啊……不會，那個……咦？」

就算人家說是偽善也無妨，我已經盡力了。

比傑爾小心翼翼地帶著哈克蓮的鱗片回去。

數年後的魔王城。

「結果如何？」

「各地的變化幾乎都能迅速回報，很厲害喔。」

「是嗎。真不愧是克洛姆伯爵，一切都如他的計畫。」

「就是說啊。起初我也以為利用他國人士蒐集情報根本幫不上什麼忙……」

「哈哈哈，我也是。沒想到在各地建立孤兒院讓他們蒐集情報，成效會如此驚人。」

「畢竟那些情報都是日記或日報的形式嘛，很難引起疑心吧。」
「一點都不錯。不過，建立那麼多孤兒院的資金，克洛姆伯爵是從哪裡弄來的？」
「傳聞指出是某位資產家提供的。」
「這謠言我也聽說過……但就是問不出資產家的名字啊。」
「唉呀，是誰的錢都好啦，反正人家都有好好支付。」
「有道理。好，總之先把情報彙整一下再向各單位報告，尤其是勇者的位置資訊一定要確實。」
「遵命。」
魔王國情報部開始運作了。

「葛拉茲，情況如何？」
「嚇了我一跳。就連各地的物價情報都有，對手的動態簡直一清二楚。若是打防禦戰，我覺得根本不可能輸。」
「就是說啊。我也沒料到可以蒐集到這麼詳細的情報。」
「閣下不就是期待這些才策劃行動的嗎？」
「哈哈哈，其實真正的目的是慈善活動。因此，如果我們利用這些情報去攻打他國就麻煩了，拜託別那麼做。」
「攻打他國那種麻煩事，我哪可能幹啊！」

「說的也對。如果有在意的資訊或是想知道哪些情報，麻煩說一聲。」

「好啊，那我現在就有件事要問……我想知道這個棋手是誰。對方的氣息跟我有點像，如果變成敵方的指揮官就棘手了。」

「原來如此。要拉攏過來嗎？」

「這個嘛，能做到最好，但也不必勉強。不要與我們為敵就行了。」

「我明白了。」

「呃……我說你們兩個，能不能別把身為魔王的我丟著不管，自顧自地進行一些好像很高明的對話啊？這麼一來，我的存在意義……」

「不然要怎樣？」

「讓我加入，然後把剛才的對話重複一遍。可以的話，去我女兒聽得到的地方講。」

「……」

魔王國真是和平。

幾年後的某座城鎮。

「最近都看不太到小鬼了耶？」

「嗯？小鬼一直都有吧？看，那邊就有一個。」
「不，我說的不是那種小鬼。」
「喔，你是指之前睡馬路邊那些嗎？市郊蓋了一棟很大的建築物對吧？就在那裡。」
「不久前木匠們努力趕工的那棟嗎？」
「沒錯、沒錯，據說是孤兒院哩。」
「這樣啊，我們的領主大人對錢還真大方啊。」
「哈哈哈，聽說那不是領主大人蓋的，而是由其他城鎮的大商會出錢的喔。」
「嗯？商會出資？做這種事能賺錢嗎？」
「天曉得。大商會想的事，我們這些庶民哪會懂啊。」
「也對。不過嘛，那些骯髒的小鬼都消失了，感覺真爽。」
「哈哈哈，你明明偶爾會拿東西給那些骯髒的小鬼頭吃。如果很在意就去探望一下啦，孤兒院好像在招募志工喔。」
「我、我才不在意他們。只是，那個，呃……該怎麼講。」
「一起去吧。反正我也很在意。」
「我才不在意。不過既然你在意，我也只好奉陪了。」
「是是是。」
各地的孤兒院都受到當地居民歡迎。

閒話 廓倫

我叫廓倫，是龍族男性。

說起龍族，在這個世界上可是相當令人尊敬及畏懼的對象。

不是我要自誇，我們一族的血統相當優良。

家父雖然常謙遜地表示沒那麼了不起，但我認為是選錯了比較對象的緣故。

德斯大人、萊美蓮大人、哈克蓮大人，以及馬克斯貝爾加克大人。

跟這些在歷史上留名的龍族相比，家父的確是不起眼。

然而，他還是值得尊敬。

值得尊敬的點之一。

敢對家母提意見。

值得尊敬的點之二。

就算家母生氣，也大約只需要三天就能討好她。

值得尊敬的點之三。

敢主動對正在大鬧的家母搭話。

……太強了。

家母的確是大美女，但性格一言以蔽之……就是傲慢。

儘管她很疼姊姊跟我，對部下或從屬的種族卻相當嚴苛。

倘若不把她當作母親，而是視為一位女性看待……真虧姊姊跟我能誕生，簡直不可思議。

不過嘛，雖然從我的角度看是父母，可是在他們自己看來，彼此是男性與女性的關係。子女恐怕沒辦法理解。

好啦，像這樣的我……最近幾年，心中對家父的尊敬變得更強烈了。

若要說起為什麼，則是因為我也被逼婚的緣故。

話先說在前面。

我沒有結婚的念頭。理由是我觀察過父母跟姊姊的情況。

並不是我跟父母或姊姊的感情不好。然而，看過家父家母的相處模式後想結婚的人應該很少吧？另外看過家姊之後，對女性幻滅的應該為數不少才對。

我的感覺不會錯，這點我很有自信。畢竟，實在是太恐怖了。

龍族女性具備一種能力，當自己命中注定的對象誕生時會有感應。

似乎是由於龍族數量很少，如果沒機會邂逅自己的另一半未免太可憐，神才會賜予她們這種能力。

我的姊姊正是透過這種能力找到對象。雖說對方很不情願，但我不認為有人敢違逆家姊。婚事大概已經到讀秒階段了吧。

聽說我出生時並沒有女性產生感應而來訪，所以我一直以為，我命中注定的對象尚未誕生。

所以，我頂多只是有點同情姊姊跟她的另一半而已。

然而，這種能力並非絕對。這明明是神給的能力耶？似乎還是有個人差異。搞什麼鬼嘛。

即使對象剛出生時沒感應，相遇時也可能產生感應的樣子。

這不就是普通的一見鍾情嗎？

但是我這番冷靜的吐槽卻沒人理會。

將我當成命中注定另一半的，乃是德斯大人的三女，名為賽琪蓮。

與她的邂逅，發生在我跟姊姊一起去德斯大人巢穴叨擾的時候。

姊姊命中注定的對象，是德斯大人的次男德麥姆。儘管年紀比我小很多的德麥姆被姊姊纏上讓我非常過意不去，我依舊對他們表示祝福。

至於賽琪蓮則是目不轉睛地瞪著我，害我不禁回想自己是不是做了什麼失禮的行為，為此還擔心了許久。

踏上歸途之際，賽琪蓮叫住我，並且遞給我整隻燒烤大型魔物。老實說，我還以為她在捉弄我。

不過，我搞錯了。

要不是家母與姊姊解釋，我還不曉得那代表賽琪蓮使盡渾身解數表達的好感。

這樣啊，原來那代表好感嗎？就在我因為這和自己所知的好感截然不同而困惑時，不知不覺她就成了我的未婚妻。我印象中根本沒人找我確認過這件事，難道我記錯了？

之後，我就不斷面對賽琪蓮的攻勢。

我也是個男人。

被女性示好的感覺並不壞。

然而，找我一起去狩獵凶暴魔物可就讓我頭痛了。還問我是不是改去摧毀地城比較好，我可不是那個意思。

我比較希望能夠一起度過更為和平的時光，藉此互相理解，並往結婚之路邁進……

「放心，你會習慣的。」

家父溫柔地說道。
「我想抱孫子。」
家母期待地說道。
「你要比我先結婚？還是後結婚？答案可能會影響你的健康狀態喔？」
姊姊啊，妳是在威脅我嗎？
「我們一起逃跑吧。」
德麥姆，如果你是女的我就答應——我甚至冒出這種離譜的念頭。雖然這句話我聽了最開心。
啊啊，到底該怎麼辦才好？

咦？
問我賽琪蓮真有那麼差嗎？當然不是。我沒見過像她那麼美的龍，而且她很強。
就某方面來說，我算是她的支持者。
可是，把她當成結婚對象看待就有點……
能體會？太好了。
啊，嗯，我知道。
這件事我不會對尊夫人講。
我的商量對象，是德麥姆的哥哥德萊姆。

他雖然已經結婚了，卻是我和德麥姆為數不多的友軍。

這個嘛，雖然放下守護古爾古蘭德山的工作不管跑來我這邊，似乎是賽琪蓮交代的……不過德萊姆是站在我這邊的。我相信你喔。

就在我像這樣每天渾渾噩噩度日的時候，震撼性的消息傳來。

德斯大人的長女，哈克蓮。

她是鼎鼎有名的鬧事龍，龍族當中應該無人不知她的名字。她比我姊姊更強更悍，然而這樣的龍竟然變成人類的妻子了。

我很認真看待這個消息，也不覺得是在開玩笑。畢竟在龍族裡用哈克蓮的名字開玩笑根本是找死，所以我相信是真的。

而且我真的被嚇到了。

據說那個人類竟然在德斯大人和萊美蓮大人的眼前打倒了哈克蓮。

……真驚人，我發自內心尊敬對方。

打聽更詳細的情報後，我才知道：好像連德萊姆的女兒拉絲蒂絲姆也嫁給了那個人類。

…………咦？

娶兩名龍族為妻？那個人類是怪物嗎？

真令人敬畏。

我感到恐懼。如果可以，離那傢伙越遠越好。我在心底如此發誓。

結果沒過多久，我就主動去找那位人類見面了。

娶哈克蓮跟拉絲蒂絲姆為妻的人類，似乎撮合了姊姊跟德麥姆。

真是奇蹟啊。

不，可能是神派來的使者也說不定。

德麥姆原本明明死也不跟姊姊結婚，現在卻對結婚很積極。不知為何姊姊好像也變得比較圓融了。

那個人類真是了不起。

而且，如果有那位人類幫忙，我的婚事搞不好也能想辦法解決。

不，應該會順利解決吧！他一定能幫我，不會錯！如果可以，最好把婚約廢除！

咦？賽琪蓮已經去找他了？

…………

我是不是逃走比較好啊？

怪了？是誰拍我的肩膀啊？哈克蓮？為什麼妳會在這裡？有事要找我談……呃。

事情沒有我想像中那麼悲慘……我想以後應該可以過幸福的婚姻生活吧。

異世界悠閒農家

Farming life in another world.

Chapter, 2

Presented by
Kinosuke Naito
Illustration by
Yasumo

〔第二章〕

天使族與新的孩子

01.家　02.田地　03.雞舍　04.大樹　05.狗屋　06.宿舍　07.犬區　08.舞台　09.旅舍　10.工廠
11.居住區　12.澡堂　13.高爾夫球場　14.進水道　15.排水道　16.蓄水池　17.果園區
18.牧場區　19.馬廄　20.牛棚　21.山羊圈　22.藥草田　23.新田地

1 春夏發生的事

「那麼，不好意思，我稍微離開一陣子。」

格蘭瑪莉亞似乎要去和其他天使族說一聲，因此暫時離開村子。

「庫德兒跟可羅涅不去沒關係嗎？」

「如果全部人都去，就沒人在空中巡邏了。」

「這麼說也沒錯……等格蘭瑪莉亞回來後，妳們要輪流離開村子也行喔。」

「不不不，還是留在村子裡比較開心。」

「一旦嘗過這裡的料理，就沒法在其他地方生活了。」

「這樣啊。」

格蘭瑪莉亞離開時那些堆得像山一樣的行李，難道都是食物嗎？

「裡面是便當跟土產。」

從居住在北方迷宮的巨人族那裡獲得了某項情報。

穿越北方迷宮後繼續往北走，似乎有熱水池。

熱水池。

…………

溫泉嗎？是溫泉吧。鐵定是溫泉沒錯。

非去不可。

村裡組織了溫泉調查隊。

雖然本來有「我要當隊長！」的打算，卻被全體村民擋下來了。

無奈下只好派高等精靈之一當隊長，率領包含小黑子孫們在內約二十名成員出發。

溫泉調查隊過了約三十天後回來了。

大家都一臉疲憊。

「因為路途艱困，光是要抵達目的地就非常吃力。」

「還遭遇前所未見的魔物，費了很大的力氣。」

小黑的子孫之一負傷讓高等精靈背回來，露出有點難堪的表情。

「那裡的熱水太燙了，實在不能像澡堂一樣泡。」

隊長非常遺憾地向我報告。

謝謝。還有，辛苦你們了。

那些沒有讓人背的小黑子孫們，也是遍體鱗傷。
於是我拜託露、蒂雅和芙蘿拉使用治癒魔法。
不過，沒辦法泡的溫泉啊？之前都沒想過這種可能性。
嗯，假設問題只有溫度，那麼引河川的水進去就好了……不過成分上也可能有問題。
仔細想想，讓調查隊去是我太大意了，必須反省。
我決心下回要自行前往。

防災演練。
由於人口增加了，所以要考慮防災。
最恐怖的就是火災。
因此，我重新檢查會用到火的地方。另外，也要確認附近是否有能馬上滅火的方法。
…………
沒問題。
大家的防災意識比我想像中還要強。
最沒警覺性的似乎是我。我以後會小心的。
順便進行滅火訓練。

「用魔法滅火。」
真無趣。
不對，能滅火比較重要。魔法還真神奇啊。
然而，我還是想用水來滅火。
「要用魔法運水嗎？」
「不對，是水桶接力。」
「？」
我讓村民排成一列，從水源處將裝滿水的桶子一路傳遞到起火點。
然後隊伍最前端的人潑水滅火。
只潑一、兩桶是無法滅火的。
潑了幾十，不，幾百桶後，火勢終於消滅了。
「火熄了……已確認！」
水桶接力一開始比較費工夫，不過所有人都理解是怎麼回事之後，速度就快了。
最辛苦的反而是負責把空桶送回水源處的人。
另外，因為體型差異或身高差距而無法加入救火隊伍的半人牛與半人馬派駐員，只能對他們說聲抱歉了。
畢竟水桶接力這種事，如果身高差太多就會拖慢速度。

如果是在二號村和三號村進行的話，應該就沒問題。希望你們回村裡教大家這個方法。

「村長，要不要再來一次？」

「嗯？好啊，沒問題。」

「我想在隊伍最前面。」

「最前面感覺最有意思！」

在隊伍前端潑水的工作非常受歡迎。

然而剛才在前頭的蜥蜴人現在非常疲憊。

因為他在離起火點最近的地方，不停用動裝滿水的桶子。他的勞動量應該最大吧？

「好──那麼待在最前面的以十桶水為限。潑過十次以後就要換人喔！」

途中輪流也是有必要的。

進行防災演練就是為了學習這些事。

這段時間很有意義。

對了，已經很累的蜥蜴人接下來就休息吧。

第二屆「大樹村」捉迷藏大會！

「開始之前請各位注意，這不是訓練，是娛樂。大家是來玩的，請不要躲得太認真。尤其是精靈和山精靈。就算被抓到也不會處刑，因此麻煩手下留情。另外，能使用魔法的人，請勿使用妨礙認知之類的手段，會被視為攻擊喔。輪自己當死神時，也禁止使用魔法攻擊。另外樹精靈們，如果要化為樹的姿態，請將高度維持在一公尺以上。誰找得到躲在掩蔽物後面的一公分樹木啊！抱歉，總之那樣會很難找。請大家在躲藏的時候充分理解這只是玩遊戲。那麼，我們正式開始吧。開場由我當唯一的鬼……不對，唯一的死神……有什麼問題嗎？請說。」

「呃～小黑牠們在村長旁邊一副幹勁十足的樣子，這是為什麼呢？」

「來幫死神的，你們不必在意。」

「座布團牠們在熱身是因為？」

「來幫死神的，你們不必在意。」

「村長，你認真過頭了！」

捉迷藏大會再度引發盛況。

「酒的種類增加了呢。」

「嗯，不論哪種都很好喝。」

矮人們在此之前都很抗拒把酒拿去賣，現在卻主動提議要出售。

據他們所言，好酒就該大家一起品嘗。

剛來這裡時，你們不是對村裡的酒讚不絕口嗎？在那之後，對賣酒的事也很抗拒對吧？就目前來說，酒只有賣給比傑爾而已喔？麥可先生想買酒已經想很久嘍？所以你們改變主意的理由是什麼？不要別開目光。

逼問之後，他們終於坦承。

「為了女性？」

到目前為止，只有透過口耳相傳知道「大樹村」好酒的矮人聚集過來。

情報出處主要是德萊姆。

因此來到村裡的矮人，目前共有四十一人。

增加了不少。

其中有四名女性。

男女比例不太對勁。既然不對勁，就該導正一下。該怎麼做？只要讓酒的消息散播出去，應該就會來了吧。

要將消息傳出去該怎麼做？把酒賣出去吧。

「我們的考量就是這樣。」

「……」

「村長生氣了？」

「不，只是很驚訝。」

「？」

「沒想到你們對酒以外的事也有興趣。」
「有了酒就會想追求其他事物，也是大自然的真理。」
「酒之後應該是下酒菜吧？」
「那個也很重要。不過口腹之欲滿足後，就會想追求家庭的溫暖。」
「家庭的溫暖啊？這個嘛，反正我從很久以前就贊成把酒賣到外面，所以沒意見。」
「感謝村長。」
「所以，你們打算賣多少？」
「大概是從倉庫的這邊到那邊。」
「……最早釀的一批對吧？」
「那時候的技術還不成熟。」
「不覺得這樣太少了嗎？」
「不不不，賣這麼多已經很夠了。」
「不如再多一點，到倉庫的那邊……」
「不行，絕對不行。那一區的可是佳釀。」
於是村子儲備的一小部分酒對外銷售，令麥可先生欣喜若狂。
「你們對送酒出去明明不反感卻會抗拒賣酒，這不是很奇怪嗎？」

「受贈者的笑容是針對酒本身，收購的商人卻是針對日後能獲利而笑。」
「原來如此。」
「麥可閣下至少來這裡喝過酒，知道這些酒是什麼味道。有些商人甚至連喝也不喝，就直接轉手把酒賣掉。」
「唉呀，商人也是為了生計嘛。」
「可以理解，只是不能接受。」
好複雜的想法。

2 今年的慶典

先前的麻將冠軍是高等精靈莉婕，不過莉婕因懷孕而暫停參加的期間，站上頂點的人是芙勞。
她以壓倒性的讀牌精準度建立起銅牆鐵壁，在避免大輸的同時穩健地累積勝利。
此刻試圖瓦解這座要塞的，則是跑來找蘿娜娜的魔王國四天王之一，葛拉茲。
他依靠不按常理的出牌方式耍弄對手並且湊大牌，持續以這種一擊轟沉對手的模式進行對抗。
至於遭受牽連的其他兩家，則是我跟惡魔族的布兒佳。
「感覺不管出哪張牌都會放槍……」

「就是說呀。恐怕除了已經丟過的牌之外都不安全……拜託讓我安全過關。」

「對不起，我和了。」

「我也和了。記得允許兩家同時和牌對吧？」

「嗚哇，為什麼你們那種丟牌會聽這張啊！」

由於布兒佳一口氣摔到最後一名，我勉強保住第三。

然後這圈就此結束。太好了，我連續墊底的紀錄終於打住了。

「呵呵呵，這種遊樂器材真有趣。如果可以，希望能賣我一副。」

「賣是沒問題，但是湊不到四家吧？教規則很麻煩喔？」

「啊……的確是這樣。」

「葛拉茲大人，魔王大人、公主大人以及家父，他們都會玩喔。」

「是這樣嗎？」

「沒錯，因為他們來訪時會玩。」

這麼說來，上次辦武鬥會的時候就跟德斯他們打過呢。

「既然這樣就沒問題了。請賣我一副吧。」

「了解。話說，你放著蘿娜娜不管，在這裡打牌沒問題嗎？」

「我已經跟蘿娜娜聊得夠久了。況且，蘿娜娜也有自己的工作吧？不能打擾她。」

蘿娜娜正率領擔任護衛的小黑子孫們前往二號村。

這是練習，目標是在緊急狀況下也能單獨前往二號村。

這項訓練老早就排好時間，但是在出發前一天比傑爾剛好帶葛拉茲過來，可以說時機非常不巧。

「其實我有跟蘿娜娜說，不必那麼急著出發也沒關係。」

「這點我也有聽說，所以不要緊的。我不會有怨言。」

「那就好。等等，比傑爾好像來嘍。」

「你好慢啊。」

「要回這裡的前一刻，我接到聯絡說北方有可疑的動靜，所以要研擬對策。另外，芙勞蕾姆，妳已經把那些同學訓練過頭了，只要帶回去馬上就能在城裡工作喔。」

「這是實習……不對，應該說相當於已經正式上工了。如果當事人有意願，可以送她們回去喔。」

「我問了幾個人，但都被拒絕了。」

「請不要在我面前挖角村民好嗎？」

「哈哈哈，恕我失禮了。那麼，葛拉茲，我們差不多該回去了吧？」

「知道了。村長，我可以帶牌回去嗎？」

「好的，馬上拿給你。」

我把一副麻將遞給他。

之前德斯他們來的時候就跟我要過，我猜之後有可能發生同樣的事，就多準備了這副。

「這種可以折疊的桌子，製作技巧也很高明。比傑爾，回去以後要請你陪我打牌喔。」

「我沒問題，不過拜託你提前決定好時間。另外，如果想找魔王大人加入，也得先確認過他的行程表啊。」

「那部分就交給你了。」

「我的意思就是：不要全丟給我。」

這兩位來客還真有活力。

慶典的時節又來臨了。

武鬥會已經獨立舉辦，所以要企劃別的活動。

由於開了很漫長的會議仍舊得不到結論，因此今年也靠抽籤決定。

我原本在煩惱把籤放進箱子前要不要先檢查內容，可是篩選很難就放棄了。

取而代之地，我扔了很多自己想到的安全方案進去。

辦活動就是要讓大家熱鬧一下。但是，絕對不能製造危險！

「那麼，麻煩您了。」

在文官少女組的催促下，我從箱子裡抽出一張籤。

「今年的活動是……」

滑行賽？這是什麼？應該不是普通的賽跑吧？

「滑行賽是一種在斜坡上全力奔跑的競技，它是布爾岡地區的知名祭典。一次會讓大約十名選手同時出發，第一名可以獲得獎品。」

「在斜坡上全力……奔跑。」

「當然，指的是下坡。」

「啊，嗯，我想也是……這不是很危險嗎？」

「由於有魔法防護，所以倒也沒那麼危險。」

「是這樣嗎？」

「是的。不過，要在這個村子裡舉辦滑行賽……會找不到斜坡。」

「也對。大概需要多陡的坡啊？」

「傾斜程度會依地區有所不同，不過高度大約二十公尺。」

「二十公尺。這附近沒有，要自己用土堆一個也很辛苦啊。」

「的確很辛苦呢。」

「好，駁回。」

「咦～」

「不要『咦～』，以勞力方面來說做不到吧？」

「我明白了。那麼，把這張滑行賽的籤放回去，假使又中一次，就請您舉辦滑行賽。」

「哈哈哈，沒問題。」

看來我是個笨蛋。

今年的慶典，定案為滑行賽了。

既然要做就要全力以赴。

首先我和文官少女組針對滑行賽討論，擬定計畫。

「需要堆一座小山出來呢。」

「如果先挖洞，再用挖出來的土在旁邊堆山，就可以利用高低差省下一半的工夫……」

「那個洞日後還可以當新的水池，但小山就很難找到其他運用方式了。」

「用那些土建一道圍繞村子的牆怎麼樣？」

「不論如何要堆一座可以讓十人同時跑的小山太嚴苛了，三人左右的不行嗎？」

「假使可以測速，要一個一個輪流跑應該也無妨……」

「那麼為了測速……不如這麼做……」

「不，那樣就不是滑行賽了吧？」

「會放大個別選手的差距。」

「既然如此，乾脆這樣……」

「已經看不出滑行賽的原樣了。」

「不是只要好玩就行了嗎？」

計畫擬好了。

總之，我可以確定自己非得全力使用「萬能農具」不可了。必須多加把勁才行。

半人牛族住的二號村來了兩位派駐員。

蘿娜娜跟米爾亞。

兩人當然都是半人牛族的女性。

因為是在入冬前挑出的人選，基本上她們會待在「大樹村」。

即便偶爾會回二號村，但不會在那邊停留太久，頂多住一晚就會回來這裡。

半人馬族住的三號村來了兩位派駐員。

兩人當然都是半人馬族。

只不過，跟二號村不同，三號村常常替換派駐人員。

起初是每三天左右換一次，現在也經常輪替，這是為什麼呢？

我詢問負責照顧半人馬族的菈夏希。

「因為覺得派駐員這個職位很有魅力，許多人自告奮勇，結果就變成這樣了。」

「很有魅力？」

「是的。」

「哪個部分？食物嗎？」

「不，是可以待在村長身邊工作這點。」
「呃……」
「我們原本就不認為侍奉有力人士算什麼苦差事，反倒當成一種榮譽。」
「有力人士……是指我嗎？」
「除了村長以外還有誰呢？」
「啊……」
「況且，移動時還有機會讓村長騎乘……是個令人稱羨的職位。」
這麼說來，我要離開村子時，半人馬族好像都一副坐立難安的樣子。
「嗯，我懂了。」
「這樣啊。那麼，有件事想和您商量。」
「什麼事？」
「古露瓦爾德因為被任命為三號村村長，不能擔任派駐員。」
「呃……那她希望我怎麼做？」
我前往三號村，騎著古露瓦爾德散步。
「這樣可以嗎？」
「真是勞煩您了。」

目前村裡負責照顧其他種族的有四人。

負責獸人族的拉姆莉亞斯。

負責半人牛族的娜芙。

負責半人馬族的菈夏希。

負責樹精靈族的瑪姆。

雖然負責照顧其他種族，但基本上四人都生活在「大樹村」，並非隨時都在管理與監督負責的種族。她們的工作，是在有人求助時接受諮詢。因此，雖然沒事的時候很閒，有事的時候卻很忙。

總是處於忙碌狀態的只有拉姆莉亞斯。

因為獸人族的男孩子們年紀還小。雖然已經比剛來村子那時要大了。

她工作起來就像保姆和小學老師那樣。

至於娜芙跟菈夏希，身為種族派駐員的諮詢對象，也會忙這個忙那個的。

然而，負責樹精靈的瑪姆……

「我就那麼不可靠嗎？」

就某方面而言，樹精靈可以放著讓她們自由行動，不必多費心力照顧。因此，對方不太會找她商量事情。應該說……工作量趨近於零，頂多就是轉達我們這邊的注意事項而已。

「我希望有更多人來麻煩我！」

需要費心照顧是個問題，但是完全不需要費心大概也是個問題。

下次我就叫樹精靈們盡量找些事跟瑪姆商量吧。

3 信仰與不死生物

二號村供奉的是農神，三號村則擺了戰神和其他各式各樣的神像。

雖說也可以委託麥可先生弄來現成的神像……不過最後還是由我親手雕刻。

實際存在與否先不談，這個世界的宗教，或者說神祇的種類繁多。

感覺每個地區的信仰都有各自的神祇。

在這當中，有個叫科林教的宗派將多數信仰整合起來，成為一大勢力。

科林教的理念只有一項。

那就是尊重自己跟他人的信仰。

說穿了就是信仰自由。

信什麼都可以，但是不可以妨礙他人的信仰是他們的理念。因此就算是同屬科林教的教徒，也可能崇拜不同的神明。

話雖如此，只要人多的地方就會分派系，有派系就會影響到人事問題。

科林教當中最大的派系，就是拜創造神的那一派。

接下來則是光神、戰神、農神、魔神、藥神和樂神的樣子。
附帶一提，樂神是跟音樂有關的神，類似演藝之神的感覺。
然後呢，露的爺爺——始祖大人，似乎正是這個科林教裡的大人物。

「哦～」
「還『哦～』呢，可以更驚訝一點吧？」
始祖大人對我的反應表示不滿。
「呃，說是那麼說……但我就只有『原來是做那方面的工作啊』之類的感想而已。」
「這麼說也對啦～我雖然一直保密，但好像根本沒必要啊～」
始祖大人正在思索時，露把茶端了上來。
「始祖大人，我認為就很多方面來說，都是保密比較好。」
「是嗎？」
「是。畢竟大家對吸血鬼有許多誤解。」
「確實沒錯。」
我喝的是綠茶，始祖大人則是咖啡。露把飲品放下後就離開了房間。
雖然是因為必須照顧阿爾弗雷德……不過仔細想想，她好像極力避免接近始祖大人。
芙蘿拉則是根本不靠近，難不成她們覺得始祖大人很難應付？

「對了，村長，有件事我之前就很在意。」

「嗯？」

「擺在後面架上當裝飾的杯子，是不是雕有創造神？」

「是啊，那是我冬天試做的……因為是失敗作，所以只能當裝飾。」

「失敗？哪一點失敗啊？」

「缺乏實用性這點。因為連就口的部分都有雕刻。」

「不不不，應該要這樣拿著喝才對吧？」

始祖大人把手裡的咖啡杯湊近嘴邊。

「按照那個杯子的設計，下唇的部分剛好會碰到創造神的手……就等於從創造神手中領取聖水！了不起！超棒的設計！」

「哈哈哈。」

這是巧合。我之前從來沒考慮過這種事情。不過，被人家大力誇獎的感覺不壞，乾脆就順著始祖大人的想法吧。

「既然如此，要不要把杯子帶回去？」

「我會把它用在最重要的儀式上。」

「不不不，用在日常生活……算了，隨你高興吧。」

總比單純當裝飾品強。

於是始祖大人開開心心地帶著杯子回去了。
由於始祖大人已經離開，我便去找露跟芙蘿拉，目的是要解開方才的疑惑。

「妳們不太會應付始祖大人嗎？」
「該說不太會應付呢，還是該說戒慎恐懼呢……」
「畢竟他就像是吸血鬼之神一樣。」
始祖大人是吸血鬼的始祖，所以是神……
原來如此。她們這麼說也沒錯。
「始祖就只有一位嗎？」
「沒聽說還有其他人耶。」
「我也沒印象。」
這樣啊。
如果有好多位也就罷了，既然只有一位，被當神看待也是難免。
該不會就是因為這樣，才輾轉當上了科林教的大人物？不會吧。

「那麼，始祖大人剛才蒞臨有什麼事？」
「也沒什麼，說是冒出大批不死生物，希望我們多少留意一下。」

「大批不死生物？在哪裡？」
「這裡的東北方方向吧。他說要穿過森林後再翻過山脈，相當遙遠。」
「還要翻山啊？那應該沒事吧。」
「始祖大人也說只是姑且提醒一下。不過嘛，反正我們也不會去那邊，應該沒問題吧。」
「也對。不過，跟其他人也說一聲比較好。」
「那當然。還要通知比傑爾、麥可先生，還有好林村。」
以位置來說，距離最近的是好林村。
不過還是距離挺遠的啦……
我拜託拉絲蒂，透過小型飛龍通訊告訴他們。

不死生物。
我腦中浮現的畫面，是殭屍和會動的骷髏。
還有稍微特別一點的鬼魂？
感覺是一群對人世尚有眷戀，所以不肯安分的傢伙，實際上似乎並非如此。
沒有實體的魔物附在屍體上活動，就成了殭屍。
沒有實體的魔物想要取得實體，就成了骷髏。
沒有實體的魔物聚集起來蓄積力量，就成了鬼魂。

不死生物的真面目是沒有實體的魔物，跟對人世是否還有眷戀毫無關聯。似乎只是因為屍體動了起來，才讓人們產生那樣的印象，並且將錯誤的認知廣為流傳。

至於剛剛提到的那批不死生物……

「放著不管沒關係嗎？」

「基本上應該放著也無妨吧？過幾年就會消失了。」

「是這樣嗎？」

「嗯，只是會產生幾個問題。」

「麻煩詳細解釋一下是哪些問題。」

「呃……殭屍是最嚴重的問題吧。屍體就等於疾病的源頭，而且不限人類屍體。讓那種東西到處遊蕩會很難處理，而且一旦掉進水源之類的地方就更糟了。」

「還真是麻煩啊。」

「第二個問題，則是不死生物會變成魔物跟魔獸的食物。」

「食物？」

「是的。所以，強大的魔物與魔獸會聚集到不死生物的所在地。」

「原來如此。的確是個問題。」

「但是，不死生物既不會主動襲擊也不怎麼移動，只要放著不管，不知不覺間就會被吃掉。」

「所謂的消失就是這麼回事嗎？」

「沒錯。雖然不太清楚這個情況大量發生的理由，不過會有強大的魔物和魔獸盯上這批食物，所以要注意喔。」

原來是這樣啊？之前都誤會了。我還以為是要留意那批不死生物的動靜。

當我正在思考時，哈克蓮從旁插嘴。

「如果是不死生物，我去噴火一下就能清掉啦。」

「妳能只消滅不死生物嗎？不會造成其他影響嗎？」

「嗯……周圍的地貌會稍微改變吧。」

「和不死生物帶來的損害相比，妳造成的破壞是不是更嚴重啊？」

「或許唷。」

「駁回。」

「咦～」

「理所當然的判斷。」

就先放著不管吧。

如果距離最近的好林村求援，再讓哈克蓮花點力氣。

4 天使族族長的女兒

目前，我所居住的地方叫「死亡大地」。位於死亡大地的森林則稱為「死亡森林」。

搬出死這個字是有理由的，因為這座森林幾乎沒有鳥類。

因為是連鳥都飛不了的森林和大地，所以叫「死亡森林」和「死亡大地」。

而且，幾乎沒有鳥類的原因是……都被魔物或魔獸獵光了。

我不太清楚詳情，據說是名叫惡魔蜘蛛的鳥類天敵在這座森林稱王。蜘蛛是鳥類天敵，這好像相反了吧？

那麼，若問為什麼我要思考這些事……

在我眼前，有十名天使族以及大約三十名的——哈比族？這樣稱呼行嗎？那群雙手變成翅膀的傢伙，被座布團的孩子們用絲線擊落，又被小黑的子孫們痛毆一頓。

啊，似乎是哈比族沒錯。太好了。

「那個，不好意思，是不是可以請牠們停手……」

格蘭瑪莉亞以有點尷尬的表情對我低頭拜託。

先前格蘭瑪莉亞為了把認識的天使族叫來「大樹村」而動身。

途中，她遇上天使族族長的女兒。對方問了許多有關我們村子的事，得知蒂雅生了我的孩子後勃然大怒。

然後便召集部下殺來這裡。

也就是我眼前的這票人。

…………

「換句話說，妳們是敵人？」

聽到我這句話，嚇得那些治療完畢後被強迫跪坐的天使族與哈比族抖了一下。

「我、我們並沒有敵意……」

天使族其中一人舉起手輕聲這麼說道。

「是這樣嗎？妳們召集人馬殺來村子對吧？敵意顯而易見耶。」

「我也這麼認為。」

格蘭瑪莉亞贊同我的看法。

目前，在場的有我跟格蘭瑪莉亞。

眼前是排成一列跪坐的天使族與哈比族。

小黑的子孫們在他們背後晃來晃去。一旦有人敢未經許可站起身，牠們會立刻制伏對方。

雖然我還找了露、芙蘿拉和蒂雅，但是來的只有芙蘿拉。說是有什麼不方便露臉的理由。看來事情還挺複雜的。

「話說回來，格蘭瑪莉亞，為什麼蒂雅生下我的孩子會讓她們暴怒？」

「村長，請您過來一下。」

格蘭瑪莉亞在和那群跪坐的天使族有段距離的地方向我解釋。

「天使族基本上是只有女性的種族。」

我以前好像從蒂雅那邊聽說過這件事。

「可是，為了避免絕種，天使族需要男性。」

沒錯。

「因此，會向其他種族尋求男性。」

嗯。

「正常情況是找人類，不過又傳統又試煉又審查的一堆事……這種想法上的差異，就是這次事件的開端。」

「……妳省略過頭了，麻煩說得再詳細一點。」

「結婚對象不夠格，讓人家看扁天使族可不行，安排嚴格的試煉又會導致沒人能夠突破，因此天使族分裂為遵守派跟無視派吵個不停。」

「啊……」
「由於她是天使族族長的女兒，所以屬於遵守派。蒂雅大人、我、庫德兒和可羅涅真要說起來也算遵守派，不過，呃……我們和村長……」
「所以她氣急敗壞地衝來這裡。」
「是的。」
附帶一提，天使族以蜥蜴人與哈比族等卵生種族當隨從，似乎是為了宣揚自身的純潔。
原來如此啊。
就當前的狀況來說，給她們一點懲罰讓事情收場也是可以……
不過考量到蒂雅跟格蘭瑪莉亞她們的立場，光是這樣看來不夠。

「所謂的試煉有什麼內容啊？」
「咦？」
「也就是說，只要我突破試煉，成為配得上天使族的伴侶就沒問題了吧？」
「是、是的。話是這麼說沒錯……」
「是『飛上天』或者『在水裡待一小時』這種不太可能通過的試煉嗎？」
「很接近……但我想村長應該沒問題。」
「是這樣嗎？」

「是的，畢竟村長是蒂雅大人的伴侶。」
「是蒂雅跟妳們的伴侶吧？」
格蘭瑪莉亞有點不好意思。
不過嘛，在那之前我想先聽聽天使族跟哈比族要怎麼道歉。

「那麼，呃……我說天使族族長的女兒。」
「我叫琪亞比特。」
「琪亞比特，我已經明白妳們來到此地的理由了。換句話說妳們是敵人對吧？然後呢，既然被捕，妳們就歸我所有，想怎麼處置妳們都是我的自由。懂嗎？」
「慢著！我、我可是天使族族長的女兒！」
「我知道。」
「如果我出了什麼事，天使族不會默不作聲！」
「格蘭瑪莉亞，是這樣嗎？」
「應該是這樣沒錯……不過有蒂雅大人在，我想沒問題。」
「這跟實力有關嗎？」
「蒂雅大人是天使族裡最強的。其次是族長，再其次則是我們三人。」
「嗯……所以說，在這裡的十名天使族……」

「只要我和庫德兒、可羅涅聯手就能贏。」
「其餘天使族還有多少人？」
「總數大約三百人左右，不過聯絡得到並且能和族長一起行動的……大概五十人左右吧？」
「五十人。戰力以在這裡的五倍計算……」
一名天使族，差不多兩隻小黑的子孫就能壓制，再加上還有座布團的孩子……
「我想不可能會輸。」
「既然這樣，我怎麼處置都不成問題對吧？」
「是的。」
「等一下等一下等一下！不、不止天使族喔，願意和我們合作的種族也很多！膽敢對我出手的話，會有數以千計的軍隊攻來這裡喔！」
「……原來如此。」
「看來你明白了。那麼，趕快放開我。」
不，我又沒有綁住妳們，只是要妳們跪坐而已。
這個嘛，因為有小黑的子孫看守，跟關起來大概相去不遠吧？
…………
我暫時擱下琪亞比特，走到哈比族的前方。

「你們好像只是跟著來的，真的嗎？」
對於我的詢問，看似哈比族代表的人答道：
「是的，一點也不錯。」
「原來如此。那麼，只要放棄琪亞比特，改為追隨格蘭瑪莉亞，我就原諒你們，還會替你們準備吃的。如何？」
「……我等誓死效忠格蘭瑪莉亞大人。」
大概是經常練習吧，只見全體哈比族用整齊劃一的動作低下頭。
「你、你、你、你們這些傢伙——！」
琪亞比特大叫，但是哈比族全都別過頭去。
「很好，那就依照約定原諒你們了，站起來吧。」
「非常感謝您。」
確認在背後的小黑子孫已經走開後，哈比族站起來活動僵硬的身體。是因為跪坐太辛苦了嗎？
「至於食物……嗯，已經來了。很抱歉只能端出這種簡單的菜色，請用。」
「哪裡，感激不盡。」
哈比族們開始吃起鬼人族女僕送上來的餐點。
一時之間，我還想他們只有翅膀沒有手該怎麼辦，結果他們靈巧地運用位於翅膀中央的爪子拿湯匙進食。

此外，他們的用餐禮儀好得出乎意料，讓我十分驚訝。

大概是鳥類總給我一種吃東西會散落一地的印象。妄自揣測真是不好意思。

接下來。

我望向琪亞比特以外的天使族。

這些天使族包含琪亞比特在內，清一色都是金髮美女。她們是不是花了很大的工夫整理頭髮呀？身上衣裝雖然似乎是戰鬥用，優雅卻多過粗魯。另外，她們背上還有彰顯存在感的美麗白翼，真是名副其實的天使。

雖然會輸給蒂雅跟格蘭瑪莉亞她們啦。哎呀，我是不是偏袒自家人啊？

不過嘛，目前這批天使族的頭髮、衣服和翅膀都沾了泥土，糟蹋難得的美貌。

她們好像也很介意這點，會趁我挪開目光時，用手把衣服及秀髮上的髒東西撥掉。

「妳們也只是跟隨琪亞比特行動而已吧？如果乖乖道歉，我就原諒妳們。」

…………

沒反應。

想表示自己跟哈比族不一樣嗎？

「村長，可以聽我說嗎？」

「嗯？」

格蘭瑪莉亞小聲地對我說明。

「哈比族只要侍奉天使族就行，跟隨琪亞比特或我都沒關係，因此剛才的條件可以拉攏他們。然而，這群天使族要是明確背叛族長的女兒琪亞比特，即使現在得救，日後也會有麻煩。」

「不能說是因為緊急避難才便宜行事嗎？」

「因為琪亞比特就在她們眼前。」

「原來如此。」

那麼，我就改變方式吧。

「琪亞比特攻打本村，這是不能饒恕的大罪！因此，我要給琪亞比特十種懲罰。每一種懲罰都相當痛苦，要是乘上十倍……或許會變得很悲慘。不，一定會慘不忍睹。」

聽到我的說明，琪亞比特頓時面如土色。

「不過，妳們當中只要有一個人謝罪，我就將琪亞比特的懲罰減去一項。兩個人謝罪，就減去兩項。三人謝罪，就減去三項。如何？」

「真是非常抱歉。」

除了琪亞比特以外的天使族都低頭了。

呵呵呵，一切都如我的計畫。

「真沒想到，琪亞比特的跟班這麼輕易就屈服了……」

格蘭瑪莉亞感到很驚訝，但我並未做出什麼不可思議的事。

「只要給她們低頭也沒關係的藉口就好。這回則是利用『拯救琪亞比特』這個藉口。」

「很好，除了琪亞比特以外的人都可以站起來嘍。我會替妳們準備餐點，吃完也可以使用浴室。」

那麼，還剩下一個人——琪亞比特。該怎麼處置呢？

「很抱歉，都是我不好。」

正當我在琪亞比特面前煩惱時，對方已經先低頭了。

……………

「好啦，該怎麼辦呢？」

「對不起。」

她都快哭出來了。我是不是做得有點過頭啊？不不不，她帶人進攻村子，這點處罰還是該受。然後，既然已經聽到人家致歉……

「我原諒妳。」

「啊嗚嗚嗚嗚嗚。」

琪亞比特放聲大哭。

5 天使族的試煉

「都好了吧？」

我對洗完澡、吃完飯後心情平復下來的琪亞比特搭話。

「什、什麼？」

「別那麼提防，妳又不是我的敵人。」

「也、也對，我不是敵人。所以，什麼事？」

「我就直說吧，告訴我天使族的試煉是什麼。」

「……你的意思是？」

「假使我通過天使族的試煉，妳們就會認可我跟蒂雅的事了吧？」

「是、是呀。但是，我不認為你能通過。」

「是嗎？」

「沒錯。」

「這個嘛，反正先說來聽聽。試煉應該是由族長家的人說了算吧？」

儘管格蘭瑪莉亞說沒問題，但我還是有點不安。

「天使族的試煉共有五項。」
「有五項喔？」
「對呀，怕了吧？」
「有一點。」
感覺很麻煩。不行、不行，這是為了讓她們認可我跟蒂雅的關係，必須加油才行。
「先告訴我第一項。」
好吧。第一項是財力！必須捐給天使族金幣七百七十七枚。」
「金幣？」
「在這一帶用加爾加魯德金幣就可以了。」
「金幣喔……用現貨抵可以嗎？」
「也行。」
「格蘭瑪莉亞，妳去倉庫隨便拿一個價值相當的東西過來……啊，已經拿來啦？」
我把東西交給琪亞比特。
「歌果石？這麼大顆？咦？價值在一千枚金幣以上？」
這是之前德斯送的禮物之一呢。
「這個可以吧？」
看來是沒問題。

「那麼，第二項。第二項是智力。先準備像這種大小的石子二十顆。」
我按照她的要求拿來二十顆小石頭。
「這是天使族很熟悉的遊戲。由我跟你較量，你贏了就算過關。」
「懂了。那遊戲規則呢？」
「雙方輪流取走石頭，拿到最後一顆的人就算輸。每次可以拿一到三顆，輪到自己時一定要拿。懂了嗎？」
「懂了。」
原來是那個遊戲啊？
「那麼，比賽開始。先攻或後攻，你喜歡哪個就選哪個吧。」
「我知道了。」
地上共有二十顆石頭。規則說拿到最後一顆的人就輸了，也就是說，拿了沒事的石頭是前十九顆。一次最多能拿三顆，而且不知道對方會拿幾顆……
啊，不對，換種方式思考。不是拿到第二十顆算輸，而是拿到第十九顆的人贏。所以我這邊要調整數量，讓對手不管怎麼拿都沒有影響。
意思就是……

對方拿三顆的話，我就拿一顆。對手拿兩顆，我就拿兩顆。對手拿一顆，我就拿三顆。這麼一來，每一輪都會減少四顆。

十九顆的話，四乘四等於十六，還剩三。所以先攻拿掉多餘的三顆就必勝。

「那我先攻了。首先拿三顆。」

「是嗎？那麼，我拿一顆。」

…………

贏了！

「再、再比一次！」

「可以是可以，不過誰先攻要由我來選喔。」

「沒問題。那麼，這次多加一顆小石頭。」

既然沒有多餘的部分……

「琪亞比特妳先攻。」

…………

贏了。

「再一次！」

「不，告訴我下一項試煉吧。」

這是天使族熟悉的遊戲。換句話說，蒂雅跟格蘭瑪莉亞也會玩，還有機會跟她們同樂。再加上，我在前一個世界見過類似的遊戲，只要能選擇先攻後攻就有必勝的把握。

「第三項試煉是武力。」

「武力？這個就棘手了……」

「呵呵呵，看來你不太擅長呢。」

「算是啦。所以呢，要怎樣才能展現武力？」

「跟我指定的對手戰鬥，只要能活下來就可以了。」

「沒打贏也行？」

「對。」

「唔……」

我看了格蘭瑪莉亞一眼。

叫我去戰鬥會不會太勉強啦？

雖然我如此抱怨，她卻豎起大拇指表示沒問題。真的假的啊？

「我知道了。對手是誰？」

「呵呵呵，聽了包準你嚇死！那是在世間掀起騷動的吸血公主——露露西唷！」

「……」

「看來你嚇傻了呢。我就知道。露露西可是連那個蒂雅也贏不了的對手，憑你這種貨色根本不可能活下來！」

「啊，不，那個……」

我尷尬地看了格蘭瑪莉亞一眼，她已經憋笑憋到整個人蹲在地上了。

「呃～這是我老婆。」

「午安。這樣可以嗎？」

「嗯。不好意思麻煩妳了。」

「沒關係。話說回來，得去準備慶典了吧？剩下沒多少時間了。」

「我知道了，我會快點解決。」

露稍微打完招呼便離開，接著我對呆掉的琪亞比特搭話。

花了一點時間，她才有所反應。

「……老婆？」

「是啊。」

「她剛才抱的那個，是你的小孩？」

「對。雖然已經相當大了，不過還是很愛撒嬌呢。」
「呃……」
「這樣可以算是活下來了吧？」
「呃、呃……對……」
「麻煩下一項試煉。」
「啊，嗯、嗯。下一項是交涉能力。」
「交涉能力？」
「沒錯。繼財力、智力和武力之後就是交涉能力。」
「那我要找誰交涉什麼？」
「先、先等一下。」
琪亞比特做了個深呼吸，重新打起精神。

「第四項試煉！要求的是交涉能力！對方是據說無法對話的古爾古蘭德山之王……」
琪亞比特正要擺出帥氣的姿勢時被打斷了。
「又要辦慶典了對吧？今年我也來參觀嘍。」
「還早呢。」
「哈哈哈，我今天只是來看女兒而已。大約會停留兩天。」

在回答的同時，我已經看出這項試煉的結果了。

「話說回來，德萊姆，你住的山叫什麼名字？」

「嗯～？印象中，住在附近的人好像把它叫做什麼古爾古蘭德山吧？」

「我知道了，謝謝。」

德萊姆從龍型變成人型，朝旅舍的方向走去。

記得剛認識德萊姆的時候就曾聽說他非常怕生。所以才說無法與其對話嗎？唉，畢竟龍的模樣很嚇人嘛。

那麼……

「妳還好吧？」

琪亞比特已經昏倒了。

不知為何又去洗一次澡的琪亞比特，帶著泛紅的臉在我面前擺姿勢。

「最後一項試煉嘍！」

「喔，好。」

財力、智力、武力和交涉能力都過關了……最後會是什麼？

「是運氣。」

「運氣？」

「沒錯，運氣。你將硬幣彈上去，只要出現正面就ＯＫ了。」
「原來如此。」
「硬幣用這個徽章代替。一面是天使族，另一面是盾與劍。有天使族的那面算正面。」
「知道了，不過……」
我接過硬幣，檢查正反兩面。
看起來沒有什麼機關，正反兩面的重量平衡似乎也沒問題。
完全看運氣是吧？
我又看了一下格蘭瑪莉亞。格蘭瑪莉亞再度豎起大拇指表示沒問題。
呃，運氣這種東西可沒辦法控制啊。
我並不覺得自己的運氣有多好……
難道是要出老千？
像是把硬幣扔起來之後用雙手夾住，然後讓正面朝上之類的？
「拋出硬幣後，你就不能再碰了。要直接讓硬幣掉在地上。」
被看穿了。不，應該是寫在臉上了吧。
「知道啦、知道啦。我不會作弊。」
看樣子是沒法左右結果了。
我乖乖地將硬幣往上彈，等它自然掉落地面。

硬幣是正面朝上。

然而，琪亞比特卻冷不防伸手將硬幣翻面。

「咦？」

「呵呵呵，哼哈哈哈哈哈哈哈哈哈哈哈哈哈哈！真遺憾，這下子你的試煉就失敗啦！」

「慢著，妳這樣太過分了吧？」

「雖然你不能碰硬幣，但是規則沒說除了你之外的人不能碰硬幣啊。只是硬幣在完全停下來之前碰到我而已。」

一臉得意的琪亞比特令人火冒三丈，不過我的怒氣很快就消了。

因為不知何時現身的蒂雅，狠狠地往琪亞比特的後腦勺揍了一拳。

「做、做、做什麼啦！」

「因為妳幹了蠢事呀。」

蒂雅把地上的硬幣翻回去，然後用力踩進地面。

「這麼一來，最後的試煉就過關了。琪亞比特也該認可我跟村長的事了吧？」

「妳在胡說什麼啊！」

「不認可的話要不要再來一拳？這次會直接揍臉喔？」

「噫——」

「認可了吧？」

「嗚、嗚嗚……」

「快點認可。」

「我、我認可。」

「謝謝，我真幸福。」

「唔……」

「就是因為難度看族長一家人的心情，才會有不遵守的人出現。妳該多想想這點。」

「嗚嗚。」

總之，看來我通過了天使族的試煉。

順帶一提，死命想把硬幣從地面挖出來的琪亞比特看起來有點寂寞，所以我去幫忙了。

「蒂雅妳剛剛之所以不露面，是因為有試煉的關係嗎？」

「是。我一旦現身，就會讓琪亞比特更不服氣。」

「因為她不想在妳面前示弱？」

「那也算是一個理由，不過……唉呀，那個，主要是針對我先有了小孩這一點。」

「嫉妒嗎？既然試煉難度全由族長一家決定，她們不就可以隨便決定對象？」

「關於這點嘛……」

據說目前的族長，也就是琪亞比特的母親，結婚對象似乎是個只有長相可取的男人。琪亞比特的母親愛上對方，讓他接受難度超低的試煉，於是生下了女兒琪亞比特。這位只有臉長得帥的父親，讓琪亞比特有非常強烈的自卑感。

「畢竟其他人的父親都是通過了困難試煉的優秀男性。」

「啊……」

「其實過去也有不少人向琪亞比特求婚，但都被她嚴苛的試煉趕跑了……就在最近都沒人求婚的情況下，卻聽到被她當成同類的我和沒通過試煉的人生孩子。」

「同類？」

「呃，那個……不知為何大家都說我很恐怖，所以我沒有被求婚的經驗……」

「明明這麼可愛呢。」

「討、討厭啦，不要開人家玩笑。」

當我跟蒂雅在打情罵俏時，感覺到一旁有目光盯著我們看。目光來自琪亞比特。

「怎麼啦？」

天使族跟哈比族的人數太多，旅舍住不下，只好請他們去一號村過夜。

然而，一號村那邊什麼都沒有，要湊齊寢具等需要的東西有不少事得做……

「我、我只是想正式向你致歉並道謝而已。另外，我也想好好和你談一談。」

「……」

「談什麼啊？」
「妳不衝動的時候還挺正常的呢。」
「真沒禮貌！」
「好啦、好啦。蒂雅在場妳不介意吧？」
「嗯。」
於是我跟蒂雅、琪亞比特在旅舍餐廳圍桌而坐。
吃晚飯稍嫌太早，所以我們喝了點酒。原本是為了讓對話可以更順暢地進行，不過……
「啊哈哈哈哈哈哈哈！」
琪亞比特的酒量比想像中還差。
「呃……」
「唔———這邊的酒比較好喝耶。再來一杯！啊哈哈哈哈哈哈！」
「小姐，看來妳懂得什麼是好酒呢。這種也喝喝看。」
因為有來客而期待發展成宴會的矮人們闖進來，這下子更沒辦法談話了。
「看樣子……今天是不行了。」
「是呀。」
「把其他人也找來吧。」
我跟蒂雅放棄與琪亞比特談話，如矮人們所願，開起了宴會。

6 跟琪亞比特商量以及哈比族

「這裡的酒很好喝耶，送我一些當土產吧。」

琪亞比特跟哈比族們留在一號村過夜，吃飯則飛來「大樹村」用餐。

感覺很像候鳥。

「應該沒給樹精靈們製造困擾吧？」

「放心吧，沒有接觸到能給她們帶來困擾的程度。」

這算是好事嗎？

「話說回來，為什麼有那麼多空屋？」

「哈哈哈。」

這件事說起來就傷感情了。

「啊哈哈，別因為找人幫忙就放著不管，要多問一下消息才行呀。」

「說的是。」

「雖然多虧這樣讓我們能睡個好覺就是了。」

「既然這樣，妳們要不要乾脆住下來？」

「很感謝你的好意，不過有點困難耶。因為我還有工作。」

「工作？」

「加雷特王國的巫女。」

「……加雷特？」

「一個從這裡看算是在西北方的國家。那邊崇敬天使族，所以我還算有點地位。」

「哦？」

「基本上，我的地位比他們的國王還高。」

「……」

「能不能別用奇怪的眼光看我啊？」

「呃，妳說是這麼說……」

「唔——」

「抱歉。如果妳不行，那麼其他天使族呢？」

「她們也有工作所以沒辦法喔。不過，格蘭瑪莉亞遊說過的幾個人大概沒問題吧？應該會有幾個人願意留下來。」

「咦？跟妳一起來的天使族，和格蘭瑪莉亞遊說過的天使族不一樣嗎？」

「對。畢竟格蘭瑪莉亞也不會特地找有工作的我們啊。跟我一起來這裡的，都是我聽到格蘭瑪莉亞那些話之後召集的。」
「原來如此。不過……」
這麼一來就有個疑問。
「有什麼奇怪的嗎？」
「明明有工作，還召集人手跑來這裡？」
「總、總是需要調劑一下身心嘛。」
「是這樣沒錯，不過硬逼人家來可不行喔。」
「我才沒有硬逼呢。」
「真的嗎？」
「好吧，我承認多少有點強迫她們啦。」
「誠實很好。」
「哼。」
「哈哈哈。那麼，格蘭瑪莉亞遊說的那些天使族呢？」
「她們好像在休假，可能會有兩～三人來吧。來了以後請你和她們好好相處。」
「我明白了。還有，關於哈比族的事……」
因為說過要效忠格蘭瑪莉亞，所以她們打算直接留下。
「無妨，反正還有其他人。不過，裡面有些已經成家了，希望你只留下志願的。」

「那當然。如果有人想回去，就麻煩妳帶著一起走了。」

「既然是我帶來的，我就會負起責任。」

「有勞妳了。」

當她不衝動的時候，腦袋還挺正常的。

「另外，如果有哈比族想來這裡，可以帶過來嗎？」

「這個嘛，有志願者的話就拜託了。」

琪亞比特又住了一晚，隔天就回去了。

雖然大半哈比族都希望留下，不過全員都和琪亞比特同行。

因為就算要在這裡生活，也需要回去搬行李並跟家人解釋等。

「等哈比族正式搬過來，就讓他們住一號村吧。」

「也好。只是真要說起來，不是類似半人馬族那種住家，大概沒辦法讓哈比族住喔。」

聽到我喃喃自語，格蘭瑪莉亞從旁答道。

「這怎麼說？」

「哈比族睡覺時不用床。不是棲息在樹枝上，就是築巢而寢。」

「……」

「另外棲木要是有能遮風避雨的屋頂和牆壁就更理想了。」
「現成的房子不行嗎？」
「也不是不行，但是開關門會很辛苦。不過嘛，習慣了應該就還好……」
「原、原來如此。」
「另外，已經成家的會和家人一起生活，但是單身的年輕人則偏好團體生活。」
「團體生活？」
「是的。哈比族是以集體狩獵而生，這樣可以增進合作默契。」
文化和生活模式的差異嗎？
就類似蜥蜴人想要水池作為產卵地那樣吧？
「知道了，我會好好設想這部分。」
「感謝您。」
「……目前的居民們，有類似剛才那種問題或任何不滿嗎？」
「這部分應該沒問題，大家也住得越來越自在了。」
「希望是這樣……」
「為了保險起見，我會去確認一下。」
「麻煩妳了。」
種族之間總是有差異呢，搞不好我在無意中將一些不方便的事物強加給其他人了，以後得要更加留意才行。

有人提出意見了。跟棉花有關。

好比說棉被。

到目前為止，都是請座布團牠們織出被褥狀的袋子，將森林裡收集到的草塞進去。

沙發之類的也是比照辦理。

用來當作填充物的草，因為就長在森林裡所以很好收集，也不需要什麼成本，所以大家普遍都習慣這麼做。

然而，這種草也有缺點。那就是每半年非得換一次不可。使用頻率高的物品甚至得每個月都換一次才行。

至於我的被子，由於鬼人族女僕們相當細心，大約每十天一次的頻率會更換裡面的草。真是太感謝她們了。

有人提議要不要把填充物改成棉花。

穿著方面，也有人提議不要穿座布團的絲線織成的衣服，改成棉布衣。

會有這種意見，不是因為討厭座布團做的衣服，而是那種衣服的品質太好，沒辦法當成便服或工作服穿著。

這種發言主要來自半人牛族和半人馬族。

上述兩點，就是跟棉花有關的提議。

原來如此。

說起棉花，因為已經有填充的草，加上棉花不是食物，我才沒有意識到它的重要性。假使考量村子的產業，種植棉花應該也不錯吧。

不過，單純塞進被子裡姑且不論，做成衣服需要把棉花變成棉紗的技術，這裡有誰……座布團的孩子們舉起一隻腳。

沒問題？交給你們？

「可以嗎？」

……呵，牠們露出充滿自信的表情。

明年，就決定來開闢棉花田了，目前先維持現狀。

至於半人牛跟半人馬們目前需要的衣服，就把座布團牠們織的布賣給麥可先生，再請麥可先生賣些舊衣服過來抵貨款。

雖然我覺得何必買舊的，但這個世界的平民百姓穿舊衣服好像是理所當然的。

買新衣服的只限有錢人跟貴族。庶民則是買舊衣服，或者自己動手做的樣子。

原來如此。

我原本在想，雖說是舊衣服，要收購適合半人牛跟半人馬族穿的尺碼應該還是很困難，然而對方不愧是在「魔王國」做生意的店家。

他收集到了足以抵貨款的量。

「量還真不少呢。」

「就是啊。」

差不多能裝滿三輛載貨馬車吧？我拜託半人牛和半人馬的代表將衣服分配下去。

似乎連半人牛和半人馬小孩穿的尺寸都有，真不愧是麥可先生。

平均一人可分到五件左右？這樣夠嗎？夠了？那就好。

如果不夠再跟我說一聲。

看見這些舊衣服，最高興的其實是座布團。

或許是受到外界流入的大量衣服款式刺激，牠十分來勁地製作新衣。

嗯，設計很棒……不過是給我穿的嗎？我只要普通的衣服就行嘍，簡單一點的。

我拿到了幾套不太適合日常生活穿的新衣服。

慶典的準備。

我在居住區西邊，比高爾夫球場還要靠西的地方挖洞。

涮涮涮，努力挖吧，涮涮涮。

我挖的坑並不是圓形，而是長方形，此外還很細長。寬度五公尺，長度則有五十公尺。從邊緣往中央會愈來愈深，通過中央之後又會愈來愈淺。

乍看下的印象，就類似把硬幣埋進地面一半的感覺。

我將長方形的其中一個短邊當成入口，另外再堆起小丘將人們導向那個入口。

雖說是小丘，但它同樣不是圓丘，而是細長型。

高度則有十五公尺左右。

山丘的寬度本來更寬，但為了配合滑行路線而加工成比坑洞入口略窄的四公尺。此外為避免選手摔出滑行路線，還加了護欄。

本來以為這項作業會很費力，卻意外地輕鬆。大概是因為居民增加了吧。

「真是壯觀啊。」

一名高等精靈站在小丘頂上說道。

雖然製作時是以我為中心，但我完全同意她的看法。這座山丘是附近的最高點。

我原本還想或許能看見二號村和三號村，結果還是看不見。真是遺憾。

好啦，這樣還不算完工，還有工程要做——在坑洞的另一邊。

「這裡要弄成蓄水池對吧？」

「是的，拜託您了。」

大家一起努力地工作。

7 新居

我的新居落成了。

是一棟氣派的房子。寬度……兩百公尺？縱深一百公尺？

嗯，與其說是住家，不如說是大宅邸。而且是貴族的豪宅。

在厚實的地基上，以紅磚搭配木材蓋起的兩層樓建築。有一部分是三層樓啊？這種屋子鐵定不是村長家應有的規模。

宅邸的平面形狀就像讓ㄈ字躺下來，大致上可以分為五個區塊。

像之前那棟房子一樣，中央也有個一百公尺×五十公尺的玄關兼大廳。

為了讓半人牛族不必縮著身子進入，門做得相當大。

不過，這樣讓平時生活在這裡的我們很費力，所以一併設置了普通尺寸的門。

二樓的部分挑高，並設有方便開關窗子與清掃的通道。不過通道的各處都規劃存有弓箭的倉庫是為什麼？緊急情況時要堅守宅邸嗎？在防止犯罪方面是很可靠，不過假想敵究竟是誰啊？

二樓沒有房間，所以還有三樓。三樓有許多面積約三張榻榻米到四張半榻榻米的房間。這是替在宅邸工作的人所準備的寢室……但目前都空蕩蕩的。

之前我一直不曉得，建築物較高的樓層似乎是讓僕人等地位較低者居住。哦～在我的印象中，應該是愈偉大的人住得愈高耶。是因為這個世界沒有電梯嗎？

總之大廳寬敞到能在雨天集合所有居民。只可惜，各處豎立的粗大柱子有點礙眼。假使能去掉這些柱子，視野應該會更開闊……但是建築結構上需要，所以也無可奈何。

一進玄關，旁邊就有一座展示架。

目前上頭擺放著第一屆武鬥會的優勝獎盃，另外還有枕頭的名牌。

高等精靈和蜥蜴人偶爾會跑過來，以欽羨的眼光望著獎盃。

大廳的右手邊，一樓是飯廳和廚房，二樓則是鬼人族女僕們的住處。

我原本還擔心不夠寬敞，不過完全是多慮。

此外，這裡還挖了地下室當成糧倉。

大廳右側深處。

這裡的一樓跟二樓都規劃為客房。

將一樓的房間稍加改造，當成半人牛及半人馬派駐員的房間。

裡頭還有一座小巧的門廳，設置了許多遊樂器材。

第一個使用者會是誰呢？

我起先還在猜測，不過露、蒂雅以及鬼人族女僕已經玩起來了。

大廳左側。

這裡的一樓是我的辦公室兼個人房間，此外也有會議室。

辦公室是工作用的房間，除了氣派的桌椅外，還有書架等物。

簡直就像貴族的房間一樣。

我的私人房間在更裡面。

這一塊是我的私人空間。除了我的寢室，還有露、蒂雅、芙蘿拉、哈克蓮和芙勞的房間。

芙勞在居住區已經有屋子了，因此這裡的房間是給她這位地方官做面子用。

「我住在那裡。」

只要有她的房間，就可以這麼宣示。

儘管芙勞表示不必在意，但是我們承蒙比傑爾關照，這點小事還是該做。不過嘛，也就是把一個空房間口頭指定為芙勞使用罷了。

雖然也曾提議要替有身孕的高等精靈莉亞和鬼人族的安等人準備房間，卻被婉拒了。

莉亞她們還是照舊住在居住區的屋子裡，鬼人族的安也和女僕同伴們住在同一個地方。

雖然我想盡可能尊重她們的期望，但是這麼一來，我不就很難見到孩子們了嗎？儘管有些不滿，不過這是討論後的結果，所以我不會多說什麼。

在我的私人房間附近，為了方便我做菜，也設置了廚房跟小飯廳。

這就是屋子變大的缺點吧。房間離飯廳太遠了。

會議室則是很普通的會議室。考量到各種需求，所以桌子並未固定。

二樓是個人房。

這裡有許多約八個榻榻米大小的房間。

照目前的規劃，會有兩個房間充當阿爾弗雷德跟蒂潔爾的兒童房，剩下的暫時空著。

這一區也有地下室，當成糧倉跟武器庫。

武器庫雖然保存著劍、槍、弓與防具等，不過幾乎都是德萊姆或德斯他們帶來的禮物。因此，與其說是武器庫，不如說更像是藏寶庫。

糧倉就是一般的糧倉。

只不過，這裡的糧倉延伸到大廳下方，跟女僕住處地下的糧倉相通。

除了搬運糧食之外，女僕們要移動到這一邊時，也可以不經大廳直接從通道過來。

在地下室的更下方還設置了金庫。入口設計成只能從我的辦公室通行，從其他地方沒辦法闖進去的形式。

進出稍嫌麻煩的地底金庫——這種東西不知為何令人有點興奮。不過，金庫裡面略顯空曠，只有跟麥可先生交易得來的金幣與銀幣而已。

感覺武器庫裡的東西還比較有價值。

大廳左側深處。

這裡的一樓是浴室跟倉庫。

浴室……很寬敞。嗯，很寬敞。有差不多能讓二十人同時泡澡的大浴槽，以及約為前者兩倍大的洗浴區。

公共澡堂？

感覺就有那麼大。

大浴槽跟洗浴區的熱水是在外頭燒好才流進來，從這點可以看出山精靈的高超技藝。

在我的要求之下，姑且還是另外建了一人用的小浴室。儘管比較狹窄，不過我認為能夠悠閒一點很重要。

倉庫就是普通的資材堆放場。

主要儲放木材、石材，以及草之類的。

原本還想說放在浴室附近會不會有問題，想不到意外地沒什麼濕氣。我起先猜是魔法的功勞，結果並不是。似乎是浴室設計了能排出水氣的良好通風結構，令人相當佩服。

二樓是工房和研究室。
工房是我作業的場所，兼當完成品的保存處。
研究室則預定給露跟蒂雅自由運用。
雖然也有芙蘿拉的研究室，不過這裡封印起來了。

宅邸外稍遠處，蓋有芙蘿拉的研究小屋。
主要是在處理發酵食品。
味噌跟醬油研發完成後，居住區蓋了一間量產用的小屋；然而芙蘿拉連在自己房間也開始生產而引發了氣味問題，只好把她的研究隔離。
發酵時，房間……應該說小屋的環境也很重要，所以這麼做或許更好。
附帶一提，芙蘿拉已經把她的家具搬去小屋，並在裡頭生活了。
嗯，希望她至少吃飯時能露個臉。

如上所述，新家……不，應該說新宅邸，跟之前的住處相較有三大差異。
首先是水。

過去都是從井裡打水儲放到各處的水桶或甕裡使用，現在終於有類似自來水的系統了。
這是因為我將幫浦構造教給山精靈。
在宅邸屋頂上製作巨大的水塔，用幫浦把水抽上去儲滿，再透過水管輸送到宅邸各處。
只靠一具幫浦跟水塔無法滿足整棟宅邸的需要，所以總共有五座水塔。
早上的取水作業變得輕鬆許多，以鬼人族女僕為首的居民都非常高興。
其次則是廁所的數量。
增加了不少。
由於屋子變大，這也是理所當然的。而且二樓跟三樓也設有廁所。
這都是多虧設置幫浦與水塔帶來的供水系統，以及史萊姆們。
最後一點。
蜘蛛通道幾乎遍布整棟宅邸。
所謂的蜘蛛通道，是指宅邸天花板下的座布團孩子們專用通路。雖說是座布團的孩子，但也只有拳頭那麼大而已。像枕頭那種尺寸就鑽不過去了。
走廊不必說，除了女性的寢室之外，每個房間牠們都能進去。另外還有樓層間移動的專用通道，以及通往屋外的專用出入口。
這讓座布團的孩子們欣喜若狂。
大概是來道謝的吧，看見辦公室上方的蜘蛛通道擠滿了座布團的孩子，讓我嚇了一跳。嗯，數量相當多呢。

真是棟好住家、好宅邸。

我很滿足。

滿足歸滿足……卻不是沒有不滿之處。或者該說有疑問。

主要是關於我的私密空間，說得更白一點就是我的寢室。

一般來說房門應該是內側上鎖，但是……

為什麼我的寢室卻設計成從外面上鎖？這麼一來我會被關在裡面吧？我覺得這是施工上的疏失，希望能修改一下。

另外，我的寢室跟其他房間之間有空隙又是怎麼回事？那些空隙的寬度足以讓人通過對吧？隱藏通道？不過走這條通道會進我的寢室對吧？這不是很怪嗎？緊急時逃跑用的？原來如此。

既然如此，為什麼無法從寢室前往那些隱藏通道？這些通道的鎖頭，或者該說門安裝的方向根本反了吧？

而且，為什麼可以從通道偷窺我的寢室？是當成護衛的待命場所嗎？我不會把陌生人帶進自己的寢室，所以不必擔心。

還有，從天花板上也有進入我寢室的通道耶。難道真有什麼事非得走那邊把我叫醒不可嗎？希望沒有才好。

所以說……

為了能讓我安心就寢，上述幾點務必改善。

「天花板已經封住了，但通道傾向保留。有隱藏通道不是比較有趣嗎？啊，不過，那些地方基本上禁止進入，能進去的只有座布團的孩子們，以及緊急狀況發生時。」

於是變成這樣了。

8 滑行賽（？）實驗

今年的慶典是滑行賽。

會場的準備萬無一失。

山坡、坑洞，再加上水池都已經完成。

參賽者要一個個從山丘上拿著滑板進行衝刺，在進入坑洞前乘上滑板，就這麼衝向水池。

這是一種比賽從坑洞出口到落入水池前誰飛得最遠的競技項目。

「這就是滑行賽嗎？」

我對站在旁邊的文官少女確認道。

「它是有原型的。」
「是這樣嗎？」
「考量到安全因素之類的就變成這樣了。」
跟直接對打的武鬥會比起來應該算安全吧。坑洞內的坡度，也用圓石滾動做過好幾次實驗，將飛行距離調整得恰到好處。這就類似有一半埋在地下的跳台吧？
既然這樣，不挖洞穴不是也可以嗎？不，堆山丘需要土所以免不掉吧？
「為了讓坑洞能夠滑得順一點，我們塗了某種液體。」
「油嗎？」
「不是，是不可燃的液體。油很貴，而且怕有什麼萬一。」
「有道理。所以，到底塗了什麼？」
「將高等精靈們收集來的草榨汁取得的黏液。」
「啊……」
我知道。就是那種像潤滑液的玩意兒對吧？用途保密的東西。
池裡的水量也十分充足。儘管已經小心避免水流入坑裡，不過水面一旦掀起波浪，應該還是會流進去一點。或許得考慮一下坑底的排水了。
「那麼，開始實驗吧。」

慶典實行委員會之一的某文官少女高聲宣布。
山坡上，手持滑板的多諾邦幹勁十足。
「一號實驗者是多諾邦嗎？」
「這是用抽籤決定的。」
原來如此。
懷孕的人不參加，畢竟她們的肚子也大起來了。

「要衝嘍——！」
多諾邦在山坡上拿著滑板狂奔，啊，摔倒了。
咚隆咚隆咚隆……只見他直接滾入坑裡，最後飛出來掉進水池裡。
「你還好吧？」
多諾邦還在大笑，看起來沒問題。

「下一位要出發了！」
二號實驗者達尬，拿好滑板在山坡上預備。
「看到剛才多諾邦的樣子，不會讓你猶豫嗎？」
完全沒有。

達尬全力衝刺，在進入坑洞前跳上滑板，接著滑行、躍起。
他抱住滑板維持姿勢，在水面彈跳了好幾次後抵達對岸。
「哦哦！」
「理想的跳躍……但是考量到安全層面，把水池再挖大一點似乎比較好。」

「三號！」
這回輪到露。她換上長褲顯現出充足的鬥志。
本來以為會先衝刺，沒想到她突然乘上滑板，接著就這麼滑行，高高躍上空中。
途中她離開滑板，在空中轉了三圈左右才掉入水面。
飛行距離還算可以。
「一開始就直接上滑板也不錯呢。是不是在坡上也塗黏液比較……啊，不行，這樣會妨礙想先助跑的人吧。」
「像剛才那種滑板跟選手分開的情況，要以何者為準？」
「以選手為準。如果用滑板計算，會有人直接丟出去。」
「……確實有那種可能。」
至於我腦海中浮現誰的臉孔是個祕密。

「四號，要出——發嘍。」

雖然聽到半人牛族蘿娜娜的聲音，但要滑行的不是她，是小黑。

畢竟小黑不會說話嘛。蘿娜娜應該是代替牠喊吧。

只見小黑將一條腿擱在滑板上，擺出準備動作。

輕吠一聲後，牠踩著滑板展開衝刺，緊接著穩穩坐到滑板上。

本人雖然一臉正經，模樣卻莫名可愛。

牠就這麼滑下山坡，彈跳後飛向空中。

小黑沒抓住板子，大概是透過挪動重心來控制吧，只見牠與滑板合而為一，漂亮地落在水面上，然後沉了下去。

「喂喂喂。」

小黑用狗爬式游上岸，抖了抖身體。

牠走過來時眼睛閃閃發亮，似乎很中意這項活動。

「最後實驗，五號，要出發了。」

五號實驗者是半人牛族的蘿娜娜。

蘿娜娜緩慢地跑下山坡，途中乘上滑板。

隨後衝入坑洞…………怎麼沒有出來？

在坑底找到了坐在滑板上的蘿娜娜。

「剛剛是怎樣？」

「似乎是衝力不夠呢。蘿娜娜小姐，妳剛才滑了多遠？」

文官少女們聽取蘿娜娜遇到的情況。

到最後一個實驗者才出現問題。

這樣啊，也會有衝力不足而跳不起來的情況啊？

「蘿娜娜小姐，不好意思，可以拜託妳再來一次嗎？」

「我知道了。」

在文官少女的指示下，蘿娜娜返回山頂。

「要做什麼呢？」

「這回不助跑，一開始就乘上滑板試試。」

蘿娜娜的第二次實驗。

由於一開始就乘上滑板，衝進坑洞的速度比上一次快。

緊接著，跳起。

飛行距離雖短，卻掀起了巨大的水花落入池中。

大家在慶典實行委員會上討論。
「一開始就乘上滑板會不會比較好？」
「如果大家都不助跑，不是很難分出高下嗎？」
「還是會有差別吧？要不然，怎麼解釋露小姐跟蘿娜娜小姐的飛行距離差異呢？」
「那是體重的關係吧？」
「這句話，可不要當著蘿娜娜小姐的面說啊。」
「也可能是滑板的差異？或是在滑板上的姿勢不同？」
「大概就這樣吧？」

結果——
比賽決定分成兩組。
第一組，是先助跑並在途中乘上滑板的形式。
第二組，則是一開始就乘上滑板。第二組比賽開始前，要把整個山坡都塗上潤滑液。
希望大家努力爭取勝利之外也要避免受傷。
「測量工作就交給蒂雅小姐、格蘭瑪莉亞小姐、庫德兒小姐和可羅涅小姐。」
「製作滑板的部分則交給村長、山精靈們，還有志願者。」
細節決定好了，會議也宣告結束。我已等不及正式比賽到來了。

「村長，請先等一下。」

「嗯？」

「剛才是討論有關滑行賽的部分。」

可是已經討論完了吧？

「接下來，要討論關於食物跟餘興節目的部分。」

「……」

身為村長的我，不知為何總是非常忙碌。

9 慶典 滑板

「大樹村」的慶典開始了。

今年比的是滑板。

雖說它似乎還保有滑行的原貌，但為了怕混淆，還是改了一下名字。

這項競賽的優點，應該是只要膽子夠大，不論是誰都可以參加吧？就連獸人族的小男孩都躍躍欲試。怎麼辦？

「要是有個萬一，會用魔法補救的，不必擔心啦。」

擅長魔法的文官少女們如此拍胸脯保證。那就拜託妳們嘍。

那麼，今年的慶典也有來賓蒞臨。

魔王、優莉、比傑爾、葛拉茲，另外還有一人。

「敝人是四天王之首，藍登，先前已經聽說許多有關這裡的傳聞。我本人完全沒有任何抵抗能力，所以一旦發生什麼事，希望貴村能迅速提供保護。」

「呃，那個……歡迎光臨。」

我把比傑爾叫來。

「他身為四天王之首會不會太膽小啦？」

「因為他負責的是內政嘛。」

「內政？」

「是的。主要是行政相關的工作，還有一點法務。」

「……所謂的四天王，不是魔王國裡最強的四人嗎？」

「哈哈哈哈，怎麼可能嘛。」

原來是這樣啊。

附帶一提，葛拉茲負責軍事；比傑爾因為會使用傳送魔法，所以負責外交的樣子。

「還有一位呢？」

「負責財務的荷．雷格。雖然邀請她了，但是她說有事。」

「真是遺憾。」

我請魔王國一行人在準備好的來賓席落坐。

今年一開始就預期到會有來賓，所以座位準備萬無一失。

來賓不止魔王他們，還有去年也來參加過的龍族一家。

包括德斯、萊美蓮、德萊姆和德萊姆的夫人。然後這次德麥姆與廓恩也連袂出席。那兩人的感情……看來沒什麼問題，真是太好了。

「今年也來叨擾嘍。」

打過招呼後，便將他們帶到來賓席。

始祖大人也來了，還帶著一位女性。

「這位是夫人？」

「哈哈哈哈。」

對方啞然失笑。

「雖然很光榮，但我不是。我叫芙修，是科林教的祭司之一。」

「您太客氣了。」

她自稱祭司，但可能是今天休假，所以穿著便服。祭司也會休假嗎？

看起來很溫婉，卻隱約散發出幹練律師般的氣息。臉上沒戴眼鏡稍嫌可惜。

麥可先生今年好不容易能參加了。

他在慶典前一天便抵達，還帶著大量海產。

「這麼說來，村長，剛才那位女性難不成是……科林教的芙修小姐？」

「是啊。她說她是祭司。」

「……她可是大祭司之一喔。」

「是嗎？」

「沒錯。雖然是位溫柔婉約的美女，不過也有被稱為辣手芙修的另一面……」

「哦？」

「村長真是不為所動啊。如果那位大祭司蒞臨人類國家，可是會舉行大規模遊行歡迎喔。」

「你說是這麼說……」

一旁的始祖大人是科林教宗主，再加上魔王和龍王也在場……

這麼說來，我還沒替他介紹呢。

「麥可先生，我替你介紹來賓吧。」

「那就麻煩村長了。」

真不愧是商人。

麥可先生向諸位來賓一一致意。

「來賓席也準備了麥可先生的位置……咦？不行？如果可以，希望遠離那邊？不過，要觀賞比賽的話……啊，唔，嗯。我沒有討厭麥可先生你喔，何況你幫了不少忙……」

對方用驚人的氣勢，強烈要求我讓他坐到來賓席以外的地方。這是為什麼呢？啊，他抱住了剛好路過的史萊姆尋求療癒。

半人蛇族也來觀摩。

可惜，好林村的格魯夫似乎不克參加。

他的信上除了對無法到場致歉外，還表示會盡量設法參加武鬥會。

慶典開始了。

和武鬥會不同，流程很單純。

「挑戰者，蜥蜴人達尬！用自製滑板挑戰！」

達尬在山頂上擺出帥氣的姿勢。

接著，確認路線安全無虞的裁判發出GO的信號，宣布起跑。

只見達尬從山坡快速衝下，並在途中跳上滑板。

假使在進入滑穴前都沒有乘上滑板，就會失去比賽資格。

他乘上滑板後擺出喜歡的姿勢，然後使勁一躍，在空中飛翔。

達尬在水面上彈跳了六次左右，締造了目前的最遠紀錄。

「距離二十四公尺！」

成績會寫在木板上並且照順序排列，所以誰是第一名非常清楚。

在限制的時間內，想挑戰幾次都ＯＫ。儘管報名人數相當踴躍，不過大家都跳得很順，所以比賽節奏相當流暢。

不過，比賽本身有些單調，所以偶爾會插入休息時間，上演餘興節目。

精靈們的合唱與樂器演奏。

由於加入了舞蹈動作，所以看起來如同偶像一般。

山精靈的工作成果發表。

內容似乎是活用水車動力來操作。儘管準備機關花了五分鐘而實際展示才十秒，不過評價並不壞。

魔王他們的反應尤其熱烈。

矮人則發表新的飲酒方法。

說穿了就是新調製的雞尾酒。他們分給想喝的觀眾，並收集大家飲用的感想。

幾乎就在同時，鬼人族女僕也進行新菜色發表。

她們事先可能和矮人們協調過了吧，味道和新的雞尾酒很合，搭配起來非常可口。

一號村、二號村和三號村的居民事前都曾徵詢過他們能不能表演什麼餘興節目。

二號村的半人牛族表演了以前所住村子的豐年祭歌舞。

三號村的半人馬族表演的是邊奔馳邊射箭。有點像是日本傳統的流鏑馬（註：日本一種邊騎馬奔馳邊瞄靶射箭的武術）一類的技藝吧？雖說命中率只有五成左右，但每次射中都會引發一陣歡呼。

至於一號村的樹精靈們，很遺憾只能婉拒她們的演出。她們說要看見整個表演的精髓必須耗時三天，這種要求恐怕很難達成。等下次比較有空的時候，再麻煩她們吧。

諸位來賓的反應也不壞。

本來擔心這種和武鬥會不同的活動沒看頭，不過似乎是杞人憂天。

從魔王、德斯和始祖大人三人交頭接耳看來，他們說不定把這裡當成了會談場所。

時間不知不覺流逝，先助跑再跳上滑板的第一組賽事已經比完了。

優勝者是蜥蜴人達尬。

他站在滑板上，保持平衡避免彈跳，藉由在水面上高速移動拉長距離。那種姿勢簡直就像在衝浪。

第二名是蒂雅，第三名是小黑的孩子之一，第四名是山精靈芽，第五名則是臨時參賽的優莉。

優莉的平衡感似乎意外地好。

其他現場報名參加的還有比傑爾、葛拉茲、德麥姆、廓恩和芙修。

德斯也想下場，卻被萊美蓮阻止了，一旁見狀的魔王感覺也是因此才克制住。

成績雖然不是很理想，但是他們看起來樂在其中，應該不成問題吧。

第二組是一開始就乘上滑板的形式。

因此坡道上也要倒潤滑液，讓地面更滑溜。

第二組雖然也和第一組一樣是比賽飛行距離，但不知為何成了花式表演部門。

用搞笑姿勢乘坐滑板，飛起來後擺出怪姿勢。

在大家無視飛行距離的情況下，唯有獸人族小男孩比得很認真。負責照顧獸人族的拉姆莉亞斯顯得很擔心。

儘管跳躍後平安無事，我依然覺得自己當初該製作小孩用的迷你滑板。

看到小朋友的跳躍，吾兒阿爾弗雷德也想一試身手，但我以父親的身分制止了。長大一點再說吧。

第二組的優勝者，意外地，是酒史萊姆。

坐在滑板上時變成流線型是巧合嗎？還是有好好思考過？總之飛得很遠。

第二名是獸人族男孩之一，第三名是萊美蓮，第四名是魔王，第五名是德斯。呃，不論誰來參加我都歡迎就是了。

麥可先生也有參賽，不過他說衝進坑洞時好恐怖。是這樣嗎？

附帶一提，我沒有參加。

頒獎典禮。

第一組跟第二組的優勝者分別頒發十枚獎勵牌與我親手製作的獎盃。

「非常感謝。」

達尬似乎很滿足地高舉獎盃，向周遭炫耀。

酒史萊姆雖然對獎盃不感興趣，卻咬著獎勵牌不放。大概是從哪裡學到這玩意兒可以交換酒吧。

算啦，既然優勝了，我就會照規定給牠獎勵牌。

其他得獎者也一一頒發獎勵牌……不過臨時報名的人該怎麼辦？

「獎勵牌可以換東西吧？那不就沒問題了嗎？」

優莉的這番話得到萊美蓮等人的贊同，所以就這麼頒給他們了。

日落後慶典立刻搖身變為宴會。

嗯，平安結束就好。

10 慶典檢討會

慶典實行委員會的成員齊聚一堂，大家圍桌而坐。

「現在開始慶典的檢討會。」

「檢討會？我覺得沒什麼特別失敗的地方啊？」

「雖然沒有失敗，不過應該有可以改善的地方。」

「啊……確實沒錯。要是比賽的坡道有三條就好了呢。」

「滑板的形狀如果能多樣化一點或許更理想。」

「有件和競技無關的事，提供餐點的部分有些問題。」

「什麼問題？」

「甜食太受歡迎，我們都吃不到。」

「啊，的確。」

「希望能保留工作人員的份。」

「贊成、贊成！」

大家提出了許多意見，我將它們記錄下來。

儘管明年應該會辦不同的活動，不過這些反省點或改善點記起來也沒什麼壞處。

「村長都沒有意見嗎？」

「問我？這個嘛……」

我個人認為的問題是……第一組跟第二組優勝者拿到的獎勵牌數量一樣，以及無法表揚花式表演的選手。

「畢竟獎勵牌的數量一開始就公布了嘛，兩組不一樣多感覺不太好。」

「那些花式表演……或者該說奇怪的飛行姿勢很好笑，不過這部分很難評分。讓人煩惱：要用什麼當基準好呢……」

無法說明何者表現較優異，這點很難處理。

既然這樣，或許用簡單明瞭的水花濺起量來決定比較好……

「體格差距會造成不公啊。」

「那麼村長主觀認定如何？」

「要我負這種重責大任有點……不如依觀眾的掌聲大小決定？」

「每個種族的人數多寡不同。」

真是個難題。所以暫時擱置。

「還有，把一號村、二號村和三號村的人都叫來，村子就會變得毫無防備。」
因為有小黑跟座布團的孩子們幫忙把守，要說安全無虞應該也沒錯，不過……
要是沒人能說話，一旦發生了什麼事就無法調查狀況。
只不過以現狀而言，要不就把全村的人都叫來，要不就全都不叫來。
一旦安排留守人員，就會變成有人可以參加「大樹村」的慶典，有些人無法參加。
如果不先想好對留守人員的補償，想要找人留守就很困難。
「等到各村發展成熟，自然就會有年長者志願留守……但是現在大家都還很年輕。」
「年輕人也不是越多越好啊？」
二號村的哥頓好像本來想自願留守，但是種族代表不能缺席，所以最後還是參加了。
檢討會就這樣繼續下去。

「對了，村長。」
「什麼事？」
「有件不在檢討會範圍內的事……那個現在進行式的問題該怎麼處理？」
「現在進行式……是指芙修小姐吧？」
始祖大人回去時，我原本以為芙修會一起離開，不過她卻留在村裡。
她住在旅舍內，白天幾乎都在「大樹村」的神社前祈禱。

這倒是無妨，而且始祖大人留下了一筆錢，所以停留完全不成問題……

問題在於我所雕刻的神像，好像在發光啊。

有什麼正確的祈禱方法嗎？還是魔法所致？感覺就像那種會讓無知者沉迷宗教的光芒，真不知道該怎麼辦才好。

「晚上太刺眼是個問題。」

「座布團的孩子們好像多少都有點困擾的樣子。」

「希望至少晚上能弄暗一點。」

「我會去找芙修小姐說一聲。」

如果不能開關，就做個遮光用的布簾吧。

就像這樣，檢討會結束了。

不過，我倒是覺得還有其他非討論不可的問題啊。

像是德斯他們參賽，還有把堆起來的小山剷平與填掉水池等。

也罷，慢慢來吧。

酒史萊姆拿獎勵牌來交換了。

我原本認為牠只是隻史萊姆，但是牠搞不好真的具備智慧。不對，牠從以前就給我這種感覺了……

難道只有酒史萊姆是特別的嗎？

總之，不論是誰，只要有獎勵牌就可以交換。
「跟預期的一樣，是去換酒嗎？」
「是啊。」
果然不出所料。
有一部分人認為，牠可能會換某些作物回去自己釀酒，不過酒史萊姆老實地換了酒。
不過令人驚訝的是，牠並沒有一次全部換完，而是只用了一枚獎勵牌。
牠會計畫將來。真是相當有智慧耶？我起先這麼想，但這事還有下文。
牠把剩餘的獎勵牌拿給鬼人族女僕。
「是支付以前偷酒喝的錢嗎？」
「感覺比較像寄錢回老家？」
「所以是給父母孝親費？」
「不，比較像是對飼主炫耀吧？雖然大家並不認為有在飼養牠就是了。」
不論如何，包括鬼人族女僕在內的居民們，都對酒史萊姆稍微改觀了。

哈比族回來了。
一共十七個家庭，四十二人。有琪亞比特跟數名天使族同行，大概是移動時的護衛吧。
「還真慢啊。」

「別這麼說啦。我們在途中順便剿滅了不死生物。」

「嗯？難不成就是那群在東北方的？」

「對呀。我們當初離開加雷特王國的目的也是這件事呢。」

原來如此。當初她們碰到格蘭瑪莉亞時，正好在討伐不死生物的途上。

「有人委託妳們這麼做嗎？」

「科林教的大人物。因為彼此有合作關係，所以很難拒絕呀。況且天使族對付不死生物有優勢。」

「是這樣嗎？」

「嗯。不過你該明白，我們不怎麼想和那些傢伙戰鬥。所以，招待我們吧。」

「雖然有種『為什麼要找我』的感覺……但還是辛苦妳們了。我會準備好食物、酒，以及浴室。」

「謝謝。」

跟琪亞比特同行的天使族之前也都來過。這回人數比較少似乎不是被敵人幹掉，而是已經移動到別處去了。

格蘭瑪莉亞去遊說的天使族什麼時候才會抵達呢？

總之，我將哈比族交給格蘭瑪莉亞照料。

「哈比族們住一號村行嗎？」

「關於這點，哈比族能自己移動過去嗎？」

上回他們住在這裡時，是和琪亞比特等人一起行動。

「哈比族沒有那麼弱……但在這座森林裡就不敢保證了。」

「我想也是。那就讓他們暫時住在旅舍或宅邸的客房裡吧。」

經過一番討論，決定在「大樹村」準備一間給哈比族使用的大房子。

哈比族們的工作，是從高空偵察周邊。

一察覺有異就要聯絡格蘭瑪莉亞她們。格蘭瑪莉亞她們負責的範圍已經擴展到一號村、二號村和三號村那麼遠，需要哈比族彌補不足之處。

似乎會暫時讓他們結伴飛行，並且做各種嘗試。希望他們好好加油。

……等一下？這麼一來格蘭瑪莉亞去找的那些天使族……不就沒工作了？

11 發生了許多事

「太好喝了，再來一杯。」

琪亞比特跟幾位天使族正在享用晚餐。

客人的晚餐中包括酒。桌上有酒就會演變成宴會，一旦變成宴會居民們就會參加……氣氛顯得相當熱鬧。
哈比族們也參加了。大家喝得很痛快，而且都醉了。
琪亞比特開始跳起類似踢躂舞的舞蹈。那輕快的節奏，使場面變得更為歡騰。
蒂雅跟芽也跳起舞來。我是不介意，但是拜託別邀我加入。還有，麻煩別在桌上跳舞。

「嗚嗚，頭好痛……」
「這是試煉……」
琪亞比特與幾名天使族、哈比族們睡到過中午才醒。
喝酒是無妨，但是影響到隔天就不太妙了。
「因為這裡的酒好喝啊，第一次喝的人會喝過頭也是沒辦法的事。」
多諾邦為她們打圓場，不過她們上次來村子的時候已經喝過嘍。唉呀，我並不會因此就限制大家飲酒，不用露出那麼擔心的表情。
附帶一提，哈比族以外的居民無人宿醉。大家還是一如往常努力工作。
真要說有什麼影響，那就是琪亞比特那種類似踢躂舞的舞蹈，在座布團的孩子們之間流行起來。
在此之前明明很安靜，現在屋子各處都能聽到帶有韻律感的踏步聲。
儘管節奏聽起來很歡愉，但我還是拜託大家定下練習的地點與時間。
嗯，這種聲音不太適合在半夜響起。

「完成嘍。」

露跟芙蘿拉帶著些許疲憊，將藥拿給芙修。

那不是宿醉的藥，而是芙修滯留在村子的理由。是治療某種疾病的特效藥。

據說芙修的兒子罹患重病，露跟芙蘿拉接下了製作特效藥的委託。畢竟始祖大人都幫忙遊說了，她們大概無法拒絕吧。

唉呀，即使大人物說「如果不行就拒絕無妨」，真的拒絕還是需要勇氣。

稍微辛苦一點可以讓始祖大人留下好印象，因此兩人相當努力。

我之前一直不曉得，露跟芙蘿拉似乎都是藥學界鼎鼎有名的人物。

製藥技術不成問題，問題在於藥的原料，需要的盡是些珍貴藥材……不過這些在村裡的藥草田都找得到。

幫忙製藥的人和原料一口氣湊齊，讓芙修十分驚訝，也相當歡喜。

不過嘛，驚喜的結果成了向創造神的神像祈禱……

「剩下就是等始祖大人來接人吧？」

「已經告訴過他藥完成的時間，最遲應該也是兩、三天以後就會來吧。」

露才剛這麼說完，始祖大人就抵達了。

「我還以為稍微來早了，沒想到時機恰到好處呢。」

「宗主大人，很抱歉讓您專程跑一趟。」

「沒事、沒事，反正我也很閒嘛。那麼，雖然我才剛來，不過想必妳應該急著把藥帶回去，我們就告辭吧。」

「好的，那就拜託您了。」

芙修帶著少量的行李與大量土產，跟始祖大人一道回去了。

始祖大人的長距離移動方式，類似傳送魔法。

之所以說類似傳送魔法，是因為跟普通的傳送魔法不一樣。

普通的傳送魔法，是製作一道連通兩個空間的門。至於門的大小與可通行量以及傳送距離，似乎會依消耗的魔力而有所不同。

那好像是很高級的魔法，我所認識的人裡面只有比傑爾能使用。

我原本還在想龍族會不會用，結果他們好像是因為沒有特地消耗大量魔力使用傳送魔法的理由。

他們得意地表示，有翅膀所以移動不成問題。不是不會，而是不用。這點似乎很重要。

相對地，始祖大人的傳送魔法，則是將物體移動到特定場所的瞬間移動。

雖然這招好像比較適合稱為傳送魔法，不過會用的似乎只有始祖大人，所以無所謂。

「我回來了。」

原本以為已經回去的始祖大人，馬上又返回這裡。

「讓我在這邊稍微悠哉一陣子吧。」

他遞了個小盾牌給我，大概是用來當作伴手禮或者說住宿費的吧。

「這是什麼？」

「魔法盾。對火有很強的防護力，放在家中當擺飾有防火的效果喔。」

「哦哦！那還真方便呢。」

「只不過，最好避免放在廚房附近。」

「哈哈哈，確實沒錯。」

於是我放在宅邸的玄關當裝飾。

「關於藥的回禮，我會另外準備。雖然委託是我提出的，但我原本以為蒐集藥的原料會花些工夫，所以還來不及準備。」

「不用在意……雖然我想這麼說，不過出力的人畢竟是露跟芙蘿拉，所以就拜託嘍。」

「敬請期待。」

「哈哈哈。但是，你之前來這裡時，沒看過藥草田嗎？」

「看是看過了，但我對藥草的知識不如她們兩個嘛。」

「是這樣嗎？不過露她們說，她們是以始祖大人的資料為基礎自學的耶？」

「那個是我消除記憶之前的事了。至於她們說的資料，隨著歲月流逝，藥草的生態也發生了改變，時至今日已經派不上什麼用場嘍。」

「這樣啊～換個話題，你跟芙修小姐是怎麼認識的？」
「成為科林教祭司，自然就會認識了。附帶一提，我當時就把自己的真實身分告訴她了。」
「不會造成麻煩嗎？」
「並沒有。不知為何，大家都露出可以理解的表情。」
「因為你身上有很多傳說吧？」
「可能喔。」
始祖大人笑著走向宅邸的客房，不過馬上又慌忙地走回來。
「創造神的神像在發光耶。」
呃，原因就是芙修小姐啊。

「這幾天承蒙照顧。雖然對武鬥會很感興趣，但是差不多非回去不可了。」
琪亞比特一行人前來道別。
「真遺憾啊。唉呀，改天路過附近時進來坐坐，哈比族們會很開心的。」
「是就好了呢。」
琪亞比特她們抱著不少土產。
「搬得動嗎？」
「這點程度還可以，況且途中有人載。」

拉絲蒂會送琪亞比特她們到西方的「魔王國」王都。
芙勞跟幾名文官少女剛好有事要回去一趟，琪亞比特她們似乎是搭了便車。
「要是能使用傳送魔法就好了，不過那個真的很難耶。」
「好像是呢。」
對我來說連最基本的魔法都很難……
「傳說中有種封入傳送魔法的道具……不過好像沒人看過實物。一定是有人獨占了。」
「哈哈哈。」
德斯或始祖大人應該曉得吧？
琪亞比特等人乘著拉絲蒂回去了。

接著輪到武鬥會了嗎？
啊，不對，莉亞她們會先生產吧。
本來想休息一下，不過看來又要忙了。

12 第二屆武鬥會　一般組、戰士組、示範賽賽事重點！

才剛覺得要開始準備第二屆武鬥會，轉眼間我已經在開幕致詞。光陰似箭。

然而，莉亞她們似乎還沒有生產。

雖然那種事急也沒有用，但我還是忍不住焦慮起來。

這屆武鬥會也分為一般組、戰士組，以及騎士組三個部門。來觀摩的人也基於種種原因增加了。

照慣例有德斯他們龍族一家，還有魔王、優莉和比傑爾等魔王國一行人。另外廓恩、廓倫、葛拉茲跟藍登也來了。

半人蛇族與獸人族的格魯夫等人也來參賽。

雖說始祖大人也在，不過他其實從上回來接芙修後就一直留在村裡沒走。他不是教會的大人物嗎？工作什麼的不要緊嗎？

武鬥會開幕了。

裁判由哈克蓮跟拉絲蒂合作擔任。

一般組跟去年一樣，採取只上場一次的單純戰鬥賽制。

運氣的好壞取決於對戰對手是誰，而會帶來極大的差異。像文官少女組之一就對上半人牛族，然後不幸敗北。

「魔法有沒有命中決定了勝負啊？」

至於半人馬族則受到舞台帶來的不利影響。

「一跑起來就出界了……」

「我明明什麼都沒做，卻被判定獲勝這樣好嗎？」

一名獸人族少女因意想不到的勝利而感到困惑，但比賽依然順利進行下去。

一般組十分和平。

戰士組採用連勝制。

贏家留在舞台上繼續戰鬥。在台上連續勝出最多場的就是優勝。由於輸了還可下台去排隊當挑戰者，所以只要有意願，想挑戰幾次都行。

規則幾乎跟去年一樣，不過為了縮短比賽時間，戰鬥分在兩個場地舉行。

挑戰者排成一列，哪個場地先空出來就去哪裡比。這多少也有運氣的成分在內，不過還請見諒。

就我個人來說，問題是得多搭建一個舞台。

雖說有半人牛族來幫忙，不過因為時間很趕，所以相當辛苦。

那麼，關於戰士組的部分……和上次一樣，有高等精靈、鬼人族、蜥蜴人、矮人、山精靈，以及好林村的獸人族與南方迷宮的半人蛇參加。

另外，還有上一屆在一般組表現優異的芙勞與獸人族賽娜、半人馬族的古露瓦爾德和半人牛族的哥頓也有參加。

我原本還擔心出什麼狀況……

不過好林村的獸人族格魯夫很強，看來這陣子認真鍛鍊了。

上回跟格魯夫打了一場好比賽的山精靈芽這次沒參加也是個關鍵。因為這次芽去參加騎士組了。

即使矮人族的多諾邦與半人馬族的古露瓦爾德奮戰不懈，最後還是格魯夫優勝。

「好，明年我也是騎士組了。一定要打贏芽小姐才行。」

贏得優勝的格魯夫後方，則是一臉疲憊的藍登。

「我原本相當有自信耶……」

他對上格魯夫和多諾邦，結果輸了。然後他似乎也沒有那個氣力再排第三場。

附帶一提，葛拉茲在一般組打贏了一位文官少女。

接下來是騎士組，不過在那之前還有示範賽。

由於希望參加的人很多，示範賽成了單敗淘汰制。

參賽者一共八人。

德斯、萊美蓮、葛菈法倫、哈克蓮、拉絲蒂、廓恩、魔王，以及座布團。

相較於鬥志滿滿的龍族一家，魔王的眼神顯得死氣沉沉該不會是我的錯覺吧？

此外，更讓我擔心的，還是突然跳進來參加的座布團。

仔細想想，我從來沒看過座布團戰鬥的場面。雖然我有些擔憂，不過孩子們圍繞在身邊的座布團倒是從容地熱身。

對戰組合由抽籤的方式公平決定，裁判則由始祖大人擔任。

第一輪第一場，德斯對魔王。

魔王露出絕望的表情。

結果正如魔王的臉色所示。不，該說真不愧是魔王嗎？我覺得他已經算撐很久了。

賽後，觀眾對魔王送上熱烈的掌聲。

第一輪第二場，拉絲蒂對廓恩。

我個人支持拉絲蒂，可惜她輸了。

各方面都是廓恩略勝一籌，感覺就像老師對上學生。

儘管輸了，拉絲蒂的表情卻顯得十分清爽，讓我總算鬆了一口氣。賽後拉絲蒂也向廓恩請教了許多問題。

第一輪第三場，葛菈法倫對哈克蓮。

戰鬥相當激烈。

據說，以前葛菈法倫戲弄德萊姆的時候，哈克蓮好像常常從中作梗。

雖然現在似乎已經是交情不錯的朋友……

「我要一雪當時的屈辱。」

「我不知道妳在說什麼耶？」

嗯，相當驚人。

雙方打得遍體鱗傷，不過贏家是哈克蓮。

第一輪第四場，萊美蓮對座布團。

本來還有點擔心，不過應該可以說座布團大為活躍吧。

座布團輕易地閃避萊美蓮的絕招後，以絲線反擊；而萊美蓮也在避開同時使出分身。多達十個以上的萊美蓮，攻向座布團。

由於每個分身的動作都不相同，感覺上就像有許多人發動攻擊。

但座布團全都扛了下來，並且就這麼綁住萊美蓮獲得勝利。

座布團於勝利的同時叫來了孩子們，然後在舞台上表演類似踢躂舞的舞蹈。連座布團也練了那種舞步嗎？

這場極為精彩的團舞，得到熱烈的掌聲。

德斯、廓恩與哈克蓮則在一旁低聲咕噥。

「咦？我還是第一次看見老婆的分身被破解耶？」

「婆婆那種攻擊，一發就能把山毀掉對吧？十六發？全部擋下了？開玩笑的吧？」

「呃…………下一個要當牠對手的，是我？」

第二輪第一場，德斯對廓恩。

這組合應該說等級完全不同吧？德斯獲得壓倒性勝利。

感覺就像轉換了先前拉絲蒂與廓恩的對戰立場一樣。

「考慮到之後的對手，在這裡輸掉也是個辦法吧。」

「那樣實在有點太……公公，請您加油喔。」

賽後的氣氛同樣清爽。

第二輪第二場，哈克蓮對座布團。

要幫哪邊加油令我非常苦惱，希望雙方都不要受傷。
我起先這麼想，不過比賽早早就結束了。
座布團獲勝。
哈克蓮什麼事都做不了，就被絲線纏起來放倒在地。
之後，哈克蓮鬧了一會兒彆扭，所以我去安撫她。

決賽，德斯對上座布團。
戰鬥十分激烈。
首先是座布團單方面的攻擊，但都被德斯順利化解。
之後，雙方攻守交換。
這種情況反覆大約三遍之後，由德斯收下勝利。
感覺是輸在力氣。
座布團被孩子們背負著下了舞台，我對牠報以掌聲。
哈克蓮則是衝到勝利者德斯面前。
「父親大人，剛才的戰鬥是？」
「妳看到了吧？人家禮讓我而已。瞧。」

「牠朝這邊揮著腿呢。」

「畢竟，我有身為龍王的立場，所以牠留了面子給我。」

「原來如此。不過優勝就是優勝，如果不高調慶賀一下會讓現場冷掉。」

「唉呀，這點戲我還是會演的。」

看見德斯誇耀勝利，魔王輕聲嘀咕。

「寡人也有身為魔王的立場耶……」

葛拉茲、優莉和藍登紛紛出言安慰。

「如果考慮到立場，參加比賽不是太魯莽了嗎？」

「父親大人已經很努力了，讓我刮目相看。」

「真不愧是魔王大人。」

示範賽結束後就輪到騎士組，不過……

「呃，擺在那種比賽之後……」

「真希望他們的比賽能收斂一點。」

「嗚，我還太嫩了啊。」

在示範賽激起的熱情冷卻下來之前，先進入休息時間。

13 第二屆武鬥會　騎士組賽事重點

在武鬥會的騎士組開始比賽前，有哈比族的排舞、樹精靈們的不可思議舞蹈，以及高等精靈的樂器演奏。

哈比族沒有參加武鬥會，所以似乎想透過這種節目炒熱氣氛。樹精靈跟高等精靈們也是一樣，據說她們對每一個能上場發表才藝的場合都不放過。

儘管只是中場表演，反應卻相當熱烈。

然後，騎士組的選手似乎也調整好心態了。

騎士組的參賽者有十六人。

上一屆參賽但這次沒報名的，只有懷孕的莉亞與安，剩下所有人都到齊了。

因此選手包括吸血鬼露，天使族的蒂雅、格蘭瑪莉亞、庫德兒和可羅涅，蜥蜴人達尬，惡魔族的布兒佳和史蒂芬諾，地獄狼烏諾，座布團的孩子枕頭，半人蛇族的裘妮雅和絲涅雅。

此外還增加了山精靈芽、地獄狼正行、冥界狼吹雪，以及天使族的琪亞比特。

琪亞比特先前明明說自己對武鬥會雖有興趣但恐怕無暇參加，最後還是來了。

因為聽說此事的始祖大人用傳送魔法帶她過來。

不過看見其他參賽者之後，她的表情看起來好像很困窘，這樣真的沒問題嗎？啊，她被蒂雅挑釁後發表優勝宣言了，真大膽啊。

琪亞比特第一輪就遇到上次的優勝者枕頭，不幸敗北。

果然種族之間還是有相剋的情形存在。

「我什麼都做不了……」

格蘭瑪莉亞去安慰哭出來的琪亞比特。

那兩個人或許交情意外地好。

騎士組的比賽進行得很順暢，轉眼間第一輪就打完了。

雖說進行順暢，每場比賽依然高潮迭起。

勝敗乃兵家常事，不過大家都卯足了勁。

通過第一輪的選手，有上屆的優勝者枕頭、冥界狼吹雪、吸血鬼露、天使族蒂雅、地獄狼烏諾、惡魔族布兒佳、半人蛇族的裘妮雅和絲涅雅。

吹雪淘汰芽，露淘汰格蘭瑪莉亞，蒂雅淘汰可羅涅，烏諾淘汰正行，布兒佳淘汰史蒂芬諾，裘妮雅淘汰庫德兒，絲涅雅淘汰達尬。

最令周遭驚訝的就是半人蛇族那兩位。

她們原本就擅長利用下半部的蛇身戰鬥，不過這次技術又更為進步。感覺有精心思考過對人戰鬥的情況。

她們讓蛇狀下半身蜷曲，並以此為基座讓上半身保持在較高的位置，確保戰況處於優勢，並進而獲得勝利。

待在觀眾席的莉亞與安，滔滔不絕地對我說明這種戰法的高明之處。妳們還在懷孕中，拜託不要太亢奮。

經過短暫的中場休息後，第二輪開打了。

這一輪半人蛇族運氣不佳，上演了裘妮雅對絲涅雅的同族操戈。

獲勝的是裘妮雅。

真不愧是半人蛇族的族長啊。

然而，雙方都嚴重掛彩，只好仰賴芙蘿拉的治癒魔法。

其他幾場比賽也很驚人。

上一屆的優勝者枕頭對上冥界狼吹雪，就我看來兩者不論誰獲勝都不奇怪。贏家是枕頭。

雖然贏了，枕頭卻不得不犧牲其中一側的兩條腿。

這樣的犧牲令我心驚膽戰，但好像放著一段時間就會重新長出來的樣子。

不過因為還有下一場比賽，所以枕頭接受了德斯跟萊美蓮的再生魔法治療。

至於吹雪雖然是輸家，但好像不需要治療魔法。

剩下兩場是吸血鬼露對上天使族蒂雅，以及地獄狼烏諾對上惡魔族布兒佳。

跟上屆比賽一模一樣的對戰組合，但是結果都剛好相反。

露大概是從上屆比賽後和我的對話裡得到提示，以非常有吸血鬼風格的戰法戲耍蒂雅收下勝利。

「只給露建議太奸詐了，我也要戰法的提示……」

蒂雅這麼對我說，不過說起適合天使族的戰鬥風格……印象中不是在遠距離外單方面修理對手，就是像格蘭瑪莉亞那樣持長槍衝鋒。

似乎沒什麼參考價值，真抱歉。

烏諾刻意承受布兒佳的分身攻擊再進行反擊，這種策略成功讓牠獲得勝利。

牠應該是參考了座布團對萊美蓮的那場示範賽吧？雖說是參考，但想要模仿似乎也不是那麼輕鬆。

獲勝的烏諾一再遭受布兒佳的攻擊，因此遍體鱗傷。

「好乖、好乖，剛才辛苦你了，快去找芙蘿拉幫你治療吧。」

烏諾雖然渾身是傷，依舊踏著輕快的腳步跑向芙蘿拉。看來勝利讓牠非常開心。

至於敗者布兒佳，拍了拍身上的灰塵後就步下舞台。

「我只要一被對手逮到，能採取的行動就變得超少的呢。」

準決賽。

第一場由枕頭對上露。

枕頭的腿已經完全長好了。再生魔法真了不起。

牠用完好的腿進行高速移動，以假動作戲耍對手露，最後勝利就落入枕頭懷裡。

要說是枕頭掌握了勝因，不如說是露自己製造敗因。

露使出絕招讓現場觀眾興奮，枕頭卻趁隙設置好絲線陷阱。

「嗚嗚，真不甘心。」

讓露最懊悔的，恐怕是枕頭陷阱發動時的歡呼聲，比她使出絕招時還要大吧。

第二場是烏諾對戰裘妮雅。

原本以為勝負難料，沒想到烏諾從頭到尾都占據壓倒性優勢。

感覺裘妮雅好像腿都軟了，難不成，以前小黑子孫攻略她們迷宮時留下的心理創傷，現在又被喚醒了嗎？

若是那樣還真抱歉。

由上屆優勝者枕頭對決地獄狼烏諾。

就旁觀者角度或說現場氣氛而言，感覺枕頭那方較占上風。然而小黑子孫以烏諾的伴侶小黑三為首，在會場外圍集體嚎叫。

這招讓氣勢一口氣扭轉回去。情勢變得撲朔迷離。

示範賽受傷的座布團也在旁守望。

比賽可說是貨真價實的激戰。

以為要拉開距離又急速接近，以為要近身對決又立刻遠離對手。

這段期間，雙方都發動過多次攻勢。可能是故意隱藏到決賽吧，枕頭跟烏諾都亮出了遠距離攻擊的招式。

枕頭射出揉成團狀的絲線。目的不是以撞擊造成傷害，而是要以絲線纏住對手，導致行動遲緩。

烏諾則是大大張開嘴，從口中吐出火焰彈……不，應該說是火球。

以遠距離攻擊的威力而言是烏諾較強。不過，連射能力是枕頭占上風。

烏諾的火球命中一發，造成相當可觀的損傷，但在那之前牠已經中了枕頭無數發絲團，身體完全無法動彈。

枕頭趁機發動攻擊。我原本以為枕頭會就此得勝，結果話說得太早了。

只見烏諾頭上的角突然發出藍光，接著牠就用角切斷身上的絲線重獲自由，迎擊撲面而來的枕頭。

烏諾的這一擊，讓枕頭失去平衡並飛了出去。

大概是覺得機不可失吧，烏諾大吼一聲，身體尺寸一口氣放大一倍。

咦？還有這招？光是能從嘴裡吐出火球就夠嚇人了耶？

會場掀起一陣騷動，看來感到驚訝的人不只是我而已。

隨後，烏諾展開追擊。

枕頭倒地戰敗。優勝者是烏諾。

小黑子孫們在會場外圍的歡喜吠叫聲十分驚人，烏諾的伴侶小黑三應該是裡頭最開心的一個。

嗯，枕頭無法衛冕雖然遺憾，但我還是真心為烏諾的勝利感到高興。

那麼，按流程應該要開始頒獎典禮……結果出了狀況。

剛欣賞完決賽的莉亞跟安開始出現分娩的陣痛。

我陷入恐慌。

14 武鬥會的後續與生產

武鬥會閉幕了，再來就是慣例的宴會。

眾人各自享用在武鬥會途中就已開放的食物與酒。

頒獎典禮時，莉亞跟安開始陣痛，幸好最後平安無事。

莉亞平安生下男孩，安也同樣生下男孩。

彷彿不能落於人後似的，莉婕和菈法也出現陣痛，很快就把孩子生下來了。都是男生。

我並沒有特別希望小孩是什麼性別，不過四個人都生男孩……雖然我希望村裡有更多男性，但是這和我的期望有點不一樣。

高等精靈們的想法和我截然不同，三個男孩一口氣出生讓她們欣喜若狂。

「我們的未來一片光明。」

至於鬼人族女僕們……也喜極而泣。

「這麼一來，復興鬼人族也不再是一場夢了。」

在宴會中出現這樣的喜訊，當然不可能不盛大慶祝……於是演變成超大規模的宴會了。

儘管有這樣的麻煩……不對，我是說驚喜，頒獎典禮依舊有好好進行。

騎士組的優勝者，烏諾。

身體變大那招可能是某種法術或招式吧，牠已經恢復正常尺寸了。太好了，如果牠一直那麼大……會帶來許多困擾啊。

跟上回一樣，頒發了獎盃與頭冠給優勝者。獎盃跟頭冠之後會放在我宅邸的玄關附近當裝飾，不過此刻叼著獎盃戴起頭冠的烏諾有點害臊地走著，在牠一旁則是比烏諾還開心的小黑三。這一對的感情還真好啊。

枕頭雖然戰敗，但似乎沒有洩氣。

牠和傷勢已經恢復過來的座布團一起享用馬鈴薯。

嗯，枕頭看起來像是邊吃邊向座布團學新招，是不是我的錯覺啊？

武鬥會結束後，餘韻依然沒有消退，舞台上還有志願者們彼此較量。

戰士組的優勝者——好林村的獸人格魯夫，正與蜥蜴人達尬上演旗鼓相當的戰鬥。

不，應該是達尬占優勢吧。

山精靈芽跟惡魔族史蒂芬諾搭檔，對抗地獄狼正行與天使族格蘭瑪莉亞的組合。

或許正式比賽輸得太快，還有點意猶未盡吧。
這次的舞台有兩座，等待時間變短頗獲大家好評，但還是希望大家不要太勉強自己，以免受傷。
擔任裁判的始祖大人，辛苦你了。

德斯他們那群龍族，將注意力集中在吃喝與居民們的才藝表演上頭。
蜥蜴人表演的疊羅漢相當受歡迎。他們整齊劃一的動作非常美妙，甚至連尾巴也沒有半點失誤。
哈比族看了以後，想試試自己能不能辦到，我只好稍微警告他們。
那種事等沒喝酒的時候再說，現在試會受傷喔。

獸人族表演雜耍。
包括踩大球、跳翹翹板、高空鞦韆……這是馬戲團吧？扔飛刀還是算了，太危險了。
欣賞雜耍固然有趣，但是對心臟不太好。
或許那就是雜耍的魅力所在……但我還是擔心有沒有做好安全措施，接著發現座布團的孩子們已在各處都架好了防護網。謝謝你們。

葛拉茲與蘿娜娜已經陷入兩人世界。
因此比傑爾放下他不管，只帶藍登參觀村子。

仔細一想，我跟比傑爾也認識很久了。
藍登想泡澡？我是不介意，但是拜託不要把酒帶進澡堂裡面。

優莉和芙勞以及文官少女組待在一起，不知談論些什麼。
那邊不時會傳出開朗的笑聲，是在談論戀愛話題嗎？為了避免牽扯進去，我選擇和她們保持距離。

不過嘛，雖然大家各自以不同的方法享受，但整個會場裡最有活力的還是高等精靈跟鬼人族吧。
酒也以遠高於平常的速率消耗，矮人們全都忙著當酒保。
至於食物……嗯，是她們自己做的呢。
我可以理解這種歡慶新生命降臨的情緒，但是要注意別喝過頭。

這樣的宴會持續了三天左右，不過還得照顧田地，所以部分的人在第二天中午就回去了。
二號村和三號村或許也該辦個什麼慶典，藉以減輕不公平的感覺。不過嘛，會覺得不公平的人或許只有我。
至於負責二號村和三號村警戒工作的小黑子孫及座布團的孩子們，似乎是用輪流的方式享受宴會。
比傑爾、葛拉茲和藍登在第二天夜裡打道回府。

「我還想多玩一會兒……」
「蘿娜娜，我還會再來的。」
「得回去工作才行啊。」
魔王似乎也很忙，但他說還有事所以留下來了。
龍族一家，只要宴會沒結束就會留下。
他們好像基本上都閒著沒事幹。只不過，他們是力量強大的存在，所以好像必須在某個特定的場所坐鎮才行。
「唉呀，其實一、兩年不在也不會怎麼樣啦。」
德斯這麼說完，繼續飲酒。
「如果是這樣，拉絲蒂跟哈克蓮長期待在這個村子沒關係嗎？」
「她們還是孩子，不需要扛這種責任。」
德斯這麼答道，但他的眼神怪怪的。這是在說謊吧？
「真相是？」
「拉絲蒂絲姆姑且不論，就算把這種任務派給哈克蓮，我也不覺得她會一直待在同一個地方。」
原來如此。
「她願意乖乖待在這個村子裡簡直就像作夢一樣……不過既然是一場夢，希望能順便生個孩子。」

「你看著我也沒用啊……」
「這個，是消除疲勞的特效藥。如果是人類服用……應該可以撐十天。」
「竟然把這麼危險的東西……」
「一點也不危險喔，非常安全。」
「不不不，我說的危險不是指那個……算了，也罷。拜託不要讓別人看到。」
「之後我會小心，不過已經被拿走一些嘍。」
「咦？」
呃……我很想相信不會有人對身為村長的我下藥。就相信大家吧。

莉亞、安、莉婕和菈法這四人的生產，除了讓武鬥會的閉幕更加熱鬧，也給「大樹村」帶來活力。
此外，其他人想懷孕的慾望也更強烈了。
嗯，我會加油辦事，所以拜託別用藥，雖然直接拿到我面前這點值得嘉許。另外，我好歹也是武鬥會跟宴會的負責人，在結束之前都不能完全鬆懈。
不過看到剛誕生的孩子，嘴角還是會忍不住上揚就是了。
如此這般，好林村的格魯夫與半人蛇族，在宴會結束後又留了一陣子。
目的是特訓。

除了拿過優勝的烏諾與枕頭之外，蜥蜴人達尬也是很受歡迎的訓練對手。

達尬並不弱，但他為什麼會和烏諾、枕頭一樣受歡迎呢？原因似乎在於他是類人生物。

原來如此。畢竟烏諾和枕頭再怎麼說都是比較特殊的對手。達尬也明白自己受歡迎的原因，總是避免以尾巴進行攻擊。能這麼親切細心，應該也是成為熱門對戰人選的理由之一吧。

我瞥了格蘭瑪莉亞她們一眼。

「我、我還有工作要做。」

「忙死了、忙死了。」

「好——今天也要全力以赴。」

不找她們的理由似乎是這樣，絕不是因為她們會一開始就全力撂倒訓練對手的緣故。

附帶一提，在武鬥會、後續宴會與宴會後的特訓等，治療魔法都是找芙蘿拉，害她累得半死。

「是不是可以多獎勵我一點？」

這話一點也不錯，於是我大大獎勵了芙蘿拉一番。

15 命名與未來

小孩的名字取好了。

高等精靈莉亞的孩子，叫利留斯。

莉婕的孩子，叫利格爾。

菈法的孩子，叫拉提。

鬼人族安的孩子，叫特萊因。

高等精靈的孩子，由三位母親各自命名。

不知道是否有某種慣例或法則，感覺她們對名字的第一個字非常堅持。

至於特萊因，則是由我、安、德斯、魔王，加上始祖大人討論出來的結果。

一開始，安向我提議的名字對我來說非常難唸。簡單來說就是用了許多濁音跟拗音。雖然對安很抱歉，不過我起先還以為這是什麼混沌地獄惡魔的名字。儘管我已經有好好疼愛孩子的決心，依舊不免冒出「這實在是不太行」的念頭。

既然沒有被叫出真名就得死或服從的規矩，那麼取個容易唸的名字比較好吧？

然而，我卻想不出替代方案。不，應該說，雖然有主意卻無法讓安滿意。我很清楚自己缺乏命名的品味，所以沒辦法強迫她，因此還是取一個彼此都能接受的名字吧。

但是，因為實在很苦惱，於是我忍不住找一旁的魔王商量。這或許是我的失策吧。

「去拜託魔王，卻不來找我？」

「我也可以加入討論吧？」

德斯跟始祖大人都來了，他們舉出好幾個名字，還談起命名的法則、典故，以及過去的偉人云云。

就某種意義來說，他們三人比我和安還熱心。

德斯跟始祖大人這麼做我還可以理解，但魔王的熱心就讓我有點驚訝了。

「那是因為，父親大人之前都無緣為孩子命名……」

優莉的話讓我恍然大悟。

最後範圍縮小到每人各提出一個候選名字，然後到大樹神社前抽籤決定。

「這是發光的創造神像決定的，大家應該都沒有意見了吧」的意思。

抽籤前，我跟安姑且還是檢查過那三個名字，不論抽到哪個都沒問題。

負責抽籤的人是我。

結果就是「特萊因」。

魔王向天高高舉起雙臂，表現內心的歡喜。

「我覺得這次沒選上的名字也不錯，如果能賜給下一個孩子，我會很高興的。」

「我取的也一樣。」

「嗯，都是不錯的名字，就這麼辦吧。」

只要孩子的母親許可，我就用德斯跟始祖大人想出的名字替將來誕生的男孩命名。

該做的事都有做，所以八成還會繼續生吧。

「莉亞，莉婕，菈法，真抱歉啊，我光顧著想特萊因的名字。」

我向莉亞她們致歉。

因為在命名期間，我只顧著安和特萊因的事。

「哪裡，畢竟還牽扯到德斯大人他們。」

雖然的確是那樣沒錯，但我會感到愧疚。

「請別在意。更重要的是，非常感謝您讓我們自由地為孩子命名。」

因為跟安相比，妳們所提的名字都非常適合啊。

「還有……」

抱著利留斯的莉亞正襟危坐。

「雖然之前已經提過許多次，請讓我將孩子培育成高等精靈未來的領袖。」

「好啊，就按照莉亞的期望吧。」

「感激不盡。」

「莉婕，菈法，妳們的孩子也按照妳們的期望去做。」

兩人都低下頭。

三人的提議在小孩出生前就說過了。

這是在宣告：即便生下男孩，也不會威脅阿爾弗雷德的地位。

以種族的立場而言，她們想要男孩。不過，一旦生下男孩就會出現繼承人問題。

她們當初來找我商量時，我認為反正還無法確定是不是男孩，而且就算會造成麻煩，也要等到很久以後；但懷孕中的莉亞她們似乎深感苦惱。

為了不讓有身孕的莉亞她們擔心，我接受了三人的提議。

生下的孩子不論是男是女，都會培育成「大樹村」的高等精靈領袖接班人。至於莉婕和菈法的孩子，也會培育為莉亞小孩的左右手。

我原本以為不需要在小孩出生前就幫他們規劃出路，但是這部分莉亞她們絲毫不肯退讓。

不在乎那種事的我比較奇怪嗎？我本來希望能盡可能平等地教育小孩……或許這種想法不適合這個世界。

算了，只要我自己別在意這種事，平等地付出父愛就好。

……………

也可能她們只是產後憂鬱。這部分等她們心情稍微平復後，再重新商量吧。另外，還要找露跟蒂雅商量，畢竟養小孩不是一個人的事。

雖然我想成為一位好父親，但是把我的想法硬塞給別人不一定正確。

更何況，我理想中的父親形象是以一夫一妻制為前提，在目前這種一夫多妻的關係下或許完全派不上用場。如果單純只是我的想法有誤倒還好，但也有可能造成危險。

嗯，還是跟大家好好討論吧。

那麼，關於養育孩子的體制……我能幫上忙的地方並不多。

利留斯、利格爾和拉提都在高等精靈的住家成長。我問過住在我的宅邸好不好，但她們擔心小孩會產生誤解所以婉拒了。

對我來說，小孩跟父親一起生活很重要，但我用這點遊說她們完全無效。另外，小孩在有許多母親的環境下長大是否妥當，連我自己都有疑問，所以也不能勉強她們。反正我自己過去看孩子就行了。

至於特萊因是鬼人族女僕長安的孩子，所以會在我的宅邸成長。

還來不及提議睡在我的房間附近，就已經決定讓他住在鬼人族女僕們的房間了。

好寂寞啊。雖然我想看孩子的話，自己走過去就行了。

「關於育兒的事，還是盡量照母親說的去做比較好。」

這句話是德斯說的，然而始祖大人跟魔王也講過類似的言論，所以我沒有違背。

只不過，當孩子發生什麼事的時候，還是希望她們來找我商量。

我帶著阿爾弗雷德跟蒂潔爾看新的弟弟們，但他們似乎還無法理解對方是怎樣的存在。

大家都是同父異母的手足，希望將來能好好相處。

當我抱著特萊因疼愛時，小黑一臉寂寞地從遠處望向這裡。

我將特萊因還給安後，坐到地板上把小黑叫過來。

小黑立刻很高興地躺在我身旁。

「不用客氣啦，你也是我的家人啊。」

我撫摸躺著的小黑並這麼說，結果小雪也跑過來躺下。

「哈哈哈。」

於是我撫摸起小黑跟小雪。

就某方面來說，牠們陪伴我的時間比露等人還久，我不可能不珍惜牠們。

就在我這麼想的時候，感覺有人在頂我的背。

回頭一看，數不清的小黑子孫在旁邊等待。

…………

「只、只限今天喔。」

摸狗狗也是很辛苦的。

十多年後。

「南邊打贏了，特萊因擊潰了敵軍。」

拉提把剛收到的報告書拿給在大本營帳幕附近待命的利留斯看。

「真不愧是他啊。」

「沒什麼啦，達尬師父跟古露瓦爾德師父也在，這點戰果是一定要的。」

「口氣那麼大，如果是你能達成一樣的戰果嗎？」

「哈哈哈，所以要把軍隊交給我帶嗎？」

「擅長的事不一樣才能凸顯出個人特質。抱歉，我沒有不負責任到會把軍隊交給你。」

「我的確不擅長指揮，但應該有更委婉的說法吧？」

「比起統御軍隊，單打獨鬥的你更加耀眼啊，森林奇襲王。」

「那種稱號我可是一點也高興不起來。什麼奇襲王啊……應該還有更帥氣的名字吧？好比漆黑魔弓或是混沌波動之類的。」

「好啦、好啦，你還是滿足於母親給你取的拉提這個名字吧。」

「唔。」

「好了，閒聊也該適可而止。南邊已經解決了，接下來該往西邊推進。你去幫利格爾的忙吧。」

「嗯？那邊不是有葛拉茲師父在嗎？應該不需要我吧？」

「就是那個葛拉茲師父指名找你。說是要問有關你提交的那份戰術論的詳情。」

「最前線也太輕鬆了吧？」

「因為他是葛拉茲師父啊。反正利格爾要求支援也是事實，有可以單獨從事各種任務的你在也沒什麼損失。」

「我是沒意見啦，不過這邊不要緊嗎？」

「雖然不是毫無問題，但至少沒像利格爾那邊嚴重。」

「畢竟人手不夠嘛。一開始搞得太誇張，把領地擴張得太大了。」

「哈哈哈，因為枕頭師父跟烏諾師父太賣力了嘛。當牠們的敵人很可憐耶。」

「一點也沒錯。所以，我跟自己發誓過，絕對不要和枕頭師父或烏諾師父作對。」

「我也一樣……不過不敢違抗牠們的人已經很多了啦。」

「哈哈哈，多到數不清啊。我早就放棄計算了。」

「我們這幾個兄弟……就是我、你和利格爾三人，你知道敵人是怎麼稱呼的嗎？」

「森林奇襲王以外的稱號嗎？我不知道耶。」

「聽說叫『深遠的死神兄弟』。」

「哈哈哈哈哈，對我們這幾個膽小鬼兄弟來說還真是奢侈的名字。」

「就是說嘛。好了，你過去西邊要當心，千萬別死啊。」

「好，彼此彼此啊。」

…………

作了奇怪的夢。夢裡我的孩子們在打仗，而且看起來很活躍，不過從父母的角度來說算是惡夢吧。為了避免惡夢變成現實，我該提高警覺。

另外，還得把田地繼續擴張，讓他們不必出外討生活也可以過日子。為了孩子們，我要繼續努力務農才行……

不對，勉強他們也不好。還是聽聽孩子們的志願……

「那個？村長？孩子們還不會說話，要討論未來出路等他們長大一點比較……」

由於夢的緣故，我不小心做出奇怪的舉動。這個夢應該不會成真吧？

異世界悠閒農家

Farming life in another world.

Chapter, 3

Presented by
Kinosuke Naito
Illustration by
Yasumo

〔第三章〕

地鼠與死靈王

01.人樹村　02.死亡森林　03.魔王國監視所　04.北方山脈　05.巨人族的迷宮
06.好林村　07.塔羅特村　08.修馬村　09.半人蛇族的迷宮　10.德萊姆的巢穴
11.古爾古蘭德山　12.鐵之森林

1 秋收與雜七雜八的事

入秋了，收成的季節。

目前為止我都是把作物全部收割後，將剩餘的部分用「萬能農具」全數化為泥土，耕出新田地。

就算是已經接近冬天的秋收期，也一樣耕成泥土。

然而，這回跟以往不同，有必要留意一下。那是因為，我想讓二號村跟三號村從事普通的農業。

必須保留一部分當種子才行。雖說不能全部鋤掉……但有明確種子的作物還好，沒有明確種子的作物該怎麼辦啊？好比根莖類的蔬菜，我記得直接放著就可以了……

只好透過各種實驗確認了。

一開始就沒有想像到種子的作物則讓我大傷腦筋。像是香蕉因為沒有種子，我種的作物裡就算混了沒有種子的品種也不奇怪。

用「萬能農具」耕田時，如果特別意識到要有種子，是不是就沒問題啦？

如果真的需要，我也可以找麥可先生購買種子與種苗。反正也不可能全世界只有我的村子務農，各地都有一般農家。對於具備務農經驗的半人牛族而言，去外面買種子說不定還比較好。

然而，目前我只想盡己所能去努力。

「也就是說……『大樹村』的收成一如往常，二號村跟三號村則一邊思考一邊進行。」

「就是那樣。」

文官少女之一替我歸納出了結論，所以就這麼做吧。

「這個紅酒啊，據說先把皮去掉的話，可以減少酒的澀味。」

矮人多諾邦跑來對我這麼說。意思就是他想釀酒吧？

「要釀可以啊，但是為什麼要徵求我的許可？」

我以為他們早就在做了……

「呃，那是因為……剝葡萄皮需要人手。」

「原來如此。你已經有適合人選了嗎？」

「要的話會先找手很靈巧的獸人族女孩們，但是她們在這個時期很忙啊。」

「的確。因為她們要榨油，還得負責製作加工品。」

「高等精靈跟山精靈們都忙著準備過冬，蜥蜴人也不例外。」

「在收成時期，空閒的人比較罕見吧？」

的確。

「所以呢，我努力找了很久……最後半人蛇族表示想賺點錢，希望你能僱用她們。」

所以多諾邦才來徵求我的許可啊？

「我沒意見，不過酬勞呢？」

「停留在村子的期間供應食宿，還有希望以現成的作物充當報酬。」

「要求的作物數量呢？」

「聽說就算只有一點點也沒關係，甚至只給一顆水果也行。她們表示，希望我們看過工作表現後再作決定。」

「我懂了，那就僱用她們吧。給她們的作物種類及數量，由多諾邦你來決定就可以了。如果數量變得太誇張，再來找我商量。」

「嗯，包在我身上。」

就這樣，我們僱用數位……正確說來是六位半人蛇族。

她們為了幫忙釀酒而暫時住在村子裡，負責剝葡萄皮，以及榨取葡萄果肉。

嗯，真是和平的景象啊。

收成結束後，就要去好林村進行名為貿易的以物易物。

這回的代表是達尬。格魯夫在武鬥會結束要回去時，似乎跟達尬約好了要去好林村那邊比劃比劃。

要較量我沒意見，不過別忘了原本的任務。

我派了兩名擅長計算的文官少女同行。

關於勞力方面，可以直接在當地僱人。考量到過往交易的成績，加上好林村那邊想多賺點錢，就變成這樣的安排了。

一如往常，他們似乎還在跟人類的村子吵架。我雖然無意干涉，不過是不是該想想辦法啦？跟好林村有糾紛的人類村子也在「魔王國」境內，是不是找魔王或比傑爾商量一下就能搞定？

啊——不過，格魯夫來參加武鬥會的時候，有看見魔王跟比傑爾吧？假使魔王跟比傑爾能幫上忙，應該當時就說了。

…………

光是窮操心也沒意義。

等到好林村主動找我商量，再來認真思考這個問題吧。

他們真的來找我商量了。

「咦？我去找魔王談？」

從好林村返回的達尬，把格魯夫也帶回來了。後者對我說明詳情。

他們的村子在許多方面都到了極限，似乎已經連棄村都列入考量了。

正常情況下，當村子遭遇困難時，負責管理的村長會代表村子去找領主申訴……

一旦申訴，這件事就交由領主定奪，無論領主的裁示如何，都非得接受不可。

那位領主似乎比較偏袒人類的村子，好林村不信任領主，所以無法申訴。

於是他們打算找可以對領主下令的對象，也就是越級向魔王報告……

「想拜託您幫忙跟魔王大人說情。」

「說情……告訴魔王聽聽好林村的說法就行了，對吧？」

「是啊。」

「怎麼沒趁武鬥會的時候直接跟他說呢？」

「那太惶恐了。」

「呃……」

正當我跟格魯夫尷尬時，不知何時跑來的芙勞悄悄告訴我。

「因為魔王大人是『魔王國』最了不起的人，領民根本不可能直接和他交談。」

「他會幫我的孩子命名耶。」

「一般來說是不會那麼做的。」

「也就是說？」

「如果是村長出馬，應該就能和魔王對話。」

「話是那麼說沒錯……總之，先讓我聽聽兩個村子吵架的原因吧。」

雖然機會不大，但是錯也有可能在好林村這邊。

跟好林村有糾紛的人類村子，名叫修馬村。

修馬村位於塔羅特村的南方，規模頗大。

至於吵架的原因，似乎是源自修馬村嫁到好林村的女孩被送回去。

那位女孩被送回去後，不知為何修馬村與好林村的交易越來越不公平，連周邊也跟著受到壓力。

好林村不肯默默吞下去，將事情經過告訴周邊的村子。就好林村這邊的看法，如果周邊的村子出面講話，對方應該會屈服才對，然而修馬村卻選擇停止交易。

然後一直僵持到現在。

「就好林村這邊看來，應該是那個被送回去的女孩在修馬村說了什麼好林村的壞話……但是也有人認為，從她之前在村子裡的情況看來不至於那麼做。」

「她被送回去的理由呢？夫妻感情不好嗎？」

「不，夫妻的感情不壞，那個女孩也是個好妻子。只不過，她不習慣山上的生活，身體撐不住。雖然她拚命表示想留下，但我們擔心她特地從修馬村嫁過來卻早早過世……」

「所以把她送回去。」

「是啊。」

這些話可能只是好林村的片面之詞，但是我找不出好林村有錯的地方。光是沒有訴諸武力這點，好林村的對應方式就算冷靜了。

「領主為什麼偏袒修馬村呢？」

「因為領主是人類。此外，修馬村距離領主宅邸也比較近。領主從沒來過好林村，卻在修馬村停留過好幾次。」

以領主的角度來說，只是想支持和自己比較親近的村子而已吧？

「我和村長姑且還是有去找領主商量過現況。不過，領主已經接受修馬村的主張，認定錯在好林村。我們本來想順勢申訴，可是覺得沒機會，只好主動撤退。」

嗯……

錯果然在修馬村嗎？畢竟格魯夫站在好林村的立場嘛。我想聽修馬村的說法，不過……

正在思考時，芙勞從後面對我咬耳朵。

「有些事想確認一下……」

「嗯？」

聽完芙勞的意見後，我再次詢問格魯夫。

「那位被送回去的女孩，是修馬村有力人士的女兒嗎？」

「聽說是修馬村村長的親戚。」

「那好林村的男方呢？」

「是村長的兒子，也就是賽娜的哥哥。」

「雙方結婚的契機是？」

「兩邊父母安排的。由修馬村提出，說是想和好林村加深友好關係。」

「有辦過結婚典禮之類的嗎？」

「有啊。在修馬村盛大舉辦過，領主也有參加喔。」

我問完之後，看向芙勞……只見她苦惱地抱著頭。

「怎麼了？」

「哪有什麼怎麼了，這件事，完全是好林村不對嘛！」

「咦？」

看來這世上，似乎還有些我搞不懂的規矩。

這就是所謂的文化差異吧？

2 好林村的糾紛

我暫時丟下格魯夫，去聽芙勞解釋。

「狀況是結婚，事情就很複雜，所以用物品來舉例。」

「為了交朋友而送禮，結果對方認為這東西不適合村子而送回來，會讓人怎麼想？」

「這個嘛……覺得對方並不想交朋友吧？」

「對吧？事情就是這樣。」

「不過，實際的情況是人不是東西喔？就好林村的立場而言，勉強讓人家在村裡生活而病死也不太好吧？」

「問題就在這裡。這是錯誤觀念。」

「咦？」

「當成友好證明的禮物，因為放在村裡會腐壞而送回去。是這樣沒錯吧？」

「對啊。」

「如果有心結交朋友，就不能送回去。」

「咦？」

「好好管理、珍惜那件物品，避免它腐壞。要做到這種程度才叫做想要交朋友吧？」

「話是這麼說沒錯……」

「之後要確認一下，我猜好林村只把人家當成一般嫁來的女性對待。」

「……也就是說，修馬村跟好林村對這場婚事的認知不一樣。」

「就是這麼回事。況且，這件事扯上了領主。」

「因為領主參加了結婚典禮？」

「是的。也就是說，領主鼓勵這樁婚事。然而新娘被退貨……等於害領主沒面子。」

「可是啊——」

「再繼續深究下去……那個被送回去的女孩，也有可能是領主跟平民所生的小孩。」

「咦？」

「雖說是領民，但終究只是私人結婚典禮，領主出席算是破格的待遇。」

「也就是說……」

「領主在修馬村生的小孩出嫁了，結果對方沒好好待她還送回來……領主沒有派兵攻打好林村才叫不可思議。」

「呃……」

我回去找格魯夫，將芙勞說的話告訴他。

「我們的確只把她當普通的媳婦看待，不過，她也沒露出不滿的臉色啊？」

傳話太費事了，所以我讓芙勞站在旁邊。不，你們乾脆直接對話吧。

「那當然。都已經嫁過來了，怎麼能擺臉色給你們看。」

「也就是說，我們不該把她當普通的媳婦看待？」

「假使她的身體沒有因此搞壞，那麼問題也不大就是了……」

「可是啊……她得了礦山咳耶，不送回去很快就會死掉的。」

「所以說不能讓她死……礦山咳？」

「就是礦山咳。」

「不好意思，你說的那個礦山咳是？」

「是一種死亡疾病的徵兆。得了礦山咳的人，不立刻離開礦山就會死。」

「……不管怎麼做都會死？」

「只要病人繼續待在礦山附近的話。所以，我們不忍心看到這個還年輕的女孩子受苦，只好強迫她回娘家……」

「關於礦山咳的事，有通知修馬村嗎？」

「雖說只要離開礦山就會痊癒，但疾病就是疾病。為了避免不好聽的謠言傳出去，妨礙對方再婚，我們下達了嚴格的封口令。」

「溝通不足。」

「咦？」

「溝通不足啦！大混蛋！」

芙勞大吼道。

之後，芙勞使用小型飛龍叫來比傑爾，在好林村跟修馬村之間往返。

也和領主談出結論了。

「這個嘛，雖然不可能馬上恢復原狀，但是這麼一來好林村跟修馬村應該會開始重修舊好吧。我已經警告過他們，要是不和好我就會發火。」

「辛、辛苦妳了。另外，比傑爾也是。」

「哪、哪裡，幸好領主是個通情達理的人。芙勞蕾姆，這種事本來是越權行為喔。」

「我覺得已經比驚動魔王大人要來得好了。」

「一點也不錯，正是因為這樣我才出手幫忙……不過今後妳要多思考一下派系問題。」

「派系？這次的事件原本該歸誰管？」

「普加爾伯爵。」

「啊……抱歉，父親大人。其實還有比較輕鬆的解決方法。」

「哪裡，我很久沒被女兒拜託了，感覺還不賴。」

比傑爾享受過晚餐跟泡澡後就回去了。

「剛才說輕鬆的解決方法是什麼？」

「普加爾伯爵的女兒也在村子裡。」

似乎是文官少女之一。

「換成那位伯爵會比較好表達意見嗎？」

雖然提到了寄親、寄子之類的詞彙搞得很複雜，不過簡單來說就是——那位伯爵似乎是地方上的老大。至於比傑爾則是其他地方的老大，因此插手管其他派系的事會很麻煩，最糟糕的結果，就是兩邊吵起來。

這回的事只限於比傑爾跟那位領主之間，似乎是當成非官方行為。

話雖如此，之後好像還是得向普加爾伯爵打聲招呼才行。如果不這麼做，等到事情穿幫會引發更嚴重的糾紛。

「還真是麻煩呢。」

「是呀。我一不小心氣昏頭就直接行動了，必須好好反省。」

「唉呀，畢竟還是解決一個麻煩嘛。可以接受了啦。」

「是的。還有，那個……」

「嗯。」

這次引發糾紛的那對男女重新結婚了。

也就是好林村村長的兒子，跟修馬村村長親戚的女兒。

正如芙勞的猜測，女方是領主的女兒。而且，她一回到修馬村後就生產了，小孩不論怎麼看都有獸人族的血統。

以修馬村來說，為了女方著想，他們希望使好林村低頭，進而讓兩人再婚，然而事情卻不太順利。

雖然我覺得只要找個地方把話講開，就不至於吵成這樣了……

就修馬村的觀點看來，象徵友好的婚姻被毀了；但是從好林村的觀點出發，卻是為了顧及女方性命反而被對方誤解為待遇差，所以彼此都拉不下臉主動道歉。

沒有發展成武力衝突，真是不幸中的大幸。

那麼，雖然重新結婚了……但因為有礦山咳復發的危險，所以不能住在好林村。男方住在修馬村是最好的解決之道，不過那樣就變成好林村屈服於修馬村，會產生反對聲浪。真是麻煩透頂。

結果，那對夫妻跟小孩都移民到「大樹村」了。

就好林村而言是下任村長離家在外，但還是比去修馬村好。

「還請您多多指教。」

「請多多指教。」

「僅都都尺叫。」

好林村村長的兒子——獸人族加特。

其妻——娜西。

以及兩人的小孩——娜特。

「我想你應該明白……」

「是的。我會忘記身為好林村村長之子這件事，以一介村民的身分融入這個村子。雖然我跟賽娜是兄妹，但我會聽從她的指揮。」

「這、這樣啊。」

總覺得他進入狀況也太快了……算了，既然是好事就無妨。

賽娜也因為哥哥搬來而非常高興。

「要好好對待妻女啊。」

「是。」

娜特是個四歲多一點的小女孩。

她比阿爾弗雷德大，希望能當個好姊姊。

這麼一來問題就解決了。原本我是這麼以為……

「重新結婚也算是新婚吧？那就蓋棟新居吧。」

「既然要在這個村子生活，不是該在這裡舉辦結婚典禮嗎？」

高等精靈提議，緊接著山精靈也追加她們的想法。

「這裡還有偉大的神官喔。」

一直停留在村裡的始祖大人也搭上順風車。

「該開宴會了。」

看準又可以喝酒的居民聚集起來，盛大慶祝一番。

那些細枝末節的事，等以後再考慮吧。

附帶一提，加特一家人看見小黑跟座布團，當場昏倒。
……沒那麼恐怖啦。
而在看到幫忙釀酒的半人蛇族之後，儘管不到昏倒的程度，他們依舊發出了慘叫。
她們的模樣很罕見，但不是什麼壞人啊。

娜特過幾天就適應了，還騎在小黑子孫的背上四處跑。
娜西小姐還有點害怕，但是已經在賽娜等人的協助下開始新生活。
至於加特……在屋子裡躲了好幾天，最後靠著美酒跟美食勉強恢復了，目前力圖振作。加油啊。

題外話，格魯夫為了看顧加特，今年冬天預定在「大樹村」停留。
「這樣好嗎？夫人還在好林村吧？」
「已經解釋過了所以沒問題，況且老婆也拜託我這麼做。」
「嗯？」
「因為我女兒在這邊。」
「啊啊，原來如此。」
格魯夫在旅舍過夜。
達尬、烏諾和枕頭經常聚集在旅舍院子裡，進行類似模擬戰的活動。

我並不反對，但是別忘掉原本的工作。
莉亞，我知道妳想參加，不過妳還需要休養。

3 溫泉調查隊再度組成

格蘭瑪莉亞聯繫的天使族一直沒來。到底是怎麼了？
「究竟發生什麼事了啊？」
格蘭瑪莉亞也有點擔心。
相對地，琪亞比特倒是經常跑來玩……
「琪亞比特，妳有什麼消息嗎？」
「沒什麼特別的呀？我有跟大家說要過來玩就是了。」
…………
「格蘭瑪莉亞，妳去找的天使族，跟琪亞比特的關係好嗎？」
「其實……並不能算很好。」
可能是因為琪亞比特常來，所以她們不太方便出現，或者打消念頭了。
…………

還是作好隨時都能迎接她們的準備吧。

「大樹村」的一隅，發出了巨大聲響。

「失敗了啊。」

「的確失敗了。」

「真遺憾。」

矮人、山精靈，加上鬼人族，不約而同地重重嘆氣。

他們之前在嘗試製造壓力鍋。

我做菜時突然想起壓力鍋，告訴大家它的便利性與構造後就變成這樣了……

過程並不順利。

除了我不太清楚結構之外，要做出完全不讓空氣外漏的鍋與蓋似乎也很困難。

本來以為利用鐵遇熱膨脹的特性應該能設法解決，但看起來沒那麼簡單。

附帶一提，已經成功以魔法得到跟壓力鍋相同的效果了。明明有替代方案，大家卻還是繼續嘗試製作壓力鍋，想必是對研究的熱忱使然吧。

在這個忙碌的時期，我相信大家不是為了逞強或消磨時間才這麼做。

獸人族加特跟人類娜西，一開始先去幫忙比較早移民過來的賽娜等人。

賽娜跟加特這對兄妹的感情好像不壞，加特也乖乖聽從賽娜的指揮，所以這部分完全沒問題。

「暫時多關照加特他們一家人吧。」

「我本來就打算這麼做，請您不必擔心。」

負責照顧獸人族的拉姆莉亞斯，也毫無疑問地接納了加特一家人。那一家人的性格都很溫厚，真是太好了。

獸人族的小男孩們不但跟加特和娜西非常親近，也和兩人的女兒娜特相處融洽。

將來，搞不好娜特會跟獸人族男孩中的某一個結婚。

嗯，未來一片光明。

始祖大人。

既是吸血鬼的始祖，也是科林教的大人物……

他除了會幫忙採收之外，甚至還會下廚、製作小東西等。

而且，每天早、中、晚都會泡澡，並且在空檔享受各種遊戲。

他對迷你保齡球、飛鏢和高爾夫球特別擅長。

至於我的感想，則是覺得他很會利用時間。還有瞬間移動真方便。

「瞬間移動雖然有點特殊，但其實並沒有那麼困難喔。這種魔法，還是在我消除記憶後才開發出來的呢。」

「哦——」

如果我有魔法天賦，就會拜託他教教我了。

正當我感到佩服的時候，露悄悄告訴我。

「始祖大人所謂的『沒那麼難』，是指一般人耗費一生才能勉強……這樣的程度喔。」

原來如此。

「對了，村長，之前你們幫忙芙修的回禮，差不多到明年春天就可以準備好了。」

「這樣啊。雖然不知道是什麼，但我會滿懷期待的。」

「好好期待吧。嗯，當然露跟芙蘿拉應該也會覺得很高興。」

畢竟是露跟芙蘿拉辛苦的成果，能讓她們高興就再好不過了。

收成告一段落後，就該進行過冬的準備。

主要是確保冬季期間會消耗的柴薪，以及收集緊閉在屋內作業所需的材料，最後就是製作持久耐放的乾糧。

乾糧，簡單來說就是燻肉。主要原料是小黑牠們所捕捉的殺人兔，以及巨大的守門野豬。

這麼說來，以前小黑的子孫在圍住守門野豬之後，是讓我補上最後一擊才捕捉到的……如今已經沒有那個必要了。

因為像烏諾這樣可以單獨狩獵守門野豬的個體增加，而且牠們已經能靠數量應付對手。

雖然很可靠，但還是希望大家別因此受傷。

就這樣進行過冬準備，等到差不多有餘力時，我向大家提議。

「重新組織溫泉調查隊吧。」

溫泉。

我想前往似乎比北方迷宮還要北邊的那座溫泉。

上回調查隊的人說太燙無法下去，但是如果我也在，或許就能從河川引冷水進去了。

當然，由我當隊長。不，不管我是不是隊長，總覺得只要我沒參加就沒意義。

「況且，還得向住在北方迷宮的巨人們打聲招呼。」

儘管早已知道他們的存在，但是到目前為止我都還沒和北方迷宮的巨人們碰面。

我找了許多理由，表明要重組並參加溫泉調查隊，但是村裡居民的反抗聲浪很強烈。

「首先，重新組織溫泉調查隊這點大家都沒意見。」

村民們妥協了。

「但是，讓村長參加還是很危險，請您務必三思。」

這是村民們的主張。

北邊是那麼危險的地區嗎？

「如果有必要跟北方迷宮的巨人打招呼，就把他們叫過來吧。」

「咦？等等，這樣未免太失禮了吧？」

「就雙方的上下關係而言沒問題。反過來說，他們一直沒來這裡致意，就算遭受質疑也是難免。」

「不對、不對，等一下、等一下。」

他們是友好的種族吧？

應該不需要把人家叫過來打招呼什麼的……

「他們並沒有關照我們到需要主動過去打招呼的程度。」

「他們還幫了滿多忙吧？呃……好比說，去年有新移民來但是房子施工趕不上的時候，他們就答應暫時收容那些人了。」

「我們也給了他們相應的物資當報酬。還有，讓他們感到困擾的血腥蝮蛇，大多數都由哈克蓮小姐和拉絲蒂小姐撲滅了。」

話題轉為要不要把北方迷宮巨人叫過來了。如果是平常的我，應該會順著大家的意見吧。不過，今天的我不一樣。

「不，我一定要去。」

是什麼理由讓我如此強硬呢？

溫泉？不，並非如此。

而是我想盡量避免「把素未謀面的北方迷宮巨人叫過來」這種事。假使對方有事要找我們也就罷了，專程把人叫過來是要人家做什麼？若是這樣，還不如放著他們不管。

而且，我擔心自己不參加溫泉調查隊就沒辦法弄出溫泉。

「一旦我覺得有危險，就會當場折返。」

儘管從周遭反應看來，那邊應該很危險，但是把居民送去那種地方，自己卻躲在安全之處，也會讓我感到抗拒。

我對此相當堅持。

溫泉調查隊，再度組成。

隊長！我！

成員包括！

吸血鬼的露和芙蘿拉。

天使族的蒂雅和格蘭瑪莉亞。

高等精靈的莉亞。

鬼人族的安。

蜥蜴人達尬。

惡魔族的布兒佳和史蒂芬諾。

龍族（Dragon）的哈克蓮和拉絲蒂。
地獄狼小黑、小雪，加上其他五十頭。
座布團的孩子枕頭，加上其他一百隻。
然後始祖大人、天使族的琪亞比特，以及獸人族的格魯夫也同行。
…………
「與其說是調查隊，不如說更像一支要侵略人家的軍隊呢。」
送行的芙勞輕聲嘀咕。
「沒那麼誇張啦。不過嘛，人數的確比預想的要多……」
甚至還有其他的高等精靈、山精靈和蜥蜴人想跟來，但是我婉拒了。
我希望他們留下來守護「大樹村」。
「就拜託你們看家了。」
我把留守任務委託給芙勞、山精靈芽和矮人多諾邦。當然，另外也包括座布團跟其他留下的小黑子孫們。
「那麼，我要出發了。」
我背起行李……要背的東西被小黑的子孫們搶先一步。

兩手空空。

我覺得有點寂寞，只好找找附近有沒有掉落的樹枝……找不到。

…………

於是我將「萬能農具」化為鋤頭的形狀，拿在手裡。

「好，出發吧！」

我這麼宣告後，始祖大人便靠了過來。

「我用魔法送你過去。」

…………

始祖大人又說：「如果不想靠傳送魔法……」並且望向哈克蓮跟拉絲蒂。

嗯，的確沒有走過去的必要啊。

4 地鼠

始祖大人的傳送魔法不適合一次運送很多人，因此是用比傑爾那種普通的傳送魔法送大家過去。

身體通過一片黑暗之後，就到了另一個地方。這種感覺真是不可思議。

目的地是森林內一處較為開闊的地點，空地中央還有好幾塊岩石交疊，那些岩石的縫隙之一應該就是北方迷宮的入口吧。

一想到有迷宮，就連交疊的岩石看起來也像某種遺跡了。

在岩石之後映入眼簾的，是巨大的山脈。

雖說走到山下還有相當的距離，但是壓迫感已經相當強，就像一面高牆。

從「大樹村」看不到這座山，所以能體會到「自己一口氣移動了很遠」的感受。魔法真神奇啊。

一想到這裡，就覺得腳底下有種奇妙的不自然感。

…………

土嗎？這附近的地面很柔軟。

不，要說硬也算是頗硬，但是感覺比不上「大樹村」周邊。

如果是這種硬度，就算沒有「萬能農具」應該也能開墾。

問題在於土壤裡的養分夠不夠……不過既然有森林，就不至於毫無養分吧？

啊，不過這附近長的樹，是那種可以抵抗土壤鹽層的特殊品種呢。

總之，先耕作……啊啊，現在這個季節恐怕不太適合，畢竟快入冬了呢。

當我在思索這些事的時候，所有人都移動完畢了。

我很想把麻煩事留到後頭，可惜不能這麼做。

「首先，去打聲招呼吧。」

要跟沒見過的人碰面還是會緊張，千萬不能做出失禮的舉動。

我原本想拜託已經來過的哈克蓮跟拉絲蒂帶路，卻感覺到岩石縫隙傳來咚咚咚的巨大聲響與震動。

接著巨人族就從岩石縫隙現身了。

他們看上去……像是一團毛？雖說可以辨識出手和腳，但全身都長滿了毛。感覺就像兒童電視節目裡會出現的逗趣布偶。

然而尺寸大得多。他們的身高遠遠超過我的頭頂，大約有三公尺……不，甚至還有五公尺級的。

這樣的巨人們，一個個從岩石縫隙現身，朝這邊跑過來。

不知為什麼，充滿了壓迫感……但他們的目標看來的確是我們。

本來想姑且先打聲招呼，結果他們卻像要避開我們似的分成兩邊，繞到我們後面。

咦？我疑惑地東張西望，發現安指著岩石縫隙。原來繼巨人族現身後，又冒出了足以一口吞掉人類的巨蛇。

那是血腥蝮蛇。

所以巨人是被趕出來的嗎？以前哈克蓮跟拉絲蒂好像已經打倒很多了，所以這些是漏網之魚？我舉起「萬能農具」化為的鋤頭作好準備。

然而，血腥蝮蛇的模樣有點不對勁。

怪了？血腥蝮蛇並沒有追趕巨人族，而是在原地猛烈掙扎，這是為什麼？

我睜大眼睛仔細看，發現血腥蝮蛇的尾巴遭到撕裂，鮮血四濺。此外，還有張血盆大口試圖咬斷那條尾巴。

「地鼠！」

莉亞叫道。

「那是一種擅長挖洞的魔獸，會從地下發動攻擊！」

地鼠。雖然稱之為鼠，但既然擅長挖洞，應該是鼴科的鼴鼠吧？

無論如何，似乎是種很危險的生物。血腥蝮蛇就在我眼前被啃食殆盡。

「糟糕，如果先下手為強就能搶到肉了……」

拉絲蒂咕噥道。我想現在不是擔心這個的時候……

地鼠望向我們這邊。

可以感到待在我們後方的巨人族十分恐懼。

或許正因如此，地鼠衝向我們這邊。在地面上，直線前進。

所以，在我揮動「萬能農具」的鋤頭前，其他人已經先出手了。

有哈克蓮和拉絲蒂的打擊技，達尬和莉亞的劍擊，露、蒂雅和芙蘿拉的魔法攻擊。

嗯，過頭了。

總覺得在莉亞那一劍命中時，就已經結束了耶？

總之，這麼一來危機就解除了……沒錯吧？小黑牠們散往四周，小心戒備。座布團的孩子們則圍住岩石四周，布設絲線。

這絲線大概不是封鎖用的，比較類似偵測是否有人通過的感應器吧。

不論如何，可以暫時放心了。

我才剛這麼想，座布團的孩子們就一陣騷動。

就在大家各自戒備時，某塊地面突然隆起，小黑的子孫之一被頂上半空中。緊接著從那塊隆起的地面冒出一張血盆大口，就這麼將空中的小黑子孫一口吞下。

……地鼠？還有一隻？不，重要的是……被吃掉了？

「唔哇哇哇哇哇！」

驚慌！得把牠救出來才行！

用「萬能農具」的鋤頭把那傢伙……不行。

假使連被吞掉的小黑子孫也化成泥土就後悔莫及了。

斧頭？柴刀？不，地鼠已經準備鑽回土裡逃跑了。

我對準地鼠的屁股，用「萬能農具」的鐮刀捅進去，把它強行拉上地面。只憑我的力量並不夠，但是靠「萬能農具」的幫助就能辦到。

地鼠彷彿發出了驚恐的叫聲。雖然很對不起這個弱肉強食的世界，不過麻煩把小黑的子孫還給我。

我用「萬能農具」的鐮刀割下地鼠的頭。接著，就這麼剖開地鼠的身體。發現小黑的子孫了。全身沾滿胃液動也不動。太遲了嗎？正當我感到不安時，牠開始顫抖，眼睛也睜開了。

「哦哦！」

太好了，看樣子還來得及。我暫時鬆了口氣。接著我發現，自己身上沾滿了血，嗯……啊，我知道得救的小黑子孫想對我表達感謝之意，不過這樣只會讓彼此變得更髒喔。

「唉呀，搞不好還有！千萬不能大意！」

我連忙這麼強調道，但是除了我以外的人本來就沒有放鬆戒備。

「……用偵測魔法調查過了，似乎已經沒有嘍。」

「我這邊也一樣。」

露跟蒂雅似乎都能用魔法進行探測，所以我請她們幫忙。

結果，合計有七隻地鼠。

知道躲在哪裡就輕鬆了，哈克蓮、拉絲蒂，加上布兒佳和史蒂芬諾都衝出去處理。

很快地，全部都殲滅了。

「地鼠的棲息地應該在更東邊才對……會在這邊出沒還真罕見呢。」

莉亞這麼告知我。

東邊發生了什麼事嗎？不管怎樣，我為了清洗骯髒的身體，拜託始祖大人先把我送回「大樹村」。這趟旅行真短暫。雖然我很快就會回來。

「非常感謝諸位的救援。」

在迷宮入口前，全體巨人族都出來鞠躬。

只見眼前有一大堆毛團。全部大約五十人左右吧？人數還挺多的。

當中約有一半是人類尺寸……不過應該是小孩吧。

從打倒的地鼠體內，救出了五人。最重要的是，雖然有人受傷，但似乎沒有出現死者，真是萬幸。

「對了，聽說這附近不會出現地鼠，知道牠們出現的理由嗎？」

「關於這點……」

對方好像欲言又止，是有什麼難言之隱嗎？

「不必介意，告訴我們吧。」

「呃……上回……那邊的兩位來訪，在消滅血腥蝮蛇時弄塌了迷宮的一部分。」

巨人族的代表望向哈克蓮跟拉絲蒂。這麼說來，我記得曾接獲這樣的報告。

「由於崩塌的地點放著不管會有危險，我們本來想慢慢把那邊修好的……」

難不成……

「結果那個崩塌地點和未知的洞穴相通，地鼠就是從那邊跑出來的。」

啊……原來如此，原來如此，原來如此啊…………

「真是非常抱歉。」

我對那群低頭道謝的巨人們低下了頭。

5 巨人族與重啟調查

北方迷宮的巨人族之所以全身長滿濃密的毛，似乎是為了防禦血腥蝮蛇的攻擊才進化出來的。

就算整個人被血腥蝮蛇吞下去，體毛也會保護身體避免被胃液消化，可以在敵人體內大鬧以求生存。血腥蝮蛇可能也明白這點，所以不敢隨便吃巨人族。

然而，剛才那是指成年人的情況；體毛稀疏的小孩就會成為血腥蝮蛇的目標。

巨人族也一樣，雖然對成年血腥蝮蛇束手無策，不過血腥蝮蛇的幼體還是勉強能應付。

這就是巨人族跟血腥蝮蛇之間的關係。

附帶一提，巨人族會收集大人的體毛製作類似全身假髮的東西，再讓小孩披上它。原來如此啊。

我為了哈克蓮跟拉絲蒂引發崩塌而導致地鼠入侵一事謝罪，但巨人族表示並非如此，因此沒接受我的道歉。

「雖說是從崩塌的地方出現，但原因可能不只是那樣。」

這附近會有地鼠出沒是很稀奇的事，就算再度出現也不能把原因全都推給崩塌。他們主張只是不幸的偶然，請我們不必太在意。

巨人族真是好人啊，因此大家便開起了宴會。

地點則是在「大樹村」。

起初是想在迷宮入口舉辦，但現場廚藝高超的人只有安。我、莉亞和始祖大人姑且也算是會做菜，剩下的人頂多只能幫忙而已……

原先想從「大樹村」找人支援，但是完全不會做菜的多諾邦他們露出了寂寞的表情，所以還是決定在「大樹村」舉辦。

最辛苦的人，應該是使用傳送魔法的始祖大人吧。雖說他真的很疲倦，但是對料理跟美酒還是來者不拒。

於是盛大的宴會就開始了。

巨人族非常喜愛「大樹村」提供的酒菜，更因為各種表演而興奮無比。

他們尤其中意山精靈的機關發表會。

那是一種只要把小麥放進去，就會自動磨成粉的機關，甚至還有精靈跟文官少女們的伴奏。嗯，冷靜想想也沒那麼誇張，不過音樂讓人感覺它很厲害。音樂的力量真了不起。

此外這架機關的動力是蒸汽。

有山精靈思考能不能拿蒸餾時產生的蒸汽做點什麼，於是我把自己對於蒸汽動力所知曉的部分教給她們……

沒想到已經完成了。幹得好，了不起。

要說它的問題，應該就是蒸汽的熱會傳到粉狀的小麥上頭吧。都烤焦了。

此外，安裝很耗時，直接手動用臼磨還比較快。

不過，那些問題應該很快就會改善吧。我看著正在燃燒的機關，心裡這麼想。

…………正在燃燒？

「請放心，我們已經準備好大量的水，以便隨時滅火。」

不，問題不在那裡……算了，大家反應熱烈就好。

…………

這是對於機關的歡呼嗎？應該不是對起火這件事歡呼吧？

這場有巨人族參加的宴會，一直持續到深夜。

翌日早晨。

剛出門沒多久就回來洗澡，第二次傳送過去又馬上回來開宴會，到底是在搞什麼鬼啊？我不禁反省起來。

溫泉調查隊，再度出發！

我拜託始祖大人，把我們跟巨人族一起送到迷宮入口前。

確認昨天戰鬥的痕跡。

我要露跟蒂雅用魔法檢查有沒有地鼠，結果在偵測得到的範圍內都沒有，應該可以暫時放心了。

那麼，溫泉調查隊在此兵分兩路。

一組調查溫泉，一組調查迷宮崩塌處那個洞穴。

假使會挖洞的地鼠還在，就算把洞補起來也沒意義。

如果不先查清地鼠在這附近出沒的理由，甚至設法排除牠們跑來這裡的原因，巨人族應該也無法安心生活吧。

儘管巨人族表示原因並非崩塌，但我還是感到良心不安，所以要求進行調查。哈克蓮和拉絲蒂特別有幹勁，應該也和反省自己弄塌迷宮有關吧。希望她們努力將功折過。

然後，我原本想一起加入洞穴調查組，卻被大家集體勸退了。

他們希望我去溫泉調查組。

儘管我想抵抗，卻有個很實際的理由。

「迷宮裡可是一片漆黑耶……」

需要夜視能力嗎？唔，而且基於種種理由，似乎不能點火把。

不得已，我只好加入溫泉調查隊。

其他成員包括天使族的蒂雅、格蘭瑪莉亞和琪亞比特，蜥蜴人達尬，以及獸人格魯夫。

小黑的子孫們雖然夜視能力極佳，不過全部都在我這邊。

至於洞穴調查隊，則由哈克蓮帶隊，拉絲蒂擔任副隊長。

再加上惡魔族的布兒佳和史蒂芬諾，吸血鬼露和芙蘿拉，高等精靈莉亞，鬼人族的安，另外還有始祖大人。

至於座布團的孩子，包括枕頭在內全都前往洞穴。

「大家千萬不要太勉強。」

我對前往迷宮的哈克蓮一行人這麼說道，並目送大家離去。

不過嘛，有始祖大人在，就算遇到什麼萬一也可以用傳送魔法撤退吧。況且還有露跟芙蘿拉在，也能使用治癒魔法。雖然我覺得不會有什麼危險……只是他們異常有幹勁令我很介意。應該沒問題吧？

…………

就算不安也無濟於事。既然都交給他們了，就要相信他們。這才叫信任。

況且，不能光顧著擔心另一邊。我這邊也得努力調查才行。

「上次發現熱水的地點已經確認了，請走這邊。」

格蘭瑪莉亞帶路，我們一行人朝北邊前進。

…………

久違的森林漫步。

嗯，相當難走。

走到一半我就開始用「萬能農具」邊開路邊前進。

使用「萬能農具」的期間不會感到疲勞，因此相當方便。

跟之前開闢連接各村用的道路不同，我是一邊闢出寬度可容一人通過的道路，一邊繼續前進。

途中，遭遇了小型的血腥蝮蛇，以及相當大隻的格鬥熊，不過我順手用「萬能農具」的鋤頭解決掉牠們。

獸人格魯夫與蜥蜴人達尬的對話——

「達尬先生，村長他……是不是超強啊？」

「難道你以為他很弱？」

「以為他是普通人類。」

「普通的人類，能在『死亡森林』正中央建立村落嗎？」

「不可能吧。不，話是這麼說……我原本以為是有交情好的地獄狼跟惡魔蜘蛛幫忙……普通人類怎麼可能跟牠們交好嘛。也對。仔細想想，他還能若無其事地和魔王交談……代表具備足以擔任村長的實力吧。」

「嗯，他可是我們引以為傲的村長。千萬別失禮了。」

「哈哈哈，可能有點太遲了……我以後會注意的。」

天使族琪亞比特和格蘭瑪莉亞的對話——

「雖然我早就曉得……不過村長還真厲害耶。」

「是的，我也再度感到佩服。」

「不過，真是可惜啊。如果他不是蒂雅的丈夫就……」

「就怎樣？」

「那還用說，向他求婚啊。」

「妳不要在意蒂雅大人，直接說出來如何？」

「天使族規定要一夫一妻吧？我可是族長的女兒，不能打破規定。」

「那還真遺憾呢。」

「……為什麼妳如此從容？難不成妳……」

「我已經被村長疼愛過了，有什麼問題嗎？」

「蒂雅都沒表示意見？」

「她鼓勵這麼做。」

「那個蒂雅？」

「是的。天使族的規定雖然很重要，但就是那個規定導致最近都沒有新生兒。蒂雅大人恐怕也對此憂心忡忡吧。」

「嗯……」

「如果妳有興趣，我可以湊合村長跟妳喔。」

「這個提議很有吸引力……不過，讓我多考慮一下，畢竟還有許多顧慮。」

「呵呵，我知道了。族長的女兒還真辛苦呢。」

「那是顧慮之一沒錯，不過就我個人來說，等村長的兒子長大也是一條路……」

「要是對阿爾弗雷德少爺亂來，我會殺了妳喔。」

「喂，妳、妳是認真的嗎？那是真的殺氣啊。開玩笑、開玩笑的啦。而且，還有其他兒子吧？例如利留斯跟利格爾。」

「打算讓還在襁褓中的嬰兒當自己未來的老公……妳是有多飢渴啊？」

「對將來懷抱夢想有什麼關係嘛。」

小黑子孫們的對話——

「真不愧是村長（Boss）啊。」

「是啊，他可是能讓小黑大人跟小雪大人服從的強者耶。」

「不過，本來我們必須在敵人接近前就先察覺並打倒才對。」

「是這樣沒錯，但是要發現躲在地底下的傢伙實在很難。」

「就算能發現好了，碰上那麼大隻的格鬥熊我們也無能為力不是嗎？」

「嗯……假使我們不顧自身安危撲上去，應該能收拾掉……」

「小黑大人指示禁止出現傷亡。」

「無論如何，我們還是得走在前頭以偵查為重才行。去拜託小黑大人給我們許可吧。」

「知道了。等等，村長又解決掉格鬥熊了。」

「只用了一擊嗎……」

「讓村長打頭陣，才是最安全的作法吧？」

「話是這麼說沒錯，但是這麼一來我們這些護衛的立場何在……」

「……大家加油吧。不對，是一定要拚命！」

「喔！」

我在途中有休息的情況下，開闢通往溫泉的路，到了第三天終於抵達目的地。

路上吃的，則是血腥蝮蛇跟格鬥熊。蛇肉很美味，但熊肉就普普通通。雖然小黑牠們都吃得很開心就是了。味道姑且不論，量不必擔心這點倒是件好事。

附帶一提，做飯的是我和琪亞比特。

「因為有各種調味料，就算廚藝不佳，味道也不至於太差勁。」

琪亞比特雖然這麼說，但她的廚藝明顯不賴，具有一定的水準。

假使鬼人族女僕也在，搞不好會產生競爭意識。無論如何，不必由我一個人下廚真是幫了大忙。

最後我們到達的場所，是從山麓向上攀登約二十公尺之處。

這裡的綠意都消失了，只剩下光禿禿的岩地，而且很熱。

「空氣雖然有點怪味，不過沒有毒素。」

蒂雅他們幫忙調查周圍情況。

由於之前的調查隊沒出事，所以我就沒特別擔心空氣的問題。不過仔細想想，如果不是冒出溫泉，而是有毒氣體該怎麼辦？好險、好險。

差點因為一時大意就讓大家身陷險境了。我該反省。

「高等精靈和地獄狼對這附近的空氣很敏感，不用擔心啦。」

蒂雅表示，因為有適合的人一起同行所以不必擔憂。我則一邊接受蒂雅的安慰，一邊確認溫泉所在的地點。

那是個位於岩場的小池子。

水量好像不少，只見池面不斷冒出咕嘟咕嘟的聲響，並且持續散發熱氣。

「把手放進去好像會有危險呢。」

「看起來是如此……不過一直接觸空氣，還能保持這種熱度嗎？」

附近該不會有岩漿吧？也就是說，搞不好這裡很危險？

「恐怕是受到這附近的岩石性質影響吧？」

「岩石性質？」

「是的。這附近的岩石，好像能蓄熱的樣子。」

我聽不太懂。

因此要直接體驗看看。

我找來一顆可以單手拿起的岩石，試著抓在手上。感想：普通的石頭。

蒂雅用魔法去烤這顆石頭。原本以為它會焦黑，結果毫無變化。

「再拿起來試試。」

要我拿烤過的岩石，這是拷問嗎？

「我保證沒事。」

聽她這麼說，我便戰戰兢兢地試著拿起來。不熱。哦哦，不燙耶。

「不過，如果就這麼持續拿著……」

嗯？變溫暖了耶。

「這是怎麼回事？」

「這種岩石能儲存熱量。如果接受了一百單位的熱，就會不斷釋放一單位的熱直到耗盡為止，類似那種感覺。」

「原來如此。」

「然後因為這裡有很多岩石彼此相連，所以溫度就會在彼此之間傳來傳去，在地底下得到的熱量或許就一直保存到現在了。」

所以說這種熱量傳給地下水，就成了溫泉。像這種情況，能叫溫泉嗎？不就只是比較溫暖的地下水嗎？溫泉的定義是什麼來著？

…………

那種細節就算想破頭也沒答案，總之先調查四周吧。

眼前的熱水池雖有幾處會湧出水，但是沒有多到能匯聚成河，而是一點一滴潛入岩縫下消失不見。搞不好是滲進岩石底下的泥土了。

我派蒂雅、格蘭瑪莉亞和琪亞比特去附近尋找河川。

如果河水是熱的，就直接用河水。假使河水是冷的，就從這個熱水池挖水路延伸過去，在跟河流匯集的地點打造浴池。

「往西不遠處有河流。」

格蘭瑪莉亞發現河流後，回來報告。

「是冷水嗎？」

「是的，是冷的，而且可以飲用。」

「既然是冷水，就代表那邊的岩石……跟這裡的性質不同吧？」

「似乎是。」

「這裡的岩石很有名嗎？」

「雖然出名的不是這裡，不過其他地方開採的同性質岩石，被當成保溫石廣泛使用。」

「保溫石？」

「是的。因為不必生火也能安全取暖，我想巨人族也是將這種石頭當成冬季的熱源。」

「啊，原來如此。所以在迷宮裡不必生火也能保持溫暖了。」

如果利用這種岩石，是不是可以打造溫室？仔細想想，搞不好能帶來許多便利之處啊，在做菜等方面感覺也能派上用場。離題了。

蒂雅跟琪亞比特也找到河川歸來，但我判斷格蘭瑪莉亞找到的才是最近的一條。剩下的就簡單了。

輪到「萬能農具」出場。

首先確認河川的狀況。

嗯，普通的河。從有山的北邊往南邊流去。

「這條河，跟村子附近的那條河有關嗎？」

「沒有，是完全不同的河。因為再往南邊一點就會拐彎向西。」

好極了。

我在河流旁，製作了之後要當浴池的場地。感覺面積大一點比較好呢。所以我先確保了差不多有二十五公尺游泳池那麼大的土地，接著再砍伐樹木。

然後努力挖啊挖。

沒過多久，就完成了一座淺水池。

由於半人牛族、半人馬族，或是巨人族他們也可能要泡，所以池子中央稍微挖深一點比較妥當。

決定好排水用的水路位置後，挖出排水池，並跟河川連接起來。

接下來在浴池北邊製作調整水溫用的池子。河水跟熱水池的溫泉將在此會合，變成適中的溫度。

我的幹勁來了。接著加工砍伐的木材製作牆壁，把浴池分成左右兩半。

分成男湯跟女湯。

雖然也弄了更衣間……不過屋頂之後再說，只先弄出地板跟牆壁。

雛型搞定。

好，剩下就是從熱水池過來這裡的水路。

我讓小黑牠們引路，一路往熱水池的方向挖掘水路。

嗯，感覺真開心。

水路完工。

這麼一來，熱水就會流入調整水溫用的池子。

抵達這邊後，到此為止一共耗費了三天左右吧。

要泡溫泉還得等池子裡的水累積多一點。

在這段期間，就先製作木桶等泡澡道具。

…………

那玩意是叫保溫石吧？如果用那種岩石，能不能打造三溫暖啊？我來試試吧。

最近跟建設相關的任務都交給高等精靈她們，讓我擔心自己的手藝會不會變差，幸好還勉強管用。

又花了整整一天，等到約四個半榻榻米大的三溫暖小屋完工時，浴池裡的熱水也累積得差不多了。

來檢查水溫。

……好像有點燙？沒問題嗎？讓我以外的人也檢查看看吧。

沒問題。是嗎，那好。

「泡溫泉嘍！」

溫泉調查隊，在露天溫泉（？）中盡情享受。

「哎呀，女性請去女湯。小黑你們跟我一起就行了。」

獸人格魯夫與蜥蜴人達尬的對話——

「達尬先生，村長也太誇張了吧。」

「會嗎？真要說起來，他平常就是這種感覺喔。」

「一般來說，短時間內做不出這種設施。」

「只靠村長一個人畢竟還是有點吃力啦。不過，你我也出了一份力，自豪一下吧。」

「我們所謂的出力，不過就是搬行李以及在搭建小屋時幫忙扶柱子吧？『死亡森林』那種和岩石樣硬的木頭，竟然能如此輕易地砍伐加工……怪不得可以建立村子。」

「嗯。對了，你也要喝吧？」

「可以嗎？」

「只喝一點點的話，村長已經答應了。」

「真是通情達理的村長，真令人羨慕啊。」

「哈哈哈，如果你想搬過來，我可以幫你告訴村長喔。」

「想是想，但我還有老婆。嗯，讓我再考慮一下吧……連下酒菜都有啊？」

「村長親手做的。」

「唔……我動搖了。」

天使族琪亞比特跟格蘭瑪莉亞的對話——

「好、好熱……」

「唉呀，琪亞比特，妳已經要投降啦？」

「哪、哪有，還早呢……」

「那麼，多加點水……」

「不行不行不行，千萬不行！」

「要幫妳來點暖風嗎？」

「那個也不行，為什麼妳這麼能忍啊？」

「呵呵呵，因為聽說這個三溫暖有助於美容呀。」

「……真的？」

「千真萬確。」

「…………我試著再撐一下吧。」

「好。」

小黑子孫們的對話——

「了不起。這個溫泉太棒了，超舒服的。」

「真的假的？」

「居然連討厭洗澡的你都這麼說……」

「能不能快點輪到我啊～」

「喂，不能大意喔。要做好周圍的警戒工作，血腥蝮蛇跟格鬥熊說不定還會跑出來。」

「知道啦。不過，村長施工的時候已經解決很多了吧？」

「又不是我們做的，是那些天使族大姊啊。」

「那些天使族大姊，還真是毫不留情呢。」

「只有一個人時明明沒那麼強，三個人一起就很恐怖呢。」

「那叫默契好吧？我們也要加把勁才行。」

「也對。總之，現在就好好當警報器吧。」

「好。」

我跟蒂雅的對話——

「真是好溫泉啊，感覺終於可以放鬆一下了。」

「就是說呀。」

「跟蒂雅在外面獨處……這還是第一次吧？」

「在房間以外……是這樣沒錯呢。」

「下次把蒂潔爾也帶來吧。」
「好的。」
溫泉調查隊充分享受了溫泉（？）。

閒話　地鼠洞穴　西側

我叫拉絲蒂絲姆，愛吃柿餅的龍。
雖然不久前還闖了不少禍，但我自認最近性格已變得沉穩許多。
父親大人跟祖父大人也為此誇獎我，讓我非常開心，不過我似乎還是會惹出麻煩。
北方迷宮的崩塌。
我跟哈克蓮姊姊大人一起濫捕血腥蝮蛇導致的失敗。
崩塌發生時，我們都覺得要怪血腥蝮蛇躲在那種狹窄空間，然而事態有了變化。
村長對巨人族低頭了。
村長為了我們的所作所為，向他人鞠躬道歉。以村長的立場來說，那或許是理所當然的行動，卻令我非常震驚。

因為我們的行動害村長不得不低頭道歉。而且，哈克蓮姊姊所受的震撼，想來比我還要嚴重吧。打從村長道歉以後，她就沒笑過。雖然臉上掛著微笑，內心卻在生氣。她八成是在氣自己。儘管明白那股怒氣的對象並不是我或巨人族，依然感到很恐怖。不過，我能體會她的心情。因為我也對自己感到憤怒。

為了壓下這股怒火，需要建立些功勞。雖然我並不覺得那樣就能得到原諒，但應該有助於緩和目前的情緒。

所以，就算有點麻煩，我們仍舊要去調查地鼠出沒的洞穴。

要是裡頭有什麼凶神惡煞，還能發洩一下……有沒有什麼被封印的魔神之類的？

我不小心冒出危險的念頭了。要反省。

村長想必不希望遇到那種事。

只要調查洞穴，確認裡頭安全，搞清楚裡面沒有威脅巨人族生活的傢伙就夠了。

迷宮的崩塌地點，記得是在滿深的位置。

那個區域有很多血腥蝮蛇，所以我有印象。正因為如此，我們才會把那邊弄塌……不過這件事還是忘了吧。

我們從崩塌現場往下，鑽進地鼠出沒的洞穴，發現是個像隧道的地方。

大概是因為崩塌，才在隧道的中間開了個洞。隧道約有五公尺高，相當寬敞，朝東西延伸出去。

既然由棲息在東方的地鼠所挖，就是一條由東往西延伸的隧道嘍？

那麼，我們究竟該往哪邊走呢？

「拉絲蒂，我往東走，妳往西。」

哈克蓮姊姊的命令不容違抗，我乖乖照辦。

我的同行者有吸血鬼露和芙蘿拉、高等精靈莉亞、惡魔族的布兒佳與史蒂芬諾。另外，還有大約一半的座布團孩子。

哈克蓮姊姊那邊，有鬼人族的安跟另一半的座布團孩子，以及吸血鬼始祖。

這位吸血鬼始祖，祖父大人說盡量不要與他敵對。這表示他應該滿強的吧？

然而，不是「絕對不行」對吧？明明講到村長時是絕對不行……

這是為什麼呢？因為他知道吵架之後和好的方法嗎？

不過嘛，始祖與村長相處融洽，也沒理由特別與他為敵。

哈克蓮姊姊大人應該也一樣。既然如此，就假設他很可靠吧。

…………

哈克蓮姊姊失控時，如果沒保護好鬼人族的安與座布團的孩子們，會惹村長生氣的。

我一想到這點，吸血鬼始祖便對我揮揮手，表示放心交給他。

難道我看起來有那麼擔心嗎？還是說他會讀心術？如果真是那樣就厲害了，竟然能看穿龍的心……

我試著在心底說了一個拿爺爺大人當笑點的小笑話。
毫無反應。看來沒問題。假如他會讀心術，現在應該要噗哧一笑才對。
總不會是因為笑話太難笑了吧？

好，該認真往西邊進行調查了。
那麼……
我深吸一口氣，然後將火噴出去。
雖然現在是人類外表，但我畢竟是龍。
火焰持續噴了五分鐘左右，裡頭的小嘍囉應該都燒成灰燼了。
剩下的應該就是元凶或知情的生物才對。
好了，繼續前進吧。
我催促目瞪口呆的同行者們。
順道一提，哈克蓮姊姊也採取相同的手段。
被罵了。洞窟內好像不能用火。
我原本以為，那只是不讓村長同行的場面話而已……
「龍或許不要緊，但是我撐不住。」

高等精靈莉亞這麼表示。

據說在洞窟內用火，會製造讓生物死掉的空氣。

這麼說來，我以前似乎也聽過類似的話……

好像因為和龍沒什麼關係，我就當耳邊風了。

「雖然空氣在流動，似乎不要緊……」

不要緊的話就沒問題了。

繼續調查吧。

在隧道裡一直走。

途中，儘管看到被火焰燒成灰燼的某種東西，不過僅此而已。

老實說，無聊死了。

我很期待休息時能享用布兒佳跟史蒂芬諾準備的餐點。

因為隧道一直延伸下去，只好往前走。

正如莉亞所言，空氣似乎在流動，所以應該不會是死路。

當我覺得也差不多該抵達什麼地方後……又過了幾天。

總算到了。

是一個廣場。它呈現扭曲的球型，輪廓算不上整齊；不過這個球形的底部插著一塊漆黑的大岩石。

「某種封印嗎？」

黑色大岩石上雕刻著某種文字，或許真是那樣。

會不會是為了找這個才挖洞的？是因為在這附近搜索，才挖得像廣場一樣大嗎？

漆黑大岩石的正上方，有個豎坑。由於風往那邊吹，大概是連通地面的吧。

「我們去偵察。」

吸血鬼露和芙蘿拉往豎坑前進。能保持人類姿態飛行真令我羨慕。

不管怎麼說，我們這幾天步行的距離應該還在「死亡森林」的範圍內吧？我不認為移動距離有遠到會撞上西方山脈。

…………

結果露跟芙蘿拉一下就回來了，而且還對我們發出警告。

「有不死生物！」

可能是追著露跟芙蘿拉過來的吧，骷髏與殭屍一個個從豎坑上方掉下來。

那些傢伙直接撞上黑色大岩石然後動彈不得，簡直笨死了。

比較棘手的，則是人稱鬼魂的飄浮型。由於普通的攻擊對鬼魂無效，採取魔法攻擊是最佳手段。

不過……

「全部人站到我後面。」

如果是我吐出的火焰，就能把鬼魂燃燒殆盡。

我全力噴火燒光飛來的鬼魂，同時將摔落的骷髏和殭屍一併火化。就這樣繼續往天花板的洞噴火。

我猜，我噴的火焰會直達地表吧，周圍的不死生物應該也會全部著火才對。

哼哈哈哈哈哈。

不錯耶，心情稍微舒坦一點了。

…………

咦？難不成，地上會變得很慘？

不、不妙！會惹村長生氣！

我拜託露帶我上去，一到地表就發現周圍的森林都在燃燒。

恢復龍的姿態搧風……沒、沒辦法撲滅。這也是理所當然嘛，畢竟是我的火焰，區區的風吹不熄。

直接用身體在地面打滾……火熄了。

嗚嗚，為什麼會變這樣……不過，我會努力的。

閒話 地鼠洞穴 東側

我名叫……瓦爾……什麼來著？記得原本的名字應該更長……我也用過許多假名，很容易忘了哪個才是真的。也罷，名字什麼的不重要。

請將我作為一位努力擔任吸血鬼始祖的好男人。不過我的記憶清理過，所以不確定自己是否真的很努力就是了。

雖然我這麼厲害，卻被血族產子這種奇蹟嚇了一跳，甚至害我忍不住跑去看。

在那邊我又吃驚了許多次。而最驚訝的，就是能看見創造神大人的模樣。

我就此和「大樹村」結緣，那裡相當刺激，十分有趣。

食物跟酒都很美味這點特別令我讚賞。遊樂器具也相當充實。

最近我把這裡當成和德斯先生與當代魔王聯絡感情的場所，待起來非常自在。我甚至想真的搬到這裡定居。

可惜，我還有工作。頂多只能把這裡當成別墅吧？幸好，我在金錢方面不虞匱乏，應該不至於給村子帶來困擾吧。

我可是會自動自發地幫忙採收喔。

某天，村長組織了溫泉調查隊，要前往北方。

嗯，我當然跟著走。因為感覺就很有趣嘛。

雖然我抱持這樣的想法同行，不過……

嗯～遭到地鼠襲擊還可以忍受啦。

雖然有點麻煩，但還不到能威脅我的程度。至於村裡的居民嘛……也都沒有陷入苦戰。

只是有隻小狼不小心被吞掉了。村長立刻以驚人的氣勢救牠出來，我都來不及出手。

問題在於，之後發現地鼠的襲擊與村裡的龍族有關。

因此村長低頭道歉了。

不不不，我說村長，你底下那麼多人，如此輕易低頭可是不行的啊。巨人族也感到很困擾不是嗎？

況且，雖然開端可能是龍，但地鼠那種玩意或許遲早會遇到……不，或許正因為村長能在這種時候低頭，那座村子才會存在也說不定。

仔細想想，為了面子問題所引發的糾紛，好像非常多。

該道歉的時候就老實道歉，或許這才是真正的強者吧。嗯嗯。

那之後，跟巨人族舉行了宴會。

台上的表演很有趣。那個一邊燃燒一邊製造麵粉的機器，簡直是太棒了。

嗯？不對，先等一下。難不成那場表演是在訴說世上勞動者的苦難？如果是那種觀點就太偉大了。

讓人感覺在搞笑，其實隱藏了沉重的主題……山精靈，不能等閒視之啊。

咦？其實什麼都沒想？只是單純的事故？

隔天，調查隊再度出發。

由我協助隊伍移動。這種魔法沒那麼難，真希望其他人也能學一下啊。

調查隊兵分兩路。

一組往溫泉去，另一組則前往地鼠出沒的洞穴。

我個人雖然想跟村長去溫泉那邊，可是擔心龍族她們。

尤其是哈克蓮，在微笑底下隱藏著憤怒。看來她對村長低頭道歉這件事極為介意。

至於拉絲蒂跟那個鬼人族女僕……她叫安對吧？是個很擅長料理的女孩。這兩人也注意到哈克蓮的怒氣了。

能夠察覺這點不簡單，不過這應該算是哈克蓮的修行還不夠吧。

不論如何，既然村長很在意，那我就小心一點好了。

鑽進洞穴後是隧道。

既然地鼠是從東邊往西挖，那麼調查重點應該是東邊吧？

不過，地鼠會挖這種筆直的洞穴嗎？簡直就像受了誰的命令才挖出隧道一樣……

大致上分了一下隊伍，我跟著哈克蓮那一隊往東前進。

如果從戰力來看，應該讓哈克蓮跟拉絲蒂同一隊，另一隊交給我才是最佳分法……

不過這裡的主角是龍，所以也沒辦法。

於是大家乖乖遵照這種分配……龍族二話不說就噴火。

竟然在迷宮內噴火，妳們在搞什麼啊？

同小隊的鬼人族女僕安，提醒了哈克蓮。

儘管哈克蓮乖乖道歉了……但還是不行。明明已經噴了混雜各種效果的火焰，她的怒氣依舊沒宣洩乾淨。

這麼一來，只好祈禱這條隧道深處有給她排解壓力的目標存在。

拜託一下，不管什麼都好。

「上方跟左右兩側交給座布團的孩子們，我注意後頭，前方就拜託哈克蓮跟安了。」

決定好隊型開始前進後，過了三天左右。

途中有安來張羅吃的實在太棒了。真好吃。

座布團的孩子們也幫忙搬運食材，辛苦了。等回到村子後，我來教你們新的魔法吧。

如此這般，我們抵達了應該是地鼠巢穴的場所。
果然很詭異。
地鼠巢穴左彎右拐，幾乎沒有直線可言。
唯有我們來這裡的隧道是筆直的。
另外，現場還找到了許多地鼠的屍體。
牠們並非死於哈克蓮的火焰，而是已經死一段時間了。半年？一年？屍體上的切割傷很明顯。這是……劍所造成的吧。
劍？在這種地底？誰幹的？我還在思索時，答案自己出現了。
一名全副武裝的騎士。
即使問對方屬於哪個勢力，也是徒勞無功吧。
因為騎士已經死了。
死靈騎士。
比地鼠還要難纏的對手。
普通攻擊無效，魔法效果也很弱。再加上，劍術跟生前沒兩樣，要是對方生前是個很遜的騎士就好了……嗯，生前應該是位赫赫有名的騎士。看他揮一劍就知道了。

好啦，該怎麼辦呢？

在我得出答案之前，哈克蓮的膝蓋已經往死靈騎士身上狠狠招呼過去。

呃，普通攻擊沒有效……

她踩住已經倒地的死靈騎士，不停狠踹對方。雖說撞擊聲聽起來很驚人，但實際上對死靈騎士應該毫無效果吧。

然而，死靈騎士無力反擊，只能單方面挨打。即便沒有效果，還是能用來阻止死靈騎士出手吧。

這招是不賴，不過一旦攻擊停止，對方就會反擊嘍。看吧……啊，用火燒掉是吧？嗯，這招有效，所以沒問題。

既然這樣，為什麼不一開始就……抱歉，是我不識趣。

好啦，儘管碰上了死靈騎士……不過它雖然棘手，要把他當成是地鼠移動的原因大概也說不過去。死靈騎士無法操控地鼠。能夠命令牠們筆直挖隧道的元凶另有其人。

況且我們走的這條隧道，甚至在通過地鼠巢穴後還繼續往東延伸。

我看向哈克蓮，她一副超級想去的樣子。

雖說可以理解她的想法，但我還是要她稍微等等，然後看向鬼人族的安。

「糧食還夠。」

沒考慮回頭是吧？我懂了，繼續前進吧。

這麼一來，我開始期待最後究竟會遇到什麼東西。

唉呀，不好。應該要祈求旅途平安無事才對。

閒話 看家

我叫多諾邦。

雖然是矮人，不過跟隨處可見的矮人不太一樣。

我是長老矮人，一個有點了不起的種族。

若要問長老矮人跟路邊的普通矮人有什麼差異……究竟是什麼呢？搞不太懂。單純的力氣？還是壽命？或許是酒量比較好也說不定。

酒。

沒錯，就是酒。只要有酒，剩下的都不成問題。酒是一切，酒是人生。此乃矮人的生存之道，我的生活方式。

因此，沒人會笑我只因為美酒的謠言就冒險進入「死亡森林」。

啊，他果然去了——頂多就是這種程度的感嘆而已吧。
既然那裡有美酒，我就往那裡去。

就這樣我終於抵達「大樹村」，開始專心釀酒。
我可不是只會喝酒的男人，也能夠自己生產。

村裡的作物很適合釀酒。不，應該說是種了適合釀酒的品種才對。感激不盡。
此外，建造起釀酒用的設施也不遺餘力。
新的釀酒方法以及新的品酒法，也不停地開發出來。
散居各地的長老矮人們也先後聚集至此地。看來大家都無法抗拒美酒的誘惑。
畢竟大家前仆後繼地闖進「死亡森林」嘛。然而，只要能撐過危機，後頭就有美酒在等待。誰也沒有怨言。
甚至會認為沒過來的傢伙很悲哀。
唉，其實只要把沒來那些傢伙的份喝掉就行了。
來到村子的這幾年，是我漫長人生中與酒接觸最頻繁的時間。
看見裝滿美酒的木桶堆積如山，我還懷疑自己是不是已經死了。
不，我才不要死哩。

我要生產更多美酒，然後一直喝下去。

那麼，雖然我是這種人，但也沒有差勁到接受委託會撒手不管的程度。

我在心底發誓，既然村長拜託我看家，就要把用來釀酒的心力從十成降到九成，好好保護村子。

雖然發了誓，村長才出門三十分鐘左右就跑回來洗澡時還是嚇了一跳。

他再度出門後，又是三十分鐘左右就回來，這次則說要找人幫忙做菜。

我想到了，是宴會。我能不能參加啊？畢竟得負責留守村子，應該無緣了吧。

可能是察覺到我的心情，村長決定在村裡舉行。

真不愧是村長。

宴會盛大舉行，大家的才藝表演都越來越嫻熟了。我是不是也表演個什麼才藝比較好？下回來練習一下。

不過，所謂的看家，難道就只有一小時左右嗎？

我錯了。

隔天，村長一行人再度出發。

本來還猜會不會馬上又回來，所以等了兩小時左右，但這次看來沒有。

好，正式執行留守任務。

話雖如此，但也無事可做。

每個人都專注在自己的崗位，村裡沒有那種少了人盯著就會偷懶的傢伙。

被當成訪客的吸血鬼始祖，以及那個天使族族長女兒還什麼的，都跟村長同行。

不久前來這裡幫忙釀酒的半人蛇族們因為快入冬了，所以回去南邊的迷宮，我也不必花費心思照顧她們。

既然如此，我也該專心做自己的工作了……但老實說，過冬的準備和釀酒的前置作業幾乎都已經完成了。

是不是該來嘗嘗乾糧的味道，順便思考新的下酒菜呢？

不，應該思考有什麼事是在村長出門的時候才能做的。

…………

想不到什麼特別的。

其實只要跟村長說一聲，不是太離譜的事他都會答應，因此根本沒必要偷偷摸摸的。

報備之後，他反而會幫忙作各種安排，甚至自己下來幫忙。

嗯……

就在我困擾的時候，事情主動找上門了。

是那隻守門龍（Gate dragon）。

那傢伙一開始幾乎不說話，不過現在已經熟到和村裡的一分子沒兩樣了。

不過熟歸熟，好歹還是客人。

這想必是我平日好事做多的緣故吧。

呵呵呵。

好好接待看門龍，就是看家者的工作。

「歡迎您的蒞臨。」

另外有兩個人也抱持相同的想法。

那就是跟我一樣被委託留守的魔族女孩芙勞，以及山精靈芽。

這兩個小妮子。

跟我一樣負責留守所以想有點表現對吧？心情我可以理解啦，不過……

「這裡不能就交給我嗎？」

「接待訪客是女性的工作。」

「如果是那樣，由我負責也沒問題吧？」

正當我們上演起醜陋的爭執時，座布團閣下已經出面接待守門龍了。

糟糕。

座布團閣下在這個季節不會頻繁出來活動，所以大意了。牠可是比眼前這兩個小妮子還要更加難纏的存在。

將守門龍帶去慣例留宿的旅舍後，鬼人族女僕們已經準備好餐點，也不知是何時下達的指令。

另一頭的精靈與獸人族女孩們也預備上場表演。

完美，太完美了。

嗚……座布團閣下。

在此我乖乖認輸……啊啊！那桶酒是我珍藏的佳釀！就連村長都不知道，為什麼能把它翻出來！

不，既然搬出那桶酒就代表……等等，等一下啊！給守門龍喝不覺得太浪費了嗎！這樣吧，憑我跟座布團閣下的交情，平分如何？我為之前把酒藏起來的事道歉，我道歉就是了。

我跟座布團閣下無法對話。

不過，我們之間有長期累積的信賴關係。

傳達出去吧！我的心意！

…………

沒用啊！

仔細想想，我跟座布團閣下根本沒什麼一起行動的機會啊！

既、既然如此……

「要上嘍，小妮子們。」

「咦？」

「你想做什麼？」

「我們也混進去裡面，一起接待守門龍吧。」

座布團閣下以受託看家者的身分，出面招待訪客守門龍。這點我承認。

我不會隨便搶走別人的功勞。

既然這樣，請讓我在珍藏的酒被喝完之前參加！

美酒當前連自尊都可以放棄的男子。

那就是我，長老矮人多諾邦。

高等精靈跟獸人族女孩的對話——

「德萊姆先生看起來莫名緊張的樣子……是我的錯覺嗎？」

「大概是因為被座布團大人招待的緣故吧。」

「哈哈哈，怎麼會呢。啊，座布團大人讓他穿新設計的衣服了。」

「真羨慕，我也想要新衣服。」

德萊姆內心的吶喊──

「村長……你在哪裡？女兒……妳在哪裡？快來救我。」

小黑子孫們的對話──

「村子的安危都交在我們手裡了。各位，千萬不能大意。」

「喔！」

7 會合之一

一座大約能讓二十人同時入浴的大浴槽，將它隔成兩半，分別當成男湯與女湯。

兩座約能容納三人的小浴槽，設計概念是家用浴缸。

本來我想做尺寸再小一點的個人式浴槽，可是製作途中敗給了蒂雅在一旁的目光，最後才變成家庭式浴槽。

之所以有兩座，則是因為琪亞比特看到後嚷嚷著：「我也想要像專用浴槽的。」

另外還做了泡腳池，以及類似溫泉淋浴出水口的設施，在三溫暖小屋旁也做了冷水浴專用的場地。

嗯，這樣的溫泉設備還真不賴。

目前正在建造泡澡後能讓身體降溫的場所。

話雖如此，卻也不是什麼了不起的設計，只是在岩石地上鋪設木製的地板罷了。

為了避免從地板摔下去，我還加了比較矮的扶手，至於屋頂……只蓋了一半，而且沒有牆壁。

看起來像是蓋到一半的住家，但也不會真的住下來，應該沒關係吧。

稍遠處還弄了廚房。

最近主要是琪亞比特掌廚。由於蒂雅跟格蘭瑪莉亞她們也會幫忙，讓人覺得大家的感情不錯。只是一說這種話琪亞比特就會反駁，還是不說為妙。

至於蜥蜴人達尬與獸人格魯夫，會先練劍和武術，然後才進入溫泉沖掉汗水。

之後他們就吃飯、睡覺，起床後繼續練習。看樣子，他們應該是最享受此地生活的人。

他們平常就會幫不少忙，所以我不會特別抱怨什麼。反正蓋設施需要人手時，我會拜託他們嘛。

於是，拉絲蒂等人來到溫泉和我們會合了。

儘管距離頗遠，但西南方竄起火柱還是嚇到我，於是派遣蒂雅她們過去探查一番。

結果火柱的真面目，是拉絲蒂噴出的火焰。

森林也燒掉了一小塊，因此回程時順道去那邊耕耘一下土地吧。

哈克蓮、鬼人族女僕安、半數座布團的孩子們以及始祖大人，則是在另一邊行動。靠座布團孩子們提供的絲線，可以跟在遠方的哈克蓮等人聯絡，即使拉絲蒂已經跟我們會合似乎也沒問題。

哈克蓮一行人好像往東邊去了，據說要會合還得等一段時間。

好吧。

總之，先建議拉絲蒂他們泡泡溫泉。

露、芙蘿拉和莉亞也都辛苦了，還有布兒佳和史蒂芬諾也放鬆一下。座布團的孩子們也很拚命呢。

…………

座布團的孩子們可以泡溫泉嗎？不，先別說熱水了，牠們能碰水嗎？儘管我相當擔心，但看起來沒問題。

牠們的身體有一半泡在水裡漂浮，看上去相當放鬆。

令我感興趣的是，座布團的孩子們會分別進入男湯跟女湯。

是理解男湯與女湯的意義才這麼做的嗎？或者只是隨便往比較空的地方移動而已？因為座布團的孩子們腦袋很好，我猜牠們能理解。

這樣啊，原來男的比較多啊？

布兒佳和史蒂芬諾在享受過溫泉和設施之後，就去幫忙做飯了。

下廚的幫手變多真是幫了大忙。

雖然琪亞比特先進入廚房，但手藝是那兩人更佳。

琪亞比特似乎也理解這點，所以慢慢將廚房的主導權讓給布兒佳跟史蒂芬諾。

「格鬥熊肉只需要放血，然後就直接拿去給小黑牠們吃嗎？」

「是的。血腥蝮蛇則是我們吃的。另外，帶過來的蔬菜已經不多了。」

「原來如此。因為很難就地取得蔬菜吧？」

「最糟的情況，也可以從巨人族那裡要，之後再還給他們？」

「請拉絲蒂大人飛回村子拿就可以嘍。」

「啊，對喔。」

聽到布兒佳跟琪亞比特的對話，我再度體認到琪亞比特是個很有常識的人。

所以第一次見面時她出了什麼事啊？

總之，我們就這樣等待哈克蓮他們……不過冬天也近了。

等待也有極限。我是不是該先去把拉絲蒂燒毀的森林耕一耕？

這麼說來，他們好像提到有奇怪的大岩石對吧？我有點在意。
說到在意……我詢問在一旁休息中的露。
「枕頭上哪去了？」
根據回報，牠既沒跟拉絲蒂同行，也沒跟哈克蓮他們在一起啊？
聽了我的問題，露表現出一臉「啊」的表情。

巨人族的對話——
「那隻大蜘蛛好厲害啊。」
「用絲線補強崩塌現場啊？一開始，我還懷疑這樣行嗎……」
「比我們的速度快好幾倍，力氣又大。」
「這裡可是我們的家耶，不能完全丟給蜘蛛先生負責吧？」
「對啊。好，總之先從這裡……唔，有血腥蝮蛇。」
「採取防禦姿勢。沒問題啦，那些傢伙拿我們……蜘蛛先生一擊就解決牠了？」
「不是一擊。是先用蜘蛛絲塞住那傢伙的嘴巴，之後再切片。」
「好厲害啊，蜘蛛先生好強啊。」
「咦？這條血腥蝮蛇我們可以拿走？謝啦。」
「好～加油吧！不要辜負蜘蛛先生的好意！」

「是啊。」

始祖與鬼人族女僕安的對話──

「一看到冒出來的敵人就猛踹不太對吧？」

「輕鬆點不是很好嗎？」

「話是這麼說沒錯……但是稍微幫敵人想一想嘛。人家都還沒報上名號就踹下去……」

「既然您這麼想就別對我說，直接告訴哈克蓮大人如何？畢竟是哈克蓮大人踹的。」

「妳覺得她會聽嗎？」

「您是認為她不會聽才對我說的吧？」

「嗯。」

「就我的立場而言，雖然不清楚這裡是什麼地方……不過可以理解有人打算做壞事。所以，我不打算阻止哈克蓮大人……嗯？接到聯絡了。」

「透過小蜘蛛絲線通訊嗎？這種方法是很方便啦……另外一邊已經走到底，和村長他們會合了呢。真羨慕啊。」

「我們也以盡快跟村長會合為目標吧。」

「了解。啊～剛才的敵人，是不是說了什麼非常重要的事？」

「不可以太在意細節。」

8 會合之二

倒也不是時間多充裕，應該算是一時興起吧。

目前，最大的浴槽裡浮著一艘木製小舟。那是用一整棵樹削成的獨木舟。

在溫泉裡泡暖的身子，可以坐上獨木舟搖晃降溫，然後再下水繼續泡，感覺不賴。獨木舟上還能用餐，簡直是太理想了。

有了獨木舟，就想追求更寬闊一點的水域。

要去河邊嗎？河的水量雖然不少，但寬度只有三到五公尺左右，而且河底很淺，最深處連有沒有一公尺都不曉得。

應該勉強可以吧。

總之，先把溫泉通往河川的水路擴張一下……慢著，這樣擴張真的沒問題嗎？浴槽裡的熱水會不會一口氣流進河裡？

要避免好不容易打造出的溫泉毀於一旦。

反正有拉絲蒂在，請她幫忙搬船就行了吧？好，在河上泛舟取樂。先來做船槳……

嚴重翻船。

我再度深切體認到理想與現實的差距。在水面和緩的浴槽裡不會翻覆，但在河面上就沒辦法了。這裡的水流比想像中湍急，我還以為會淹死。

害我落得這種下場的獨木舟，卻靠著蜥蜴人達尬靈巧的操縱順流而下。

所以船翻覆並不是船的性能不好，而是實力問題嗎？

拉絲蒂跟琪亞比特送來「趕快做我們用的船」的刺人目光。知道了啦。

我用「萬能農具」迅速削出獨木舟。

「別划太遠喔。」

「知道啦。」

於是我量產獨木舟，讓其他人也能乘船享樂。

所有人都比我在行。我有點沮喪。

由於小黑牠們似乎也想乘船，所以我指示牠們一頭頭輪流上去。

大家都很開心。

不過，一艘只搭一頭，所有人都輪到得花許多時間。

所以，我試著做了一艘比較大的木筏。

只要把木材並排，再用繩子綁起來固定就好。座布團的孩子們會提供繩索用的絲線，所以很輕鬆。

為了不讓木筏漂走，我先用繩索將它綁住，試著讓它在河面上漂浮。

還不錯。不，應該說挺好的。

而且，跟先前的獨木舟不一樣，似乎不容易翻覆。

我直挺挺站在木筏上。驚人的安定感。這下子沒問題了。

緊接著小黑的子孫們也搭上船。

座布團的孩子們也想來嗎？

哈哈哈。

船沉了。

嗯，一口氣上太多人了。看來載重量還是有極限。

正當我在木筏上和小黑子孫以及座布團的孩子們玩時，其他人則在享受獨木舟。

河川中間有個流速較緩的地方，他們就以那邊為終點，玩起類似賽舟的遊戲。

回程則是靠拉絲蒂連人帶獨木舟一起抓著移動。

即使感覺很辛苦，不過既然本人很開心，應該不要緊吧。
獸人族的格魯夫好像最拿手，其次是高等精靈莉亞，再來就是大混戰了。
儘管可能是為了平衡實力差距，不過請勿勉強小黑的子孫們上船。
拜託要記住安全第一。

布兒佳跟史蒂芬諾沒有參加泛舟，而是盡情享受溫泉。
我在不打擾她們的情況回到溫泉，溫暖被河水弄冷的身體。
之後，就是準備餐點。
帶來的調味料也差不多快用光了，哈克蓮他們還沒好嗎？

雖說已經習慣在這裡過夜，但在這裡過冬是不可能的。
畢竟我們只有帳篷。
儘管蓋了類似小屋的建築，不過目前是用來燻製格鬥熊的肉。
這附近有很多格鬥熊。
抵達這邊之前就已經遇上好幾隻，抵達之後也有碰到。
格鬥熊的體型巨大，所以身上的肉量很可觀，問題在於味道不怎麼樣。儘管小黑牠們吃得很開心，
但還是剩下很多。

因此燻製成乾貨保存了。

小黑牠們平常總是連骨頭都吃掉，目前因為肉還有剩就不吃骨頭了。不過格鬥熊胸口那個類似大石頭的玩意兒，牠們還是照吃就是了。

把剩下的骨頭收集起來熬湯看看。不知能不能熬出熊骨湯呢？

…………

由於簡直臭死人了，實驗中斷。果然不能想到什麼就做什麼。要反省。

正當我在反省時，哈克蓮他們來了。

始祖大人一副疲憊的模樣，直接走向溫泉。

不，他應該是真的很累。

發生了什麼事嗎？

座布團的孩子們也去泡溫泉了。

鬼人族女僕安則先去檢查剩下的食材與調味料，看來已經在思考下一餐的菜單了。

至於哈克蓮嘛……不知為何一直撒嬌，黏著我不放。

「到底怎麼了？」

「沒事。」

嘴巴上這麼說，卻不願放開我。

既然這樣，就隨她高興吧。於是哈克蓮枕著我的腿睡著了。
用眼神詢問安怎麼回事後，她回以「哈克蓮大人很活躍，請讓她就這樣睡吧」的眼神。
我是不介意啦……可是能不能也跟拉絲蒂、露和蒂雅說一聲啊？
大家都圍著我，不過剛剛不是還在河邊玩嗎？
這真是個毫無意義的詢問。
一個一個，輪流，乖乖排隊。
雖然我想抵抗，但徒勞無功。
我的兩手兩腳暫時都被當成枕頭了。

「所以呢，究竟發生什麼事了？」
獲得釋放的我，向始祖大人詢問事情的經過。
「死靈王似乎想幹什麼壞事，結果被哈克蓮踹翻了。」
「…………」
聽不太懂。
乾脆只問重點吧。
「還有危險嗎？」
「我認為……應該沒有了。對了，話先說在前面，我原本想要調查詳情喔，可是沒用。因為哈克蓮把死靈王踹飛了，之後還用火燒。雖然有些疑似資料的東西，不過全部化成了灰燼。我雖然努力想搶救，卻一點用都沒有。」

「辛、辛苦了。」

「謝謝。哈克蓮她……對於先前弄塌迷宮的事似乎非常介意，你要稍微留意一下她喔。」

「嗯？」

原來她很介意？

「她在意的，是自己弄塌迷宮之後，你向巨人族道歉的事。」

「喔，原來是那個啊？」

「交給你嘍。」

「我知道了。另外，我還有一件事想問。」

「我明白你想問什麼。」

在安的身邊，多了一個小女孩，大約五、六歲吧。

哈克蓮他們帶來的。

安讓小女孩先去泡過溫泉，所以她渾身冒著熱氣，一臉滿足。

「她是誰啊？」

「死靈王的本體。因為一口氣承受大量聖屬性的噴吐，所以整個反過來死而復生了。」

「呃……」

「還順便變年輕嘍。好像也因此失去了記憶，變成一個普通小女孩……應該是多少會一些技能的小女孩吧。也不能放著不管對吧？」

「也對。」

於是決定由「大樹村」收留她。

閒話 死靈王

我乃死靈王。

不知為何存在，也不知該做什麼。就只是沉眠，僅此而已。

然而，某人喚醒了我。真麻煩啊。

再加上，那個某人還命令我。

去解除某地的封印。

無法違抗的命令束縛住我，令我煩躁不安。同時卻也覺得：反正自己漫無目的，這樣子也不壞。

我召集部下。

記得沉眠前有數萬軍馬……但是印象很模糊。

沒啥好怕的，部下到處都是。

只要我一聲令下，泥土就會變成人的樣子……唔，看起來很弱，不成戰力。果然，部下還是得強一點才行。

不知為何，我知道要怎樣才能湊到那種部下。

用屍體。

只要以屍體為基礎，就可以讓他們擁有遠比泥土人偶更強大的力量。

如果使用的屍體生前很強就更好了。

這麼一來，我就非得從收集屍體開始不可……可是該怎麼說，我可是王耶？四處亂晃尋找屍體不是很丟臉嗎？很丟臉吧？嗯，毫無疑問會丟光面子。

這下子麻煩了。這種即便沒人在旁邊也無法捨棄的自尊心，實在很討厭。

然而，即使已經死了，我依舊是王。就算腐敗了，也仍然是王。沒有自尊就不能自稱為王。

…………

乾脆先暫時辭去王位，趁這段時間收集屍體，等收集好再重新登基……

不行。總覺得不能這麼做。

總而言之。

如果不先召集部下，就沒辦法對付封印。

真的不行嗎？說不定靠我一個人就夠了？畢竟我可是王啊。

「哼哈哈哈哈哈哈哈哈哈！」

辦不到。

泥土太硬了。

我試著用魔法挖掘，但是效率很差。

我的魔法，比較適合對生物使用啊。

已經到極限了，該放棄嗎？

……啊啊！我真是大笨蛋！

我望向一開始下達命令的泥土部下四周。

泥土化為人形，原地的泥土就會變少。

我將剩下的魔力全都拿來製作泥土人偶。雖然還是很弱，不過做出多少人偶，就會有多少泥土消失。

這就對了！

好～我就一邊等魔力恢復，一邊慢慢製作泥土部下吧。

泥土部下儘管弱，但只要數量夠多，看起來還是頗有氣勢。

兩百隻。

嗯，不錯。

而且還在繼續增加。每多出一隻就會多一個洞。
泥土部下們也一點點地挖著洞。
嗯嗯，大家都很賣力。
不會講話讓我有點寂寞，算是一項缺點吧。

總而言之，我就用這種方式朝下方繼續挖洞。
包括我在內，我軍完全不需要糧食與睡眠是一大優勢。
能持續不斷地挖。
但還是花了不知幾年。
途中，因為有地下水滲出，害幾隻部下融化，讓我有點難過。堅硬岩石隨著我的魔法粉碎時，那種同心協力的團結感也令人難忘。大雨不斷導致洞穴側面崩塌時，我還以為撐不下去了。
不過，洞穴還是挖到了目標深度。
嗯，為什麼我會知道是這個深度呢？
…………
想也想不通的事乾脆別想了。
接下來朝橫向挖洞。
至於方向……是這邊吧？不曉得為什麼我就是知道。

又花了數年。

不過，總算抵達有巨大黑岩石的場所了。

這是封印的一角。

跟這個一樣的……還剩下幾個？

總覺得不止一個。

無論如何，只要把這個破壞掉就好……

可是，總覺得現在破壞它不太妙。

要破壞就全部一起破壞。

如果不這麼做，感覺會有礙事的傢伙出現。

為何我會有這樣的念頭呢？是命令我的那個人的意志嗎？

果然，怎麼想都想不通。搞不懂的事就別去傷腦筋了。

我是王。不會為多餘的事煩惱。

朝下一個封印岩石前進，一挖之下發現了屍體。

地下極深處有個空洞，裡面躺著大量的人類屍體。

雖然在意這空洞是怎麼回事，不過屍體比較重要。

這些屍骸已經躺了很久。不是一、兩百年，大概有上千年了吧。
不過，可以感受到力量。我毫不遲疑，對那些屍體下令。

死靈騎士。
哦哦！真厲害，能感覺到力量。
看起來能應付我不擅長的肉搏戰。可行。我接連對其他屍體下令。

最後做出十七名死靈騎士，以及大約八十名死靈戰士。
嗯，很好。
我試著讓這群傢伙列隊前進。
嘴角……雖然臉已經沒有肌肉了，依舊忍不住上揚。
……我說泥土部下啊，你們不必列隊行進跟他們對抗啦。
我不會拋棄你們的。
大家不是一路同甘共苦到現在嗎？
我也會管好死靈騎士跟死靈戰士的。
我會告訴他們，你們的地位比較高。
哈哈哈。

好，今天也努力挖洞吧。
死靈騎士、死靈戰士。
麻煩你們調查這個空洞。
雖然應該沒問題，不過要是有奇怪的傢伙出現就麻煩了。

泥土部下繼續挖洞。
找到死靈騎士屍體的空洞，似乎是某座迷宮。
由於從中發現通往地面的路，所以我交給部下處理。

我自己也一起挖洞，不過最近開始思考效率較好的作業方法，並且記錄下來。
因為沒有羊皮紙跟墨水，只好刻在岩石上。
哼哈哈哈哈。
太累了，有夠麻煩，我需要羊皮紙。
死靈騎士們弄到羊皮紙跟墨水了。
哦哦！幹得好。
是在哪裡找到的？通過迷宮上到地面以後，發現已經毀滅的村莊？在那邊拿到手的嗎？
羊皮紙還很新。

最近才滅村的？為什麼會毀滅呢？

…………

想不通的事還是別想了。

最優先的工作是解除封印。

就這樣，我們持續挖洞。

運氣不錯，途中遭遇會挖洞的魔獸。

我成功利用催眠術控制住牠們，讓牠們幫忙挖洞。

不小心殺了幾隻令我過意不去。

至於屍體……就不讓牠們工作了，弔唁吧。

嗯嗯。

我才剛這麼想，還沒控制住的魔獸朝我們發動攻擊。

唉呀，麻煩死了。

死靈騎士，交給你們嘍。

死靈戰士之一，在地面走失了。

好像是迷路了。

最後能平安會合真是太好了。

只不過，那傢伙帶著骷髏部下回來時嚇了我一跳。

竟然能辦到跟我一樣的事啊？真優秀啊。

不過，沒經過我的允許就增加人手可不行喔。

我板起臉孔斥責他。

一旁的幾名死靈騎士跟死靈戰士，悄悄地將沒有眼睛的目光從我身上挪開。

…………

還是別管那些細枝末節了吧。

畢竟我可是王啊。

我收服的魔獸，發現了第二顆封印岩。

很好、很好，相當順利。

接下來要去的方向是……這邊吧？

嗯？有騷動？真稀奇啊。不會說話不就是你們的賣點嗎？到底發生了什麼事？

我跑去看看情況，卻看到一個面目猙獰的女人的腳底板。

呃～那個～我啊～是誰呢～？

唔～好像發生很多事……可是人家不太清楚～
可是，那個大姊姊，很討厭。
「她徹底排斥哈克蓮大人呢。」
「當時妳明明也大鬧了一番，為什麼會這樣呢？」
我喜歡頭上長了小角的姊姊～
「從您對她所做的事來想，這也是理所當然……哎呀？她手上抓著什麼呢。」
這個啊～很重要喔～
「始祖大人，您知道那是什麼嗎？」
這個看起來很累的哥哥我也喜歡～不過，不會給你喔～
「嗯？啊……不是什麼了不起的東西啦。」
「所以是？」
「土兵的核。」
「啊，就是之前為了保護她而戰鬥的那些。」
「就是這樣。應該沒必要從她手上拿走吧？」
「也是。那麼，這一帶……」
「也沒辦法再多做什麼了。先回村長那邊吧。小蜘蛛們，集合。」
我也喜歡蜘蛛們～

我也喜歡這個看起來有點困擾的哥哥～

也喜歡狗狗～

也喜歡溫泉～

為了不讓重要的東西溶掉，幫忙做了許多事的長小角姊姊，我果然很喜歡～

米飯，好吃嗎？不知為何總覺得很懷念。

搞不太懂這種心情。

想不通的事就不要想了。

我到底是誰啊？

「烏爾布拉莎大人？怎麼可能？」

「可是，以時代來看……其他的可能性都——」

「還有那種特別的髮色，我也覺得不會錯。她正是英雄女王，烏爾布拉莎大人。」

有翅膀的姊姊們，似乎很煩惱地討論著。

看來，我的名字應該是烏爾布拉莎。

可是不知道為什麼，我比較希望她們叫我烏爾莎。

我的名字是烏爾莎。
最寶貝的是手裡這個土塊。
除此之外……我都不知道。

9 歸途其一

根據始祖大人所言，與巨人族迷宮崩塌處相連的洞穴，會通到一座東西向筆直延伸的巨大隧道。
往西走有拉絲蒂所發現的黑色大岩石，然後就沒法繼續前進了。
往東似乎也是通向有黑色岩石的地點，不過隧道繼續一路向東延伸。
最終地點，似乎會越過「死亡森林」東側的山脈，抵達另一邊。
隧道雖是筆直的單一路線，但途中有好幾處連往地上的通道。
通道各有不同。
有些是迷宮，有些是地鼠巢穴。
迷宮在「死亡森林」有一處，山脈下方有一處，此外越過山脈的另一頭也有一處，合計三座。至於地鼠巢穴則有兩座。
兩座巢穴的地鼠，似乎都已被哈克蓮、鬼人族女僕安及座布團的孩子們打倒，失去巢穴的意義。

「逃走的地鼠呢？」
「無從確認嘍。」
「的確。」
對於我的疑問，始祖大人回答得很隨便。
看來他真的很累了。
於是，他回來後，只要一有空就泡溫泉。現在也是。
「迷宮大概是怎樣的啊？」
「眼睛所及之處都解決掉了，沒什麼大不了的啦。那些傢伙……她們好像不需要通氣孔，所以算是意外碰上的吧。」
我也在始祖大人的旁邊泡著溫泉。
「原來如此。」
「然後有件事想商量。考量到巨人族迷宮的安全……大概還是把那個洞弄垮比較好。」
「我想……也是。」
假使把迷宮看成一棟住家，現在的情況就好像後門大開一樣。
「雖然我對黑色大岩石很在意，不過或許一起埋了最理想。」
我贊成始祖大人的提議。

「有什麼埋起來的手段嗎？」

「嗯……因為還滿深的，直接弄塌應該不會對地面造成影響……不過別用魔法大概比較安全吧。」

「這麼一來只能靠人力了。那就只把重點處埋起來吧。」

「也好。」

「……話說回來，地鼠是怎麼處理牠們挖的土？」

「嗯？這個嘛，當然是從巢穴出入口往外扔……啊，對了，我剛好有個適合的魔法。」

「太好了。那麼，就交給你了。」

「我會加油的。」

始祖大人這麼回答後，便用毛巾蓋住仰望天空的雙眼。

「啊……不過，還是先讓我好好享受一下這裡吧。」

始祖大人好像真的累壞了。

「山脈另一側的迷宮，幾乎空無一人。那座迷宮的地面出入口附近有座廢村，不久之前琪亞比特大人擊退不死生物的地點就在那邊。」

吃完飯後，安為我說明東邊發生的事。

「你們走得還真遠呢。」

「是的。不過隧道是筆直的，所以相當輕鬆。」

「這樣啊。」

座布團的孩子們在安旁邊舉起腿，似乎在強調牠們也很拚命，我立刻稱讚牠們幹得好。

仔細一問，才知道牠們好像在通訊、搬運行李和戰鬥等方面都相當活躍。

唉呀……

「安也辛苦了。」

「哪裡。是說烏爾莎她……」

「嗯，我打算讓她住進村裡。」

「那麼，可以交給我們照顧嗎？」

「沒意見，不過特萊因不會鬧彆扭嗎？」

「也許會，但我們會平等地付出愛情。特萊因也會認為自己多了個可靠的姊姊吧。」

「我知道了。假使和特萊因鬧得不愉快，我再想點辦法。」

「非常感謝您。」

安坐著對我低下頭，烏爾莎這時剛好從對面過來。

她騎在小黑子孫之一的背上。

那個年紀的小孩，一般來說會騎在小黑子孫身上嗎？

「嘿嘿嘿，那個呀～我在那邊發現奇怪的東西～」

烏爾莎一看到安，就從小黑子孫的背上下來，蹦蹦跳跳地跑過去抱住她。

「不是什麼奇怪的東西，那是村長做的溜滑梯。」

哈克蓮跟在後頭。

因為烏爾莎討厭哈克蓮，我本來考慮不讓她們接近，但之後要在村子裡生活的話，那樣會很麻煩。

所以我乾脆反過來拜託哈克蓮照顧烏爾莎，但事情似乎不太順利。

「呸～」

烏爾莎對哈克蓮吐舌頭。嗯，要立刻有成效恐怕沒辦法。

附帶一提，溜滑梯是指從溫泉往河川方向的滑水道。

我本來只當成水量比較少的騙小孩設施，大家卻意外地捧場。

是因為小時候沒玩過溜滑梯嗎？是不是該在村子裡擺一座呢？

我一邊思索，一邊摸摸剛才給烏爾莎騎的小黑子孫。

「辛苦你啦。」

……立刻有好幾隻小黑子孫走到烏爾莎身邊。

呃，不載她我也會摸你們啦。

與哈克蓮一行人會合後的第五天。

我們離開溫泉。

預定先乘木筏順流而下，前往拉絲蒂引發火災的森林。

「還有，只剩下枕頭沒跟大家會合了。」

我已經知道牠在哪裡。就在巨人族迷宮裡。

看是要回程去接牠，或者拜託始祖大人幫忙傳送。

眾人各自乘上木筏或獨木舟。

從會合到出發為止之所以花了五天，是為了製作足以載運所有人的木筏與獨木舟。

不過嘛，始祖大人一直不肯離開溫泉也是一個原因啦……

我們讓木筏與獨木舟保持足夠的間隔，依序出發。

河川的水流很急，但只要過了之前玩獨木舟的區域水流，水勢就會稍微變得和緩。

這樣子走水路也不賴呢。

除了不時會有長約一公尺的魚從河裡撲上來以外。

那些魚大半都被座布團孩子們的絲線接住，最後落入小黑牠們的胃裡。

生吃沒問題嗎？沒烤熟總覺得有些擔心啊。

水流偶爾會變急，令我不免擔心是不是有老套的瀑布在前方，幸好有格蘭瑪莉亞跟琪亞比特在空中偵察，可以放心。
水流之所以會發生變化，大概是水底的深淺造成的。
似乎水深就緩，水淺就急。
原來如此。
這邊慢到幾乎不會動，代表底下應該相當深吧。
既然水很深就表示……有大魚從河裡跳了出來。
哦哦！看起來好像有三公尺長左右，是這一帶的老大嗎？
形狀類似鱔魚。我會聯想到鱔魚是因為那傢伙的嘴，怎麼看都是肉食動物。
本來想觀察，但是露用魔法收拾掉了。
很漂亮的攻擊，不過在水上使用雷屬性魔法是怎樣？小黑跟座布團的孩子們看起來平安無事，但是我有點麻。

「大家都沒事吧？」
眾人回答「還好」之後，蒂雅跟安便對露說教。
尤其是安，顯得很生氣。
因為烏爾莎都掉眼淚的緣故吧？
……

我轉頭一看，發現蜥蜴人達尬跟獸人族的格魯夫都暈過去了。
這樣啊，因為有事所以無法回答嗎？我該反省。
大家收集浮上河面的魚當糧食。
看來這裡沒有第二條老大。
我暫時放下心了。
如此這般抵達目的地後，我們把木筏和獨木舟拖上河岸，往森林移動。
非常明顯的火災痕跡。
而且範圍還滿大的。
此外，失火處的中央有個巨大的洞穴。
拉絲蒂提過的黑色大岩石，就在那個洞穴的底部吧？
雖然很在意那塊大岩石，不過得先處理其他事。
可能燒毀的森林裡有什麼東西吧，不少前所未見的大型野獸盯著我們這邊。解決掉那些傢伙吧。
我舉起「萬能農具」化成的鋤頭。
嗯？
……？

…………？

總之，那些沒看過的大型野獸交給哈克蓮跟拉絲蒂。

我把注意力放在一條令我介意的絲線上。

…………

那條宛如黑色煙霧的線，從洞穴底部一路延伸……連到位於安身邊的烏爾莎。

雖然不清楚那是什麼，但我有種不祥的感覺。

…………

我用「萬能農具」的鋤頭，把那條煙霧線鋤掉。

輕而易舉地切斷後，那條線立刻煙消雲散。

嗯，感覺清爽多了。

我確認烏爾莎的狀況，看不見那條煙霧線。烏爾莎應該沒問題了吧。不知為何，我敢如此肯定。

天使族蒂雅、格蘭瑪莉亞與琪亞比特的對話──

「假設她真的是烏爾布拉莎大人……變回小孩後待在這裡真的沒問題嗎？」

「一旦真的證明是本人，福爾哈魯特王國、加魯巴爾特王國，以及加雷特王國，恐怕都會掀起軒然大波。」

「啊……的確是這樣沒錯。畢竟那一帶的土地，過去都屬於英雄女王的國度啊。」

「是她跟魔王同歸於盡之後，才分裂出那幾個國家吧？」
「而且每個國家都自稱是英雄女王的繼承者。」
「也就是說，一旦證明她本人還活著……」
「乖乖把權力交出來……不可能吧。」
「視若無睹……想必也不會這麼做。」
「畢竟她身邊還有龍、吸血鬼，以及我們嘛。」
「就算不引發大戰，也很可能會帶來麻煩。」
「村長應該不會喜歡那樣。」
「……既然如此，我們就非得保密不可了。」
「就是說啊。也找其他人討論一下吧，吸血鬼就交給我。」
「那麼，我負責安、莉亞、達尬和格魯夫。」
「咦？我負責龍？等等，換人、換人啦。」
「妳加油嘍。還有，別忘了布兒佳跟史蒂芬諾她們。」

在拉絲蒂引發火災的森林裡準備過夜。
周圍的敵人都解決了所以沒問題，同時還弄到了糧食。
「可以用魔法送你們回村子喔？」
「感激不盡，但也不能一直依賴始祖大人的魔法啊。」
我希望等到需要的時刻再拜託始祖大人，不想為了小事麻煩他。
這是騙人的。
都是希望再享受一下露營氣氛的我任性使然。旅行途中就回家，根本是旁門左道。雖然某部劇場版動畫，會每天從家裡前往叢林冒險，但我覺得那樣根本不叫冒險。
是冒險家家酒！
…………
我之前也是剛出門沒多久就回村子了呢。還是別說大話比較好。
話先說清楚，我內心也是有「想趕快回村子看孩子」的衝動。
此外，先把烏爾莎送回村子也是一種選項。
然而，這麼一來跟烏爾莎很親近的安也得一起回去，感覺最後會演變成大家就這樣一起回去，因此我在腦中否決了這種選擇。
如果烏爾莎累壞，倒也不是不能考慮，但她現在還精力旺盛地亂跑呢。

真的只是我的任性而已。

或許是覺得這樣比較有開放感吧。不，也可能是村裡的生活累積了各種壓力。

儘管我自認為一直過著沒什麼壓力的生活。

「調味料好像不夠了。」

「是無妨，不過發生什麼事了嗎？」

「我個人回去應該沒有關係吧？」

始祖大人看著正在做飯的鬼人族女僕安，以及惡魔族的佈兒佳與史蒂芬諾。

大概是她們拜託的吧。我也認為，餐點美味一點比較好。

我答應了。不過嘛，其實根本不需要我同意啊……

我將料理工作交給其他人負責，用「萬能農具」的鋤頭耕地，並且用錘子敲平地面以製作搭帳篷的場地。

場地完成後，便由高等精靈莉亞領著蜥蜴人達尬跟獸人格魯夫搭設帳篷。

因為之前在溫泉地也是住這個，所以大家都很熟練，很快就搭好幾頂帳篷。

我在距離帳篷稍遠處挖廁所。

畢竟有沒有廁所是戶外活動最大的問題嘛。不過在意的人或許只有我一個。

做完吃飯需要的桌椅後，我就一直開墾被火燒焦的地方，直到飯做好為止。

露、芙蘿拉、蒂雅、格蘭瑪莉亞以及琪亞比特，與小黑牠們輪班偵察周邊。

原本這裡似乎有不死生物存在，或許還有漏網之魚也說不定。

雖然待在這附近很快就會被魔物與魔獸盯上，撐不了幾天，不過還是小心點好。

「沒有發現不死生物喔。」

「是呀。」

沒找到不死生物，但似乎有以前沒見過的魔物跟魔獸出沒。

「雖然大致上靠小黑牠們就足以應付了。」

「我想要多一點表現機會。」

「妳已經比我活躍了吧？」

露她們除了偵查外，還負責運水。

她們用魔法從河裡做出一個大水球，然後再送來這裡。

就像一隻超大的史萊姆。

烏爾莎看到水球非常開心。

這方法是不錯啦，但不會太大了嗎？事先準備好的木桶要是裝不下該怎麼辦啊？啊啊，要直接灑在地上啊？
也沒什麼不可以啦。
哈克蓮負責照顧烏爾莎。
看樣子關係好像開始好轉了……
「跑去那邊會沾上泥……」
「呸——」
路似乎還很長。

拉絲蒂和我們分頭行動。
擊退周圍的魔物與魔獸後，我讓她前往巨人族的迷宮。
除了跟枕頭會合外，還要順便通知巨人族避免進入地鼠隧道。
也有人提議使用始祖大人的傳送魔法，但因為堵住地鼠洞穴需要使用魔法，所以我避免這麼做了。
不過，既然有餘力回村子拿調味料，拜託他應該也可以吧。
既然拉絲蒂本人很積極，由她去就好。
同行的還有幾隻座布團的孩子。
牠們待在變成龍的拉絲蒂背上，朝我舉起一條腿，模樣非常英勇。

看見化為龍形的拉絲蒂，烏爾莎大為興奮。
哈克蓮雖然也變成龍形對抗，可是烏爾莎連看也不看一眼。
…………
我只能安慰哈克蓮。

吃飯。
始祖大人似乎還從村裡帶來一些食物。
桌上擺了蘋果、梨子和橘子等。
讓烏爾莎開心是很好，但拿酒來是怎麼回事啊？
「況且，這是多諾邦藏起來的酒吧？」
「是大蜘蛛……座布團女士拿給我的。」
希望多諾邦別哭出來才好。
烏爾莎不可以喝酒喔，喝果汁忍耐一下。

那麼，睡了一晚後。
到了早上。
由於有小黑牠們輪班守夜，大家睡得很安心。

為數不少的獵物堆積如山……牠們能無聲無息地幹掉對手喔？
難不成，是為了正在睡覺的我們著想？
我撫摸來撒嬌的小黑和小雪，結果後頭大排長龍。
還在睡的不用刻意起來排隊也沒關係吧？希望能在吃早飯前讓我解脫。
吃完稍遲的早飯後，始祖大人開始活動。
似乎是要進行掩埋隧道的作業。
在那之前先確認位於洞穴底部的黑色大岩石。
老實說，我去看也沒什麼用，不過聽說是塊奇特的大岩石，所以想開開眼界。

果然是黑色的大岩石。嗯，全黑的。
難道不能加工成食器之類的東西嗎？我試著詢問正在調查大岩石的始祖大人，結果惹他笑了。
「如果你切割得了倒是無妨喔。」
似乎超級硬。原來如此。
我舉起「萬能農具」化成的鑿子。
嗯？
……？
…………？

這是……之前連到烏爾莎身上的煙霧線？

有好幾條，彷彿是從黑色岩石底下滲出來的。

至於末端……什麼都沒有的樣子，簡直就像觸手。

感覺好噁心。

我將「萬能農具」變成鋤頭，切斷那些線。

噗滋噗滋地切掉，真爽。

然而不論怎麼切，都會有新的線從黑色大岩石底下冒出來。岩石下面有什麼東西嗎？

…………

「始祖大人，調查結束了嗎？」

「畢竟只是確認一下嘛。」

「弄清楚什麼了嗎？」

「只弄清楚我對這東西完全不清楚而已。」

「哈哈哈。」

「要回去嗎？」

「在那之前，我可以先加工這塊岩石嗎？」

「嗯～反正不是我的東西，應該沒關係吧？」

原來如此。

黑色大岩石。

底下會冒出詭異的煙霧線。

或許把石頭敲碎，檢查底下的源頭並鋤掉才是最佳選擇，但要是鋤不乾淨就麻煩了。

煙霧線噁心死了。

因此，我決定這麼做。

「哦哦哦！」

半天後，黑色大岩石成了創造神的模樣。

我留著接觸地面的部分不碰，將它當成底座，將岩石上端雕成神像。

我原本還在想黑色是不是不搭……可是變成創造神的模樣之後，黑色緩緩轉為灰色。

最後搞不好會變成全白的。

而且，原先從岩石底下冒出來的煙霧線也跟著消散，消失得無影無蹤。

就連這裡的空氣也感覺清新許多。是因為始祖大人在祈禱嗎？

這麼說來，隧道的另一端也有一顆黑色大岩石。

那邊或許也會冒出煙霧線。

在掩埋隧道前，是不是先把另一個大岩石也加工比較好啊？
我對始祖大人這麼表示，結果他一聽到要埋掉，就一副快哭出來的模樣。
就算你露出那種表情，最後還是要埋掉喔。因為不那麼做可能會有麻煩。
「不要不要不要。」
說服始祖大人費了好大一番力氣。

11 歸途其三與會合其三

始祖大人掩埋隧道的魔法，是用泥土製作大量的士兵，再將士兵們送進隧道內。
我稍微想像一下。
誕生的泥土士兵努力往隧道前進，抵達預定位置後抱膝而坐變回泥土。
而且還一個接著一個……不行，太殘酷了。
「呃，又不是真的有生命……」
我眼前約有十名泥土做的士兵。
看起來戰力頗強的樣子……
不行，產生移情作用了。抵抗。還是跟始祖大人商量吧。

一旁的烏爾莎很興奮。
她對始祖大人做的泥土士兵充滿興趣……不，甚至開始模仿製作了。
只不過不太順利。
「雖然方法正確，性質卻變了。」
我和始祖大人暫停討論，看向烏爾莎。
「性質？」
「她還是死靈王時，那樣就可以做出來。不過，她現在已經復活了。」
「也就是說辦不到？」
「別的方法還是可以，不過……我猜，她大概想用上那個自己很寶貝的泥土士兵核……所以可能需要村長幫忙。如果先用某種東西弄出形體，再把泥土士兵的核放進去，讓兩者融合……」
「我負責製作那個形體就好？」
「嗯。不過，材料要盡量選優質的東西。至於尺寸……小一點應該比較容易成功吧？」
懂了。
材料、材料……
關於掩埋隧道的方法，預定之後再繼續討論。
總之，和烏爾莎商量一下怎麼選材料。

泥土、木頭、岩石……用草之類的應該也能做出來，不過感覺會很脆弱。
一旁的哈克蓮拿了自己的鱗片過來。這個當材料應該不賴吧。
然而，烏爾莎無視哈克蓮的鱗，希望使用泥土。
別哭啊，哈克蓮，等一下我再安慰妳。

泥土……
這一帶的泥土，雖然比「大樹村」周圍的柔軟，但還是有相當的硬度。
剛剛說要選優質的東西當材料，所以我先用「萬能農具」耕一下土。
把質感變好的泥土加水，捏出泥土人偶。
嗯，完成度真不錯。可惜，烏爾莎給的評價不高。
烏爾莎也模仿我，捏出她的泥人偶。
約莫十五公分高，看起來很弱的人偶。
不過烏爾莎的雙眼閃閃發亮，所以用這個應該就行了吧。
我幾乎沒幫上什麼忙呢。
剩下的就請始祖大人支援。
烏爾莎在始祖大人的指導下，詠唱咒語。
……………

她的魔法天賦應該遠勝於我吧。
大約十分鐘後，烏爾莎面前有了個腳步蹣跚的泥……不對，應該是土人偶。
烏爾莎很高興地緊緊抱住它……會弄髒、會弄髒。
不對，會弄壞它、會弄壞它啦！不可以太用力！

改良。
將烏爾莎的泥土人偶，混入哈克蓮貢獻的龍鱗粉末。
強度因此提升，就算碰了水似乎也不會融化。
「已經有相當於龍兵(Dragon warrior)的戰力了耶……」
始祖大人這麼嘀咕，不過我假裝沒聽見。
順帶一提，所謂的龍兵是指龍以自身血肉造出的士兵，戰力與格鬥熊相當。
擔任烏爾莎的護衛或許正好合適。

加入哈克蓮的鱗片，使得烏爾沙就算抱上去也不會把人偶弄壞。我把這件事告訴烏爾莎之後，她乖乖地向哈克蓮道謝。
真是乖孩子。
接受感謝的哈克蓮，儘管臉上的笑容一如往常……但已經開始哼起歌，似乎非常開心。

就這樣繼續增進感情……不，不能心急。
要有耐心。

「掩埋隧道的事暫時打住，以返回村子為優先吧。」
我跟始祖大人討論後，決定這麼處理。
我們在各地停留太久，所以冬天的腳步已近。天氣差不多要變冷了。
我打算等到拉絲蒂帶枕頭回來，就直接拜託始祖大人用傳送魔法送大家回村裡。

「只弄垮隧道的一部分，避免變成魔物或其他生物的巢穴怎麼樣？」
我接受鬼人族女僕安的提議，直接讓露和芙蘿拉以魔法將隧道的一部分轟塌。
和計畫一樣。
雖然崩塌的範圍好像大了點，不過既然沒給任何人帶來麻煩就沒問題。
而且已經變成純白的創造神像所在處也不受影響。
附帶一提，創造神像所在地變得有種莊嚴的感覺，就像聖地一樣呢。
雖然拉絲蒂他們還沒回來，不過我們已經決定返回村子。
因為氣溫一口氣下降了。

座布團的孩子們動作都變遲鈍了，不能繼續悠哉下去。
我讓牠們每一隻都帶著從溫泉地取得的保溫石，準備撤離。
木筏就擱在這裡不管，不過獨木舟還想帶回去，所以哈克蓮變成龍將它們從河裡運走。
讓那麼大隻的龍做這種細膩的作業總覺得非常過意不去……不過拉絲蒂在河裡玩的時候也搬運得很開心嘛。
溫泉地就這樣放著了，不知道下次去的時候還能不能保持原樣？
恐怕很困難吧。
畢竟附近的魔物跟魔獸似乎很多。不過下次去的時候再修復就好。
我們收拾行李，藉由始祖大人的傳送魔法返回村子。

我們傳送回來的位置是宅邸中庭，大樹附近。
因此我本來覺得村裡的人會晚一點才曉得我們歸來，不過我太天真了。
似乎是座布團的孩子們一口氣向四面八方聯絡。
村裡的人紛紛聚集到宅邸來。
不知為何也在場的德萊姆顯得最開心，這是為什麼啊？
總之，過冬準備已幾乎完成了，感覺可以直接開宴會。
不不不，先等等。

還得去接拉絲蒂和枕頭他們。雖然對始祖大人很過意不去，不過得拜託他陪我了。

我把村子就這麼交給看家組的人，利用傳送魔法前往巨人族的迷宮。

原本以為只要我跟始祖大人就綽綽有餘，但是露、蒂雅、哈克蓮，還有小黑和小雪依然跟著來了。

只是接拉絲蒂跟枕頭他們而已，一下子就要回家嘍？是不是保護過度啦？

唉，不過就怕有萬一。

仔細想想，拉絲蒂他們還沒回來應該有原因。

可能出了什麼狀況。

我們抵達巨人族所居住的迷宮出入口，不過看起來沒有變化。

…………

糟糕。

原本以為一到這裡就會有人迎接，但看來我猜錯了。

氣溫下降，搞不好他們都移動到迷宮深處了。

嗯～

只能進迷宮了嗎？

有露他們在讓我放心不少。

洞窟內毫無光線，我們靠魔法照明。
迷宮這個詞會讓人聯想到人為產生的空間，不過這裡感覺像天然的岩石縫隙。
四處都有橫向洞穴，感覺就像刻意弄出來的。
或許是巨人族或血腥蝮蛇挖的。
要走哪條路……沒人知道，不過小黑跟小雪毫不猶豫地領著大家前進。是靠氣味嗎？
……
深入到一定程度後，小黑跟小雪開始警戒。
不久後，露跟蒂雅提高警覺。
哈克蓮和始祖大人則是神色自若。
附帶一提，我什麼都感覺不到。就這麼繼續往前走了一段後，我終於聽到聲音。
……
是戰鬥的聲響！
「哈克蓮。」
「包在我身上。」
在不知情的人眼中，恐怕會以為我是個讓女性單獨踏入險境的混蛋吧。

我腦中冒出這種念頭，同時追著哈克蓮的腳步移動。
最後抵達一個寬敞的空間。
化為龍形的拉絲蒂和座布團的孩子們都在，枕頭也在。
全員平安無事，我鬆了口氣。
而且，拉絲蒂他們正在戰鬥。
對手是蟲。
大得嚇人的蟲。
全長不清楚，但尺寸足以跟龍形的拉絲蒂相抗衡。
頭部還長了兩根大牙。
腳也很多，是蜈蚣嗎？
有好幾隻。
好像是在外衝出來時，被拉絲蒂他們擋住。
「哈克蓮姊姊大人，不可以噴火。」
參戰的哈克蓮正想吐出火焰，拉絲蒂出聲制止。
「為什麼？」
「後面有巨人族他們。」
就是洞窟內嚴禁用火的意思吧？

哈克蓮大概是接受了，直接以人類的模樣毆打蜈蚣。
她的打擊技儘管令蜈蚣畏縮，卻感覺不出有造成傷害的樣子。
枕頭和座布團的孩子們放出絲線試圖封鎖蜈蚣的動作，但好像維持不了多久。

「所有人閉上眼睛！」

始祖大人這麼大喊，隨即施放魔法。
事情來得突然所以我慢了點，不過總算是勉強趕上。然而，即便閉上眼睛，光亮依舊強得刺眼。
感受到強光過去之後，我睜開眼睛，發現蜈蚣們正痛苦地掙扎。
好機會！
但是，蜈蚣們依然在死命扭動，難以接近。
正當我這麼想時，龍形的拉絲蒂已經用腳踩住蜈蚣。
哈克蓮見狀，也化為龍形用腳踩住蜈蚣。
好極了。
我拿出「萬能農具」把蜈蚣們鋤掉。

學會一件事。
蜈蚣就算身體被鋤掉一部分還是會動，有夠耐命的。

蜈蚣身軀被「萬能農具」鋤過而從拉絲蒂腳下解放的殘餘，朝著我撲來。
結果是露跟蒂雅趕來救我。
她們絲毫不敢大意，貫徹保護我的職責。
真不好意思，真是幫了大忙。
還有你們這些蜈蚣，給我上西天吧。

12 隧道的對策？

我踩在已經變成肥沃土壤的蜈蚣們上頭，聽拉絲蒂說明。
拉絲蒂抵達迷宮入口時，似乎和我們來的時候不一樣，有巨人族迎接。
然後巨人帶她去迷宮深處，也就是枕頭所在的地方。
當時枕頭好像在迷宮的崩塌場所忙著修補。
那段時間我都在泡溫泉……有點不好意思。
差不多就在拉絲蒂跟枕頭會合時，異變發生了，據說崩塌產生的洞穴開始有小蜈蚣爬出來。
說是小蜈蚣，其實也是跟大蜈蚣相比的結果，差不多有兩公尺長的樣子。

拉絲蒂跟枕頭一起擊退小蜈蚣。至於跟拉絲蒂一起來的座布團孩子們，則領著巨人族進行避難。
然而，避難地點也有蜈蚣現身。
巨人族被逼到與我們會合的那個寬闊空間，就地防守。
假使只有拉絲蒂他們，吐個火就結束了，但巨人族也在附近，所以不能那麼做。
耐心打倒小隻的蜈蚣後，那些大蜈蚣也冒了出來，於是變得難以脫身。
問得更詳細一點，才知道他們已經不吃不喝撐了整整兩天。
我稱讚拉絲蒂他們幹得好。

接下來，我和拉絲蒂他們保護的巨人族談話。
儘管有人受傷，但幸好沒有人死亡。
對方向我們致上深深的謝意。
「剛才的蜈蚣，經常在這一帶出現嗎？」
「頂多偶爾會看見比較小隻的。」
所謂比較小隻的，似乎不是兩公尺左右的蜈蚣，而是只有大約三十公分長的。
雖然我覺得那樣也夠大了……
「在地鼠隧道裡也有兩公尺級的蜈蚣喔。」
始祖大人補充道。

「不過，因為哈克蓮跟拉絲蒂一進隧道就馬上噴火，所以只看到殘骸而已。」
原來如此。
似乎是因為當時被罵了，才沒在有巨人族的地方噴火。
運氣真好。

「不過，像那麼大的黑卡頓倒是沒看過。」
「黑卡頓？」
似乎是蜈蚣的名字。
正確的全名是毒岩黑卡頓。
……那些傢伙有毒喔？我完全沒想到這點。
「拉絲蒂你們沒事吧？」
毒似乎對龍無效。
真不愧是龍。

無論如何，還是把崩塌的洞穴完全堵住吧。
不這樣的話，巨人族就沒辦法安心居住。
我姑且問了他們是否有搬家的打算，不過他們還是想在這裡生活。

這也很合理，畢竟搬家沒那麼容易。

為了堵住洞穴，我們朝崩塌地點移動。

可能是因為那種大蜈蚣——毒岩黑卡頓進進出出，弄出了一個巨大的洞穴。

「比之前更大了呢。」

曾經來過的露輕聲說道。

似乎比之前大了一倍以上。

要封閉這個缺口，弄塌上面的泥土或許是最佳方法……但是洞穴周圍還有枕頭絲線修補的痕跡。

把那些都破壞掉總覺得不忍心，所以還是進去隧道把內部弄塌吧。

…………

在那之前，先拜託哈克蓮跟拉絲蒂對隧道內噴火。

我不想再看見蜈蚣了。

因為有缺氧的危險，所以我沒進隧道，而是在外頭等待。

過了約三十分鐘，哈克蓮她們回來了。

「好慢啊。」

「因為有不速之客來訪啊。」

似乎從東側隧道來了新的大蜈蚣。

不過，只要能噴火就完全不構成威脅。
真不愧是龍。

眾人在哈克蓮她們的帶領下進入隧道內部。
西側什麼都沒有，不過東側有大量灰燼。
「不是焦炭，是灰燼啊……」
「因為我稍微認真了點。」
哈克蓮露出燦爛的笑容。
「西側也有吐火吧？」
「那邊是我……」
拉絲蒂不太高興地舉起手。她也想燒點什麼嗎？
好吧，反正礙事的傢伙看來已經沒了。
我想讓隧道趕快崩塌，不過……
如果在隧道入口附近動手，恐怕會對上方的迷宮造成影響，所以稍微深入一點。
移動之前，始祖大人為了保險起見，對我施加了魔法。
好像是對抗有毒氣體的魔法，不過這能防止缺氧嗎？或者只是把缺氧當成有毒氣體？
我老實地接受好意，向他道謝。

先往西邊走。

體感上走了一公里左右？大家悠哉地前進。

拉絲蒂剛才雖然頗為不滿，不過這裡也有好幾堆原本應該是兩公尺級蜈蚣的灰燼，她的噴火並沒有白費。

每次看到灰燼我就誇獎她，她好像很開心。

小黑跟小雪則不時跑到前頭去偵查，然後回來報告前方沒有異狀。

當然，我也誇獎了牠們。

「到這附近差不多可以了吧？」

在始祖大人的指示下，我們弄塌隧道。

用魔法「轟」地搞定。

沒有「萬能農具」出場的機會。

崩塌造成的煙塵主動避開我，由此可確認先前始祖大人的魔法效果。

哦哦，真了不起。

附帶一提，其他人也會用相同的魔法……搞不好這只是初階魔法。

真希望有一天我也會用。

西側搞定了，於是大家前往東側。

返回隧道入口時，我有種「或許分頭進行也可以」的念頭，但是馬上就打消了。

畢竟不曉得裡面有什麼東西嘛。

大家一起行動。

從入侵巨人族迷宮的洞穴又走了體感約一公里遠後，再度使用魔法轟炸。

這回崩塌的效果不太好。

施放魔法的露好像有點不甘心。

再一發魔法就完全弄塌了，順利封鎖。

這樣可以放心了嗎？

有地鼠那種能挖洞的魔獸存在，不能輕忽大意吧？

要是能裝設警報器之類的東西就好了……

我試著拿出「萬能農具」，不過完全派不上用場。

遇到困難時，就要拜託始祖大人。

「如果我常駐這個迷宮就有不少辦法可用，但我不會一直待著嘛。」

「所以一點辦法都沒有？」

「倒也不是毫無辦法。」

始祖大人以期待的眼神看著我。

…………

「難不成，跟埋掉創造神像的事有關？」

「覺得氣氛不對勁所以想埋掉那裡的心情我可以理解。不過就我個人來說，看到創造神的身影被埋掉總覺得非常難受，因此我想跟你商量一下。」

始祖大人的意思是，把出入口封鎖起來，但是在創造神像周圍保留空間。

在信仰虔誠的始祖大人面前隨手雕出創造神，是我不好。

不過，當時我認為那是最佳的處理方式。

「知道了，就這麼做。另外，神像就這麼擺著有點冷清，乾脆順便蓋座神社……我是說神殿。」

「哦哦！」

畢竟我受到始祖大人許多照顧。

這點程度的報答應該還行吧。

「建造神殿就等冬天吧，屆時可以拜託您使用傳送魔法嗎？」

「當然沒問題。」

雖然我好像也幫過不少忙……但只要將他當成露和芙蘿拉的爺爺，就不會在意了。

始祖大人的對策相當單純。

放個守門的就好了。

始祖大人在隧道洞口附近詠唱咒語，地面隨即升起十根左右的石柱。

他繼續詠唱後，石柱表面一點點剝落，留下某種形體。生有翅膀的惡魔？

「這叫石像鬼。平常只是普通的石像，但只要有入侵者出現，就能發揮守門人兼警報器的功能。」

「強嗎？」

「對付地鼠應該不成問題喔。就算打不過也可以爭取到時間，而且這些石像鬼一有動作，我就能感應到。」

原來如此。真是個不賴的方法，令我大感佩服。其他人好像也非常佩服。

「第一次看到這種法術呢。拉絲蒂，妳記住了嗎？」

「要同時創造十隻就有點難說……請容我晚點再確認一下步驟，總共二十七道對吧？」

「露，這招妳也做得到嗎？」

「沒辦法。應該說，這個可是守護始祖大人寢室的護衛喔。就算對手是龍，應該也能爭取到一點時間吧？」

…………

枕頭、小黑與小雪似乎從石像鬼身上感覺到什麼，選擇保持距離。

把神殿蓋豪華一點好了。

我們離開隧道，返回迷宮。

通知巨人族隧道已經封鎖，而且在洞穴深處設置了石像鬼的事。

石像鬼的啟動條件，則是不走我們進出的洞穴，而是從其他地方入侵時。

巨人族就算不小心闖進去也沒關係，但還是希望他們盡量別進入洞穴。

可以的話，最好能加蓋。

目前，只有枕頭張設的網子。

跟巨人族打過招呼後，我們直接用始祖大人的傳送魔法返回村子。

原本打算立刻回去，結果還是讓大家等了那麼久。

希望宴會沒有冷場……

結果宴會等我們回來才開始。

除了感謝大家之外，也覺得很不好意思。

在我道歉的同時，宴會開始了。

Farming life in another world.

Final Chapter

Presented by
Kinosuke Naito
Illustration by
Yasumo

〔終章〕

神殿

01.大樹村　02.死亡森林　03.魔王國監視所　04.北方山脈　05.溫泉地　06.創造神像
07.巨人族迷宮　08.黑色大岩石　09.好林村　10.塔羅特村　11.修馬村
12.半人蛇族迷宮　13.古爾古蘭德山　14.德萊姆的巣穴　15.鐵之森林

1 悠悠哉哉

入冬了。

村裡充斥著悠閒氣氛。話是這麼說，卻也不是在睡懶覺。

單純是室內作業變多了而已。

在可以出外活動的天候，要盡量外出。不過說是外出……

其實也只能把存放在屋外倉庫的糧食挪動一下而已。

因此我用溫泉調查隊出門帶回來的保溫石蓋了類似溫室的小屋後，現在已經被座布團的孩子們給占據了。

目的是有效利用保溫石，所以沒關係。

我真正想挑戰的其實是被爐。

用保溫石的被爐，因為不需要火盆，所以既安全又暖和。

…………

小黑跟小雪窩在裡頭的時間，好像比我還長。

那副只把頭探出來的悠哉模樣，感覺不到半點野性。

雖然孩子們在外頭排隊，但是小黑和小雪一點都不想動的樣子。
拜託不要用悲傷的表情看著我。
如果要做個足以容納所有小黑子孫的被爐，不僅沒有地方擺，保溫石和棉被也不夠用。
只有兩個就忍耐一下吧，大家輪流使用。

創造神的神殿，目前尚未開工，因為始祖大人有事去別的地方了。
嗯，他終究是個大人物，所以應該很忙吧。

「村長，今年也要做麻糬嗎？」
鬼人族女僕之一跑來問我。她手裡拿著裝有糯米的袋子，看起來非常想搗。
「是啊，有那個打算。不如現在就來做？」
「好的。」
鬼人族女僕開心地答道，接著後頭蹦出不知道先前躲在哪裡的高等精靈、矮人和蜥蜴人等，開始作準備。
上回得到好評的砂糖醬油與砂糖黃豆粉已經做好了，也開始煮紅豆準備弄紅豆湯圓。
雖然這些都有必要，不過還是得先蒸糯米才行。

搗糯米果然還是需要力氣。
感覺半人牛派駐員搗出來的最好吃。
相較之下，我搗的就……不行啊。幸好消費者很多，所以不至於剩下。
「切小塊一點再吃，小心別噎著了。」
「好～」
哈克蓮跟烏爾莎處得很好。
原本打算在宅邸的鬼人族女僕那邊替烏爾莎準備個房間。
不過，在當事人的要求下，她的房間安排在哈克蓮隔壁。
最近常看到她們待在一起。這是好傾向。
而且，大概是因為開始照顧烏爾莎吧，哈克蓮也漸漸會做家事了。
雖說技巧還不夠好，但這並不是壞事，希望她繼續加油。

相反地，原本打算負責照顧烏爾莎的安，顯得有點寂寞。
難不成，她想要女兒？不，當初特萊因誕生時她也很開心啊。
說要讓哈克蓮照顧的人是我。真對不起。
還有，既然想要女兒……不，我不是那個意思。就說了不是那個意思嘛。天色還很亮。

冬天，村裡最悠閒的或許是芙勞跟文官少女們。

她們閒得發慌。

不過，沒有人抱怨。因為在秋收時期她們忙得半死。

工作內容主要是記錄收穫量、製作消費計畫，以及執行計畫。消費計畫包括販賣、加工、贈送等的分配。

她們必須思考每種作物要拿多少去做些什麼。

並且，加以執行。

與酒相關的部分要找多諾邦，加工相關的部分要找獸人族賽娜，至於販賣相關的則要和麥可先生激烈地討價還價。真是辛苦她們了。

因此現在打混也是可以容許的。

不過嘛，也是因為我相信她們再休息一陣子就會覺得膩，然後自己找事做。

「在溫暖的房間裡吃冰淇淋，感覺就是不一樣耶。」

「橘子真好吃。」

「……二……三……四步。嗚嗚，因遭遇財政危機而資金減半。我的人生真是苦難不斷。接下來輪妳走嘍。」

「洗澡好麻煩……換衣服也麻煩……我要睡了……」

「飯能不能直接送到房間來啊～」

希望她們盡快有所動作。
…………

拉絲蒂被德斯叫走了所以不在。
上回德萊姆之所以造訪村子，好像就是要告知拉絲蒂跟哈克蓮，德斯在找她們。
順道一提，哈克蓮用照顧烏爾莎為由拒絕。
我原本擔心這樣不太好，不過看來沒問題。
「如果事情真的很嚴重，就不會叫我弟弟傳話啦。」
那麼，發生要緊事的話誰會過來？
「父親大人應該會直接跑來告訴我吧。」
原來如此。

布兒佳、史蒂芬諾和拉絲蒂同行。
她們要回老家過冬。
老家離德斯的巢穴很近，我讓她們多帶些土產回去。
雖然不能算是取而代之，不過魔王國四天王裡的比傑爾跟葛拉茲就像輪班一樣，兩人紛紛在此時來到村裡。

比傑爾找芙勞稍微聊過之後，就一個人去放鬆了。

或許是「魔王國」的工作很操勞吧，只見他一臉解脫的表情。

葛拉茲跟蘿娜娜之間還帶有青澀感。

沒造成困擾，所以沒問題。

新居需求也近在眼前了嗎？還是別心急，繼續守望他們吧。

我吃完麻糬之後，往作業場移動。

動手把木頭削成食器。

首先做給今年出生的孩子們，接著是長大的阿爾弗雷德跟蒂潔爾，然後是烏爾莎。

……

也順便做些給訪客用的。

弄出了過多的裝飾。

雖不笨拙卻也不算靈巧的我，之所以能加工到這種程度，都是託「萬能農具」的福。我再度為此充滿感激。

……

和始祖大人去蓋神殿之前，先試著把大樹下的神社翻新好了。

呃，可能是「死亡森林」的木頭很耐用吧，表面看不出有什麼損傷。反倒形成一種特殊的風格，感覺不錯。看來不需要翻新。

相較之下……

創造神像會發光，到了晚上顯得很刺眼，把先前裝的遮光簾改成牢靠的門如何？

這麼說來，它會亮到什麼時候啊？

雖然有種受到保佑的感覺，但是一旁的農業神像不會發光，導致前者太醒目。

乾脆讓農業神像也發光……不不不，亮度變兩倍就麻煩了。

…………

或者別用木頭，改用鐵之類的東西弄出農業神像如何？但這個念頭只停留在我腦子裡。樸素的風格比較適合農業神嗎？

總之，先做一開始想到的門吧。

說起神社的大門，就會想到左右對開那種。因為不是佛壇常見的折疊式，所以不算難。

完成。

…………

我把門拿到神社那邊，暫時裝上去看看。沒問題。

不過，感覺這扇門只滿足了功能性。說得更簡單一點，就是上頭太單調了。

……我把門拆下，帶回作業場。

門的裝飾……如果是佛具就會使用飾釘吧？

然而，鐵太珍貴了。雖然不算浪費，但我還是想用在更有意義的地方。

這麼一來……就是最單純的雕飾吧。

圖案該怎麼設計呢？我在腦中設想過小黑、座布團、龍與始祖大人等方案……

果然還是大樹好。

我在左右對開的門中央畫上大樹。

嗯，感覺不賴。

既然如此，乾脆門內側也做些裝飾……畢竟門打開的時候就會露出來……

乖乖雕個花好了。

什麼花適合創造神和農業神？

……

遇到困擾時就交給「萬能農具」吧。

想像著花去雕……結果雕出了櫻花。

是我的既定印象太強吧？不過，這樣也沒什麼不好。

門完工。

我再度將它搬回神社，正式裝上去。

測試開關是否順暢。沒有問題。

順便打掃一下神社周邊……已經很乾淨了。

為了感謝鬼人族女僕的辛勞，我再度對神社的神明雙手合十。

…………

假使天氣變暖了還在發光，那麼在神像前舉辦宴會感覺應該也不錯。賞花宴會。

在神明大人面前開宴會才像日本人。

……或許開宴會前先跟始祖大人商量一下比較好？

「村長～」

烏爾莎跑來我這邊。

「怎麼啦？」

「哈克蓮生氣了～救命～」

「哈哈哈，因為妳穿那麼少就跑出來了啊。趁著還沒感冒快回去吧。」

「嗯。」

烏爾莎想要抱抱，於是我把她抱起來。體重還不輕嘛。

我們兩個和追來要替烏爾莎披毛毯的哈克蓮，三人一起回到宅邸。

2 賽跑

「好，走吧。」

我們一行人魚貫前往村子南邊。

說是這麼說，但並不是要離開村子。

目的地是建在田地南邊的賽馬場。

本來是要給馬和半人馬族們有個能盡情奔跑的地方，但是最常利用這裡的反而變成小黑的子孫。

山精靈們將賽道擴張、增設、改造，並且設置障礙物提高難度，結果小黑的子孫們似乎更加開心。

然後，到了最近。

獸人族的男孩們會騎著小黑子孫進行類似賽馬的競技，這也成為冬天的戶外活動。

賽馬場的基本賽道，是將圓形橫向拉長的正統橢圓形。

至於距離……被拉長的直線道部分是八百公尺左右，但圓形的距離就不清楚了。

圓周的計算公式是什麼啊？我實際跑了一趟用體感估計……一圈感覺有三千公尺左右。

然而，經過山精靈改造後，上下起伏變得很劇烈。

所以實際上，一圈大約是兩千四百公尺吧。

起跑的位置都一樣。

但是路線怎麼安排、在哪裡轉彎、要跑幾圈、終點位置等，都可以視比賽需要做各種變化。

每次比賽之所以都有不同的發展，是因為獸人族男孩們在反覆摸索吧。

起初他們只想要拚命衝到最前面，我認為這是一種成長。

成長的契機，則是騎著小黑子孫的酒史萊姆。

雖說有體重輕的優勢，但是終點前那陣風馳電掣的衝刺，依然令觀眾們驚嘆不已。

這就是所謂的保留體力到最後吧。

無論如何，這似乎帶給獸人族男孩們很大的衝擊，此後他們開始思考各種作戰策略。

「到最終彎道前保持第二比較好，等最後的直線衝刺再切到外側超前。」

「先跑到前面，就這樣跑給其他人追。總之甩開別人就對了。」

「就『噠～』地衝出去再『呱～』就好啦。」

大人們提供各種主意或許也有不小的關係。

參加賽跑的人變多了。

以小黑子孫們的情況來說，就算讓半人牛族騎上去似乎也沒問題，只是那樣恐怕就無力以速度一決勝負了。

目前，參賽者除了獸人族男孩與酒史萊姆之外，還有高等精靈、山精靈、鬼人族女僕以及蜥蜴人的孩子。

自由參加。

不過，我附上了兩個條件。

參賽的女性要穿長褲，以及不能勉強小黑牠們。

到目前為止，還沒有出現問題。

要有問題，應該是觀眾那邊吧。

精靈們做了比較高的觀眾席，可以俯瞰整個賽道。

作為抗寒對策，觀眾席各處都設有保溫石。似乎是和哈克蓮一起去溫泉那邊挖回來的。

甚至還設有廚房。話雖如此，但是頂多只能煮些簡單的湯……好溫暖啊。

可是，也不見得每天都有這麼多觀眾。

今天是剛好有較為正式的比賽。

路線已經定好了，裁判也配置到各個區域。

還沒確定的反而是跑者。之所以會這樣，也是因為沒有什麼選手登記的關係。

不過，賽事種類已經公布，應該各自心裡都決定好了吧。

一看大家的表情，就知道參賽者不會不夠。
比賽並沒有開賭盤，但是我會提供獎品給第一名。
因為不是全部的人都能參加，所以無法頒贈獎勵牌。
相對地，可以領到我親手做的點心。
儘管我懷疑這是否能當獎品，但是周圍的人齊聲表示「沒問題」。
看來甜食對大家真的很重要啊。

第一場。
表演賽。
賽道包括彎道在內約兩千公尺。
參賽者是派駐的半人馬族兩名以及馬。
另外就是聽說有比賽，於是從三號村趕來的半人馬族古露瓦爾德及其他四人。
馬由平時負責照顧的獸人族女孩騎乘。比我騎的時候更聽話是怎麼回事啊？
附帶一提，我有給馬命名。
取自連不賭馬的我都聽過的某匹超級名馬。不過，馬好像完全不領情。
獸人族女孩叫牠貝爾福德，現在如果不這麼喊，牠就不會轉頭過來。

比賽開始了。
事實上兩千公尺這個距離曾引發爭執。
速度雖是馬占優勢，但耐力方面卻是半人馬族壓倒性地強。
一面倒的比賽會很無聊。經過多次調整的結果，我們判斷兩千公尺是最佳距離。
終點在觀眾席的正前方。
在響亮的歡呼聲中，古露瓦爾德跟馬展開殊死戰……最後由古露瓦爾德獲勝。
她直接繞場慶賀，體力還真是充沛啊。
騎馬的獸人族女孩則在安慰馬。
嗯，從尾巴跟耳朵的動作看來，馬相當生氣。期待下次的對決。

第二場。
也是表演賽。
由半人牛族拖著重物賽跑。
距離是四百公尺。
雖是直線，但賽道上下起伏。
這場並不是單人賽，而是團體戰。
四人為一隊，共有六隊出場。

其中一隊的成員包含葛拉茲跟蘿娜娜。希望他們加油。

要拖的重物是放在橇上的木材。

重量盡可能相等，但還是會有些微的差異，所以在比賽開始前以抽籤決定。

比賽開始。

…………

三公尺左右的巨大身軀合作拉木橇，感覺相當熱血。

觀眾反應十分熱烈。

葛拉茲他們很可惜只拿到第二名，不過看起來玩得很開心，所以沒問題。

第三場。

小黑子孫們的競賽。

不過，沒有任何騎手。

由於參加者大量湧入，所以需要先進行選拔。

之後預定要讓別人騎乘參賽的先讓位，然後限定只有這幾年出生的才可以參加，這下子才勉強壓到二十頭。

然而不滿的聲浪太龐大了，只好緊急在這場結束後安插新比賽。

總之第三場開始了。

距離是比一圈多一點的三千公尺。
原本以為會形成擠在一起的大混戰，結果意外地分散。
當中有兩頭領先。
最後面有四頭企圖保存體力。
正猜想情勢會如何發展時……
位於中間的某一頭逐漸加快腳步，在最後的直線終於獨占鰲頭。
真是精彩的勝利。
看正行出來迎接冠軍，是牠的孩子或孫子嗎？總不可能是牠的伴侶之一吧？
無論如何。
由於和其他頭混在一起會無法區分……所以將布纏在優勝者的脖子上。
哼哼，感覺很快喔。
其他頭看起來很羨慕牠的樣子。

第四場。
臨時安插的小黑子孫賽跑。
這場沒有年齡限制。
參加者數量，二十二頭。

距離與賽道規劃則跟第三場一樣。

大概是看過剛才那場比賽的關係吧，所有選手彼此牽制並未分散，擠在一起行動。

通過最後的彎抵達直線之後，才終於有了差距。

互相超車的精彩較勁不斷上演。

優勝者得意洋洋地來到我面前。

我一邊誇獎牠，一邊把布纏在牠脖子上。

第三場跟第四場的反省之處。

如果不讓小黑牠們綁上顏色不同的布等東西，就分不清楚誰是誰了呢。

第五場。

禁止飛行。

哈比族的兩百公尺賽跑。

…………

比賽感覺一陣慌亂。

雖然早就知道，不過他們還真的不太擅長跑步。

兩百公尺太長了。是不是五十公尺就好啊？

第六場。

距離為繞場一圈的兩千四百公尺。

這是由獸人族男孩、酒史萊姆、蜥蜴人的孩子、高等精靈、山精靈、鬼人族女僕等，騎乘小黑的子孫競速。

今日賽事的重頭戲。

以體重差距而言，酒史萊姆最被看好，能跟前者對抗的是獸人族男孩，可能變大黑馬的則是鬼人族女僕。

不過也不必管這些評論，好好努力吧。

然而，有人臨時闖入。

這位跨坐在小黑子孫背上、雙臂交叉的闖入者是……烏爾莎。只見她穿著長褲，一副鬥志昂揚的樣子，後頭還有哈克蓮在加油。

因為出場人數還有空位，所以來者不拒。

可是，她如果不小心摔下馬……應該說摔下狼的話會很危險，所以我讓她戴上鋪了草、像是頭盔一樣的帽子。

比賽開始。

蜥蜴人的孩子突然衝到前頭。
是打算一路跑給人家追吧。
然而，位於後方的選手們很冷靜，步調沒有亂。
至於烏爾莎……雖然落在最後，但是有確實跟上集團。
到了比賽中盤，鬼人族女僕逼近一直猛衝的蜥蜴人孩子。整個集團拉長了。
可惜，鬼人族女僕沒追上，蜥蜴人的孩子還是跑在前頭。這種速度能保持到最後嗎？
到了最後的彎道。
整個集團一口氣提高速度，試圖衝擊領先者。不過，大家都趕不上。
如果有碼錶應該就能計算出來，跑在前頭的蜥蜴人拿下領先位置後，藉由緩緩減速來保留體力。
因此，他有辦法一路逃到最後。蜥蜴人的孩子深信自己終將獲勝。
可惜，還是太天真了。
有人在鬼人族女僕追趕時就發現了。
包括追趕的鬼人族女僕與經驗豐富的獸人族男孩三人組。
以及不知是靠天賦還是野性直覺的烏爾莎。
鬼人族女僕由於先前窮追猛趕，現在只能就這麼緊咬不放……獸人族男孩們跟烏爾莎則在更後方保留體力。
在領先者還有餘力的狀態下，後方的選手進一步保留體力……以作戰策略而言這樣不太對吧？到底會怎麼樣啊？

最後的直線衝刺。

原本位於後方的獸人族男孩們跟烏爾莎像閃電一樣衝了上來，可以明顯看出被追趕的蜥蜴人孩子慌了手腳。

終點前。

蜥蜴人的孩子、獸人族男孩三人組，以及烏爾莎並列了。

蜥蜴人的孩子落後了。

獸人族男孩其中之一更後面……

衝過終點！

這場比賽真是熱血沸騰。

然而，勝負是無情的。還是得分出勝者和敗者。

優勝者是獸人族男孩之一。

烏爾莎則是第三。

雖然想給所有參賽者甜點，不過那是優勝者的獎品，所以只能對大家說聲抱歉。

就口頭嘉獎他們的努力吧。

不過嘛，我還來不及開口，觀眾們就已讚揚起選手，或是開起檢討會之類的……

既然甜點不能給，就做點其他的料理吧。
比賽還在持續進行，真是和平的一天。

3 通往神殿的路

始祖大人終於來了。或者該說回來了？
他似乎有許多工作得忙。
雖說現在明明是冬天，不過宗教界人士似乎在冬季也很忙碌。
始祖大人說他可以馬上出發，不過看他實在太累，所以我說服他兩天後再開始行動。
我建議他先去泡澡和吃飯，休息一下。
畢竟還得靠始祖大人的傳送魔法嘛。

同行者包括……由於目的是蓋神殿，以高等精靈為主，再考慮下廚的人與護衛來編組。
高等精靈，十名。
蜥蜴人，五名。
山精靈，五名。

鬼人族女僕，兩名。

小黑的子孫，五十頭。

由於晚上始祖大人會用魔法送大家回村，所以行李並不多。

抵達現場。

上次溫泉調查隊回程露營的痕跡還在。

走沒多遠就有一個直徑約四公尺的洞穴。

在那洞穴底部有已經加工成創造神像的黑色大岩石。

「總之先建立作業據點吧。」

我聽從高等精靈的提議，直接使用上回露營的舊址。

設置吃飯用的桌子與椅子，並在上方搭起遮雨用的布。至於廚房……上次的雖然留著，不過我們選擇重弄。

差不多就這樣吧。

接下來，在洞穴旁邊準備一個類似建材儲放場的地方。

這邊也要搭起遮雨用的布。

當我在進行上述作業時，小黑的子孫們分成幾組在周邊巡邏。

雖說是冬天，魔物和魔獸的數量還是不少。

我為小黑子孫獵來的魔獸放血。
手在蓋神殿之前被血弄髒沒問題嗎？
……
既然已經做了就沒辦法，況且這些是寶貴的糧食啊。
蓋神殿之前一定要好好洗手。

周圍的森林上次都燒掉了，所以走點路到沒事的森林弄些木材。
「萬能農具」大為活躍。
至於石材……反正要去地下，到那邊再找就好了吧。

始祖大人先單獨鑽進洞穴，確認內部的安全。
雖然應該沒問題，但洞穴裡頭或許躲著正在冬眠的魔物或魔獸也說不定。
他回來得有點晚，不過看來裡頭沒有魔物或魔獸。會晚歸是因為剛剛在祈禱嗎？

「總之，按照計畫在創造神像周圍加上裝飾……地上的部分該怎麼辦？」
高等精靈詢問。
地上的部分。

就是指洞穴。
雖然想堵起來，不過要怎麼堵也是個問題。
這洞穴並非自然產生，而是地鼠挖的。
直徑四公尺左右，要說大也算大，不過深度卻深到與直徑完全不相稱的地步。
儘管不知道正確的數字，但是應該深達兩百公尺左右吧。
畢竟地鼠的隧道在迷宮下方，有這種深度也沒什麼好大驚小怪的吧。
或許這樣反而算淺。
洞穴側面有像螺旋紋路的溝槽，可見地鼠不是垂直往上挖，我猜應該是走螺旋路線一邊旋轉一邊向上吧。
倘若筆直朝上挖，一定會摔下來吧。地鼠比我想像中還聰明，是野生的智慧嗎？不不不，是遭到操控了吧。
…………
可是，這個洞穴。
究竟是為何而存在？先假定牠們的目的是那塊黑色大岩石吧。
先橫向挖掘找到黑色大岩石，之後，再往黑色大岩石的正上方挖，通向地面……
「始祖大人，這麼說來，洞穴底下的黑色大岩石，另一個地方也有對吧？」
「嗯。」

「那邊的岩石上方也有洞穴嗎？」

好像有。

那麼洞穴就有其用意嘍？

嗯～

反正想破頭也找不到答案，先決定怎麼處理這個洞穴吧。如果要埋掉，該怎麼埋呢？

這才是重點。

第二顆黑色大岩石要不要雕成創造神像可不是重點喔，始祖大人。

掩埋洞穴與否就先保留吧。

為了防止有人掉進去，我用木頭做了類似蓋子的東西，試著放上去。

…………

有夠簡陋。

感覺反而更危險了。是不是該用石頭在洞穴周圍砌一圈，把蓋子固定住呢？

…………

之後再說。

主要的作業還是在地底下，也就是創造神像的四周。

我本來想用座布團的絲線編成繩索將木材吊到地下……結果繩索太短了。

要相信木材的強度直接扔下去嗎？

嗯～心裡有股抗拒感。

更何況，洞底有創造神像，還是不要好了。

請始祖大人幫忙搬運呢？那樣也很麻煩。

這麼一來……就輪到「萬能農具」出場了。

我在距離洞穴不遠處，挖了一個新的洞穴。

地鼠做得到，我不可能辦不到。

在地鼠豎坑的周圍，我也像畫螺旋一樣往斜下挖。

在挖之前，請始祖大人為我施加防護有毒氣體的魔法，所以不必擔心缺氧。

至於地下那尊創造神像所在之處，他說有風精靈在所以沒問題。

我毫不客氣地挖。挖啊挖啊挖，結果挖出水了。唔喔喔，要溺水了。

…………

也對。我完全沒料到會湧出水來……慢著、慢著。

創造神像在更深的地下。既然那邊沒有淹水，代表有某種防止地下水湧出的手段吧？

…………

想不出來。
我比地鼠還不如嗎？
不，地鼠是遭到操控。操縱那些傢伙的是死靈王。
很行嘛，死靈王。
啊，不是烏爾莎的模樣，怎麼講……是感覺很恐怖的傢伙。沒錯、沒錯，很行嘛，死靈王。
好吧～找大家商量關於淹水的對策。

「可以用魔法應付喔。」
魔法也太萬能……
咦？木材也用魔法丟下去就好？因為可以控制墜落的速度所以沒問題……
原來如此、原來如此。

…………

我繼續挖洞。這是移動所需的，可不是我在鬧彆扭喔。
至於挖出來的泥土，就讓始祖大人製造土人偶往外頭送。
花了幾天，我挖的洞終於抵達創造神像所在的空間。
而且，還看見已經送到地底的大量木材，以及著手進行測量的高等精靈與山精靈們。

…………

我跟土人偶假裝沒看到她們，擊掌慶賀抵達目的地。

創造神像所在的空間，利用魔法光亮提供照明。

因為洞穴又窄又深，所以從豎坑上方採光一點幫助都沒有。也就是說，這洞穴存在的目的並不是為了光線？說是移動用的也很奇怪。

…………

是魔法還是什麼，需要這洞穴存在嗎？

「應該是用來讓風精靈留在下面吧。」

「或者只是單純要了解地面上的情況。」

「地鼠都是被操縱的吧？搞不好只是單純收到『抵達之後就往上挖』的指示？」

結論，搞不懂。

我想也是。還是放著吧，懶得想了。

開始建造神殿了。

照我的想法，是要在這個空間內建造神殿，不過始祖大人跟高等精靈們勸我打消主意。

加工這個空間，讓它搖身一變成為神殿內部，他們認為才是最佳方案。

那麼丟下來的大量木材呢？主要是拿來搭加工牆壁用的鷹架對吧？

先前測量的是？只是在計算放燈的位置罷了。

我懂了。

也就是說……「萬能農具」該出場了。

高等精靈與山精靈們指出我擺放燈光和祭祀器具的位置，我負責切割岩石弄出來。

接下來就是設計上的問題……不過她們說交給我，所以我就弄成西洋風格。

不是對所有岩石加工，而是在各個重要處留下岩石部分製造對比。

其他人會看我的作業進度，將稍後要用的鷹架搭建好，所以我做起來毫無壓力。

而且使用「萬能農具」的時候本來就不會累。

…………

我偶爾會跑到地面上調適心情。

蜥蜴人他們幫我在洞穴周圍建立起類似柵欄的東西。

謝謝了。

我跟小黑的子孫們一起玩。

哈哈哈，等等我嘛……嗯？有隻長得像鹿的魔獸耶。

……那個鹿角……該不會是……驚慌馴鹿？

對美食的記憶復甦了。
「別逃————！」
收拾掉了。
我把牠帶回村子，被大家當作英雄。
然後馬上舉行宴會。
果然很好吃。
第一次品嘗的烏爾莎、獸人族的格魯夫，以及加特一家人，都非常感動。
至於始祖大人與比傑爾應該是以前在別的地方吃過了，所以仍然保持冷靜。
不過，他們也沒有忘了要再添一碗。

神殿的建造工程非常順利。

4 神殿與死靈騎士

以純白創造神像為中心的寬闊空間。
彷彿為了照亮神像般配置在側面的發光石頭。

發光石頭全都加工成火焰造型，看起來就像是熊熊燃燒的白色火舌。
「沒想到居然能加工光石……」
「真了不起。」
山精靈跟始祖大人都大為驚訝。

光石正如其名，是一種會發光的石頭。
由於隨時都在發光，所以有人拿它代替燈具。
雖然有人這麼做，不過光石這種東西，就算只有小石頭尺寸也一樣相當貴重，似乎不是平民能弄到手的東西。
主要用途，還是富貴人家的照明。
始祖大人從某處運來了這種高級貨。約有小孩子身軀那麼大的光石，多達幾十顆。
應該是想裝飾創造神像吧，不過單單小石頭尺寸的就很貴了……還是別問價錢比較好。
於是，我將這些光石擺在山精靈們計算好的位置當成照明裝置……但是有夠簡陋的。
畢竟只是會發光的石頭而已嘛。
我對擺設位置的設計太講究反而帶來負面效果。
所以我將光石加工，雕成火焰形狀。
嗯，這優秀的設計讓我忍不住想自吹自擂一下。

光石就算形狀改變，光暈也不會出現差異，強度更不會浮動。我雕完一顆確定沒問題後，把剩下的全部加工。這下子應該就比較有氣氛了吧。

牆上的花紋也由我設計。

本來想雕出風景，不過這種空間還是花紋類比較好。

不過，我沒有弄得整齊劃一。整齊的花紋雖然美觀，卻會帶來壓迫感。話雖如此，故意刻得歪七扭八被人發現也會帶來不快。

因此我想做成既美麗又能保存手工質感的設計。

…………

我覺得自己幹得很好。

始祖大人也沒有意見，而且他正在熱心祈禱。

「這樣就算完成了嗎？」

高等精靈問道。

「大概吧。」

出入口則把我之前挖的斜向螺旋洞穴周圍修整一下，再裝上門。

空間的牆壁依照我的設計完成了，地板也一樣。
在創造神像的正面，按照始祖大人的指示做了一個類似祭壇的東西。
可以說大致完成了吧。

「地下算是完工了吧。」
沒錯，地下完工了。地上還沒弄好。

問題在於創造神像正上方的洞穴。一旦下雨，創造神像就會被弄髒。
因此大家商量後決定把地上的洞穴蓋住。
至於要怎麼蓋住……最後決定在地上也蓋一座神殿。
幸好只要用木造的就ＯＫ了。
我從村裡叫來更多高等精靈，打算一口氣蓋好它。
要把創造神像正上方的洞穴，以及我為了通往地下所挖的洞穴都遮住。
我按照高等精靈們的指示，努力收集木材並加工。

地上的木造神殿完工了。
看起來就像一棟木造住家。

房子大致可分為前後兩個區域。

前面是生活區。

放著一般的桌椅，感覺就像哪裡的休息場所一樣。

後方區域則有通往我所挖的那個洞的門，以及創造神像正上方的洞。

洞穴周邊都設置了防止摔下去的柵欄。

畢竟有人掉下去就糟了。

屋頂設有機關可自由開閉。為了放這個機關，拿掉了房屋中央的樑，因此必須在幾個關鍵處下工夫以補強結構。這部分是山精靈們的點子。

下雨時關閉，天氣好的時候則打開……不過會有人常駐嗎？在這裡耶？

還有，雖然都已經蓋完了……可是地上的神殿不會被魔物或魔獸破壞嗎？

解決這個問題的人是始祖大人。

他施展驅魔用的魔法。

魔法還真方便啊。

「不能用之前那種石像鬼嗎？」

隧道內都放十隻了，我覺得這裡也可以放一下……

「雖說我敬愛創造神，但神像終究只是神像。隧道那邊可是攸關巨人族的安危啊。」

「原來如此。」

附帶一提，我挖地下洞穴時那些幫忙的泥土士兵們，負責擔任地下創造神像的警衛。

「真的很謝謝你，感激不盡。」

「因為始祖大人對我們照顧有加嘛。」

始祖大人非常開心地對我道謝，光是這樣就夠了。

好啦，回家吧。嗯？什麼，為何要揪住我的肩膀？

「還有一個地方耶？」

……對喔。

總之，所有人先回村子一趟吧。

有沒有東西忘了拿？好～來點個名……沒問題了。

那麼，前往第二顆黑色大岩石所在之處。

那邊的上頭也有開洞，因此可以從地面入侵。

始祖大人知道地點，所以沒問題。

我跟始祖大人決定先去偵查。第二顆黑色岩石的位置也在「死亡森林」當中。

非常靠東邊。

這邊的森林沒被拉絲蒂燒過，所以找起來比較費時。
最後在森林中發現一個大洞。
跟第一個洞穴很像。
也就是說，黑色大岩石就在這個洞穴底下……？
嗯？突然有股不尋常的氣息。
我拿出「萬能農具」。
始祖大人也提高警覺。
…………
我找了找有沒有東西可以扔下去，可惜沒有。
要是有小石頭之類的就好了。
大概是跟我有一樣的想法吧，始祖大人詠唱咒語製造泥土士兵。
接著泥土士兵一靠近洞穴……
就被吃了。
一眨眼的工夫而已。
之前襲擊巨人族迷宮的那種大蜈蚣從洞裡衝出——毒岩黑卡頓。
緊接著又有前所未見的蟲子大批大批爬出來。
「撤、撤退！」

我抱住始祖大人，利用他的傳送魔法逃跑。

「空中？」

結果逃跑的目的地是在半空中。

「暫時先往上空避難而已。」

始祖大人一臉若無其事地飄浮在空中，我則是緊抱住始祖大人的腰不敢鬆手。

蜈蚣見狀努力朝我們伸長腦袋，巨大的利牙一邊發出喀喳喀喳的恫嚇聲，一邊向我們靠近。

「唔……這就沒辦法了。」

始祖大人只好重新使用傳送魔法，回到村裡。

熟悉的景色讓我鬆了口氣。

手掌心滿是汗水。

先前在巨人族迷宮遭遇時還沒有那麼誇張，但剛才的蜈蚣讓我感覺不對勁。

森林中有那種地方令人很困擾。該怎麼辦呢？

我還在思考時，始祖大人已經展開行動。

他找來哈克蓮。

移動到剛才的洞穴上空。

要她對準洞穴噴火。

龍還真是厲害啊。

不知為何也同行的我緊抱著始祖大人，重新認知到這點。

區區蜈蚣，只靠始祖大人似乎也能應付。

然而，剛才還有許多小隻的蟲子，他覺得太麻煩就乾脆先撤退了。

我則負責撲滅哈克蓮噴火所造成的森林火災，並且將焚燒過的痕跡鋤掉。嗯，請被燒死的魔物和魔獸安息吧。

始祖大人已經闖進洞穴裡了。

哈克蓮則留在我身旁擔任護衛。

烏爾莎也在。

哈克蓮移動的時候，烏爾莎也跟來了。兩人變得很親密。

但是，不聽看家組的交代可不行喔。

還有，哈克蓮，不能一直寵她喔。

「村長~那邊好像有東西。」

嗯？

我往烏爾莎說的方向看過去……不過是普通的森林。

呃……只是我看不見而已，哈克蓮好像已經看到了。

「應該沒辦法對話吧？」
哈克蓮站到烏爾莎前面護著她。
稍後，我也看到對方了。
一個持劍、身穿鎧甲的人類。
然而，他身上散發的氣息說明他不是人類。
躲過了哈克蓮的火焰嗎……那傢伙是死靈騎士。
事後始祖大人告訴我的。
「上到地面之後迷路，所以四處徘徊。之前也因為做了同樣的事而捱罵，正當自己覺得要完了的時候，突然感覺到一股熟悉的氣息才前來這裡……」
我解讀死靈騎士的手勢。
哈克蓮跟烏爾莎則是聽膩了跑去玩。
這位死靈騎士沒有半點敵意。好像是和主人之間的契約結束，變回了自由之身。
對方比出「我可不是看到什麼都拿劍亂砍的瘋子喔」的手勢。我說既然這樣就別拿著劍到處亂逛，他表示是因為沒有劍鞘。我用附近的樹木做了個新的劍鞘給他之後，他又說希望能找人聊聊天，所以就一直對話到現在了。

「問我能否當你的主人？啊～這個提議令我很開心，不過……你也想問問那邊那兩位？雖然我覺得應該不會答應……不過烏爾莎的話——」

「現在的她沒辦法使喚死靈騎士喔。雖然村長也一樣啦。」

始祖大人跟我們會合。

他解決掉還活著的魔物，將洞穴裡的敵人全數殲滅。

裡面似乎已經安全了。真是太好了。

「所以呢，他是？」

在我的介紹下，死靈騎士很有禮貌地低下頭。

「從地點看來，他似乎是死靈王的部下。」

「我想也是。」

「那你打算怎麼處理？」

「怎麼辦才好？」

帶回村子……恐怕辦不到吧？

可以嗎？有機會嗎？要不要試試？

……不行。連我自己都騙不過。如果不改造一下他的外表和氣質……

「『在下不奢望以這副身軀回歸人類社會，請別在意。』……就算你這麼說……」

「雖然是死靈，但他好歹也是位騎士，給他個使命不就好了嗎？」

「哦哦！這是個好主意。不過，不是主人可以賦予你使命嗎……你說不必管那種小事？你這傢伙不簡單呢。」

我稍微想了一下。

死靈騎士成了溫泉的守衛。

起初，我想讓他擔任神殿的警衛，但是驅魔魔法的效果令他痛苦不堪，因此只好放棄。

那麼第二選擇就是溫泉。

我們在蓋神殿的途中來了溫泉好幾次，所以設施都平安無事。

至於死靈騎士，似乎充滿幹勁。

「我想拜託你保護這裡……不過一個人沒問題嗎？」

對於我的詢問，他伸出只有骨頭的手回應。

這樣啊？那就有勞嘍。

下回造訪時，就帶一些對死靈騎士有幫助的東西過來吧。

「雖然途中遇到一些插曲，不過是不是該回洞穴那邊了？」

我對還在溫泉裡的始祖大人、哈克蓮和烏爾莎問道。

結果從男湯跟女湯裡分別傳來「再一下下～」的回應。

我明白天氣冷就會想泡溫泉，但是沒作入浴準備就泡進去實在不太好。

咦？從村裡帶來了？早說嘛。

我們稍微晚了點才前往洞穴。

5 第二座洞穴

盡情享受過溫泉後，我們移動到黑色大岩石所在的洞穴那裡。

哈克蓮焚燒森林的痕跡令人觸目驚心，但也讓地點變得很好找。

始祖大人率先踏入洞穴。

原本以為沒問題了……結果始祖大人以全力衝了出來。

他背後跟著黑色的手。這些手的真面目，其實是長度約三十公分的蟲群。

哈克蓮立刻噴火燒掉。為了預防萬一，洞內也再噴一次。

「嚇、嚇我一跳……」

始祖大人正試圖讓自己平靜下來。

即使不怕蟲，突然冒出大量的蟲子似乎還是會被嚇到。

我們再度踏入洞穴。

這回所有人同時進入。為了以防萬一，我和烏爾莎身上姑且施了防範有毒氣體的魔法。

始祖大人抱著我。

哈克蓮則抱著烏爾莎。我們就這樣降落到洞裡。

哈克蓮當時的火焰似乎威力十足。

到現在都還有熱度。

…………

純白灰燼在下方堆成了山，看來原本真的有一大堆呢。

「保險起見，對橫穴也噴個火吧。」

哈克蓮遵照始祖大人的指示，朝旁邊噴火。

東側與西側……嗯？

還有一個洞耶？

「這個洞是通往哪裡啊？」

「那邊好像很快就到盡頭了喔。」
雖說很快，不過好像還是要走上一天左右。
我要哈克蓮也往那邊噴火。

當成目標的黑色大岩石，被埋在灰燼裡面。
始祖大人用魔法操縱這些灰燼，送去東側的洞穴裡填塞。我本來還在想灰燼會變成怎樣的東西，但它們似乎經過一番壓縮，變得相當堅硬。不過碰到水不知會怎麼樣呢？這個等之後再說吧。
重點是黑色大岩石。
嗯，真的很黑，黑漆漆的。
雖然經由始祖大人的魔法照亮四周，可是感覺光好像照不到上頭。
我將「萬能農具」化為鋤頭拿在手上。
於是……
又是那種討厭的氣氛。岩石底下冒出黑色煙霧線，不停蠕動。
…………
因為很噁心，所以我把它鋤掉。
等到黑色煙霧線都消失之後，我就開始雕刻黑色大岩石。
這回雕的不是創造神，而是光神。和始祖大人討論之後，決定這麼做。

其實雕創造神我也沒意見，但是相同的神像不需要擺好幾處。既然如此，用擲骰子決定，換成了別的神。

我個人雖然想雕農業神，卻也擔心農業神能否對抗這些黑色煙霧線。

並不是農業神不好。

只是難以想像農業神對抗黑色煙霧線的樣子。

光神的原型，是科林教的御神體之一。始祖大人拿了資料給我看所以不成問題，但如果完成後印象有所不同，也只能請他多多包涵。

我花了大約半天完成。

一完工，黑色的光神像漸漸變白。

跟創造神那時候一樣。

嗯，這麼一來黑色煙霧線就解決了。

……

仔細一看，發現光神像下方還有好幾條黑色煙霧線往頭頂上的洞穴延伸。

……

我用「萬能農具」全部截斷。

創造神像那邊沒問題吧？

回村子前繞去那邊檢查了一下，看起來沒問題。

這邊我也想蓋神殿，不過……

今年冬天就饒了我吧。

天氣真的已經變得很冷了。

我猜不久之後就會下雪。

地上的洞穴則用附近砍來的圓木並排蓋住。

這樣應該沒問題吧？

…………

我讓始祖大人抱著，浮在半空中。

「一開始雕的創造神像……是在這邊嗎？」

「正確說來要再過去一點……就在那邊。」

抱著我的始祖大人，挪動身體調整我的指尖方向。

「…………………………………………」

「怎麼了？」

「嗯……或許是我的錯覺，不過…………」

「有這種感覺時，通常都是要緊的事喔。」

「是嗎？」

「沒錯。說來聽聽。」

「剛才建造光神像的地點不是有條死路嗎？」

「是啊。」

「那個……該不會是挖到一半的吧？」

「……」

「然後，假使那些黑色大岩石有它的用意在……那麼只要朝隧道死路繼續挖，搞不好還會有另一顆岩石？」

「這種想法不無可能……但就算是我也沒辦法立刻開挖，無從確認。」

我要求始祖大人降落到地面。

接著在地上用「萬能農具」畫起圖來。

以創造神像與光神像之間的距離當成邊長……那條死路的角度……差不多是這樣？

以相同的長度畫邊，以同樣的角度當夾角……這是正七邊形？

「也就是說，還有五個？」

看了我畫的圖後，始祖大人這麼問道，但是我也不清楚。

「呃，只是推測有可能這樣……」

「不過……假使這張圖是對的……唔嗯。」

始祖大人稍微想了想，露出笑容這麼說道：
「我們回村子吧。」
我也有同感。
因為烏爾莎已經膩了，哈克蓮也很為難。

當晚睡得很飽。
雖說心裡多少還有點疙瘩，不過姑且算是舒坦多了。

隔天早晨。
滿臉笑容的始祖大人說道：
「找到第三個嘍。」
「咦？」
「就在那張圖上的位置。真了不起啊。」
一問之下，才知道始祖大人似乎一個人跑去測量了。
他能透過設置石像鬼了解方向與距離，所以利用了這些資訊。
雖然朝目標挖兩百公尺非常辛苦，不過勉強搞定了。
始祖大人身旁，還有疲憊不堪的露、芙蘿拉、蒂雅，以及格蘭瑪莉亞她們……

原來如此。看來勉強搞定了。
啊，怪不得我昨晚那麼好睡。
拉絲蒂不在，哈克蓮則有烏爾莎纏著。
至於安……忙著照顧阿爾弗雷德跟蒂潔爾對吧？謝謝妳。

「然後呢，在發現黑色大岩石的同時，也碰上了魔物集團。」
從那天起，我、始祖大人與哈克蓮，就展開了黑色大岩石的加工作業。
烏爾莎留下來看家。
哈克蓮對此雖然有怨言，不過畢竟還是太危險了。
烏爾莎就交給安照顧吧。
雖然很忙，但至少短期內晚上能睡個好覺了。

墮神。

我曾為神。

然而，敗給可恨的諸神後，被褫奪了地位與名譽。

身軀也遭人封印在大地深處，只能就此腐朽。

不可原諒。這種事絕對不能容許。

即使要花上千萬年，我也要討伐諸神、消滅祂們！此仇如何能忘！

在可恨的諸神全數毀滅之前，我都會持續詛咒世界！別以為把我封印起來就能安心。

我也不是蠢蛋。

早已安排了幾個將來復活的機關。當我復活之時，就是你們的末日！

然後，雖然我原本是這麼想的……

先說清楚，我是神。

而且，神也是會痛的。

請想像一下。

有人將一根巨大木樁打進你的小腿。

很痛吧？超痛的吧？要不是被封印住，我早就抱著腿在地上打滾了。

而且，為了將來復活作準備，我當時正在睡覺。
驚慌。超驚慌。會「怎麼了、怎麼了？咦？發生什麼事？」地驚慌失措吧。
弄清楚狀況後，我不禁愕然。
封印我的大岩石，成了可恨的創造神模樣，變得更為穩固。
這種感覺，就像被關進牢裡後拚命將鐵柵磨掉一半，卻被換進另一間新牢房。
而且，鐵柵比之前更硬了。
會認為是諸神幹的好事而咬牙切齒對吧？
可是，我被封印住了，一點辦法都沒有。身體無法動彈，只感覺到疼痛。
我久違地下了詛咒。嗯，召集到的都是蟲子。我的力量也衰退了……
不過，現在只有一處變穩固而已。
這種程度的痛也還能忍耐。
正當我樂觀地這麼想時，第二處也被搞了。
不該外露嗎？
而且居然派龍過來，太奸詐了吧？
那些傢伙，可是凶暴到敢找神吵架耶。
能容忍龍卻不能容忍我，混帳諸神。
好、好吧，算了。

封印遭到強化的部分，只有外露的那兩處而已。

應該是我為了復活所安排的機關順利發揮效果，因此諸神才會察覺吧？

儘管很遺憾……但我還有其他伎倆可用。只是復活延後個一百年左右罷了。

才剛這麼想，第三處也中獎了。

下手的傢伙……並不是可恨的諸神，而是人類。

嗯。

那些傢伙，是算準了石頭掩埋的地點才動手的。

疼痛已經到達極限，所以我拋棄了一部分身體。

雖然力量流失了不少，不過神性還在。

此外，我很有智慧，所以能夠預測未來。

看吧，他們果然如我所料找到第四處了。

…………

「救命啊，神！我願意為之前所做的那些事道歉！」

我名叫……什麼呢？忘了。腦袋迷迷糊糊的，真糟糕啊。

當遇到困擾時，就做空揮訓練。沒錯，有煩惱就空揮是我的習慣。

嗯？我的愛劍劍柄怎麼變得如此破爛不堪……是疏於保養的緣故嗎？因為是魔法劍就輕忽，真是不應該。

……怪了？我拿劍的手……是不是變成骨頭了？嗯，是骨頭沒錯。

…………

唔哇哇哇哇！咦？什麼？到底怎麼了？難不成，我是骷髏？咦？咦咦咦咦咦咦咦咦！

空揮讓自己冷靜一下。

好，雖然不知道理由，但只能接受事實。現在的我是一具骷髏。

不只是手，胸膛和腳也一樣。雖然看不到，但是從觸感可知腦袋也是。都是骨頭比較協調，希望真是這樣。如果腦袋沒事，但只有身體是骷髏，那就太恐怖了。

身上的鎧甲也破爛不堪。似乎不止幾年，可能已經放了幾百年。

從這點看來，我已經死過一次了吧。然後又甦醒？變成不死生物了嗎？假使真是那樣，自我意識也太明確了點。

因為是骷髏所以無法說話，不過比手勢還是可以的，也能敲打木頭發送信號。不死生物做不到這種事。換言之，我不是不死生物。就是這麼回事。

然而，這麼一來我到底是什麼？有自我意識的骷髏？嗯～

我思考了三天左右，但是得不到結論，所以放棄了。

此外，在這三天之間，我既不想睡覺也不會肚子餓。

這讓我真的有了成為怪物的自覺。

儘管記憶模糊，但以前的我的確是人類，而且是一名騎士。那種會讓周遭的人興奮尖叫的存在。

要是以現在的模樣上街，大概會引來另外一種意義的尖叫聲就是了。

…………

大家能接受我嗎？要不要賭賭看？

不不不，那是不可能的吧。如果我是街上的人類，鐵定會討伐這種怪物。

唉……怎麼辦？

若是這樣，變成沒有自我意識的不死生物反倒還比較好？

不行，不能放棄。

就算變成骷髏，我還是能像這樣拿劍活動。擁有自我一定有它的意義在。

…………意義？

這麼說來，我原本好像有個主子……雖然身為騎士，這也是理所當然的……

以前我好像侍奉過某位君王。

不，應該是女王吧？記憶很模糊。竟然會忘掉自己的主子……還是想不起來。好，來空揮吧。煩悶的時候也靠空揮發洩，這就是我的作風。

儘管空揮能讓心情暢快……不過畢竟是骷髏嘛，練不出肌肉。嗯……再揮一百下。

好，舒服多了。那些小事就別去想它。

過去的事只要慢慢回憶起來就行了。

首先，我該做的……是什麼呢？

打造一個據點？我又不用睡覺耶？肚子也不會餓，沒那個必要吧？

所以不需要開墾田地，也不需要設置陷阱。

……

構築防禦陣地？

哦哦！就是這個！既然是骷髏，防禦力應該很差。為了彌補這項缺點，陣地很重要。

呵呵呵，要開工嘍！

先從挖掘地面開始，這是基本。至於工具……用劍挖總覺得不太對勁。

徒手？用只剩骨頭的手挖？不太行啊。卸掉一部分鎧甲當工具好了。雖然破爛不堪，但它畢竟是鐵製的。

我的鎧甲碎了。看來它已經破爛過頭，真遺憾。

那麼就拿掉在地上的石頭！用力地挖！

……我看起來或許很像在玩，但並非如此。

還有這地面，硬得亂七八糟。我雖然沒骨折，內心卻深感挫折。

這是什麼鬼地方？不是普通的森林嗎？

仔細一找會發現有比較柔軟的部分，但也只是比堅硬的地方稍微柔軟而已，硬度和我認知中的地面完全不同。

可惡，既然這樣，就用木頭。

用木材建立防禦陣地。

砍木頭用劍總沒有問題吧？劍應該也會允許我這麼做。

我看起來或許很像在玩，但並非如此。

這木頭，硬得亂七八糟。不是堅固，而是硬。感覺不像在砍木頭，而是在敲打鐵塊。

這是植物吧？沒這麼硬就無法在這種土地上生長嗎？

而且最教人恐懼的是，這種堅硬的樹幹上留著巨大的爪痕。

……

想要防禦陣地，卻弄不到材料。

嗯，還是來空揮吧。

問題解決了。

疑似在樹幹上留下巨大爪痕的魔獸來襲，被我打退了。

看來我滿強的，呵呵呵。

不需要防禦陣地了。

這麼一來就有點麻煩。

沒事可做。

我想找點事情做。好不容易能活動，一定要找個目標才行。

總之，先堆個石頭看看吧。

好空虛。

我自己訂下一個要保護石堆的規則。

雖然還不賴，但是三天就厭倦了。

因為根本沒有人來犯啊。

我要求不多，但我需要使命感。

以前有主子的時候，我從來不會這麼飢渴。

真懷念啊。

…………

對呀，我需要的是主子。要找個讓我侍奉的君王。

沒錯！

我大笑，但因為是骷髏，所以只有喀答喀答的聲響。

有了「尋找主君」這個目的後，我開始行動。

呵呵呵，出發！如今的我非常充實！

當我踏出第一步的瞬間，對面出現了穿鎧甲的骷髏。

…………

我猜，自己的模樣倒映在水面就是這種感覺吧。

同樣的裝扮，同樣的武器，同樣的行動。

我懂了。雖然懂了，但我依舊否定這種想法，抱持最後一絲希望確認。

「你是我的主子嗎？」

我以手勢如此表達。

「不是。我倒想問，閣下是我侍奉的君王嗎？」

對方以手勢反問。

…………

「你搞錯了。不過，我們是同伴。」

「同伴……真是美妙的詞彙。」

「呵呵呵，要不要一起去找個了不起的主子啊？」

「好的，那就請你多指教了。」

我有了同伴。真是個好兆頭啊。

這個徵兆該不會是我想要的主子也會馬上出現？

稍微期待一下應該無妨吧？

我的旅程才剛開始而已。

閒話 巨人族

我們是巨人族，擁有跟巨人之名相符的巨大身軀，特徵是覆蓋全身的長體毛。

然而，我們沒遇過除了我們以外的巨人族，所以不清楚毛算不算長。只是據說自古以來，長毛就是我們的特徵。

我們定居在巨大到足以讓我們活動的地底洞穴，很少走到洞外。畢竟外面有許多魔物與魔獸。

不過嘛，我們會派幾名戰士出去狩獵就是了。

地底洞穴裡雖然也有魔物和魔獸出沒，但因為數量少，我們也知道對策，所以並沒有那麼恐怖。頂多就是狩獵牠們當食物罷了。

當然，一旦疏忽就輪到我們變成食物，因此不能大意。

我們每天都過著一成不變的生活。

在洞外變暖和的時節，生活有了變化。

首先，龍來了。而且有兩頭。

在此之前我們雖然看過龍在天上飛行的模樣，但是降落在眼前還是頭一遭。而且，她們還要我們走出洞穴。

我們做了什麼惹龍生氣的事嗎？要是交出某人當活祭品，她們會原諒我們嗎？儘管知道這樣非常丟臉，我依舊思考起這種事。

不過，龍族並不是來危害我們的。

「這裡好像有血腥蝮蛇對吧？」

其中一頭龍化為人形，對膽怯的我們搭話。

雖然看起來是名年輕的少女，但這條龍可是活了很久的強者啊。從她的一舉一動便能理解這點。

「我在問你們話耶？」

我怕她生氣，只好慌忙道歉。

「所以說，血腥蝮蛇呢？」

「是、是的，我們生活的洞穴裡有血腥蝮蛇在。」

聽起來，龍的目標是血腥蝮蛇而非我們。

我原本還懷疑她們為何會知道我們住的洞穴裡有血腥蝮蛇，但看見她身後的地獄狼、同行的高等精靈與蜥蜴人之後，我就懂了。

他們以前來過這裡。龍大概是從那團人口中問出情報，才會跑來吧。

「我要狩獵牠們沒問題吧？」

對於龍的問題，我全力點頭，其他同族也一起點頭。沒有人笨到敢違逆龍的意志。

況且，龍背後還有很多地獄狼待命，我們根本毫無勝算。

「全都獵光也沒關係嗎？」

另一頭龍也化為人形問道。這一隻沒有隱藏自己的角和尾巴，大概是年紀輕吧。不過龍畢竟是龍，不容冒犯。

「呃，那個……」

血腥蝮蛇是足以一口吞下我們的巨大蛇類。幼蛇雖是我們的糧食，然而長到一定程度的個體，就會變成我們無法打倒的強敵。

多虧了我們的特徵——體毛長，血腥蝮蛇不太會盯上我們，所以我們一直沒理會牠們，但如果龍族願意幫忙收拾掉那些巨蛇，我們當然很感謝……

不過全都獵掉的話，大家吃飯就有問題了。

對龍說謊會更糟。我們老實地回答。

「我知道了。那麼，放過一些比較小的個體就行了吧？」

哦哦！真不愧是龍，聽了我們拙劣的說明也能理解。

「不需要帶路。你們暫時離開洞穴一陣子。」

她們這麼要求，因此巨人族全都走出了洞穴。

在洞穴裡要全員集合很難，所以這好像還是我第一次同時看到全族的臉。

「半天左右就好。你們就邊吃這個邊等吧。」

其中一頭龍，才剛鑽進我們的洞穴就解決了一條巨大的血腥蝮蛇，並且把屍體帶回來。真不愧是龍。不過，她是用人形摺倒對方的嗎？

「拉絲蒂，我們來比賽吧。看誰獵得比較多。」

「知道了，姊姊大人。我不會輸的。」

說完之後，兩龍頭就鑽進洞穴。

我們則按照她們的吩咐，將巨大血腥蝮蛇肢解，一邊享用一邊等待。

平常我們都是吃幼蛇，吃大隻的還是第一次。

味道是長大的比較好，而且分量十足。剛才答應全部讓她們獵走，會不會太輕率了？不，反正我們也沒辦法打倒成蛇，別去想那種蠢事。

砰咚、啪嚓——洞內傳來不該出現的聲響，但我一點也不慌張。畢竟裡面有兩頭龍嘛。

血腥蝮蛇的屍體，轉眼之間已經在洞穴的入口附近堆成山。

同時，沒進入洞穴裡的地獄狼、高等精靈和蜥蜴人等，也跑去處理洞穴周邊的魔物和魔獸，獵物堆積如山。

…………

嗯，果然不能反抗他們。我再度下定決心。好～各位，練習歡迎客人的動作吧。你問要歡迎誰？當然是龍族嘍。得讓她們心情好一點才行。
雖然她們好像半天之後才會回來，但是不能鬆懈。這是理所當然的吧？
那邊那個人，注意你的用詞啊。知道啦，我自己也會當心的。

「只用半天，好像湊不齊數量耶。」
「也對，再努力一下吧。」
兩頭龍的對話。
……………沒問題吧？我是不是在笑？臉被毛遮住了，所以不必擔心？太好了。
結果，龍族待了五天左右。
儘管一開始說不需要帶路，但最後還是幫上忙了。龍迷路之後便開始大鬧，我只好懇求她們讓我們幫忙。

洞穴的形狀大幅改變。下層甚至還有些地方嚴重崩塌。
啊，不，請不要介意。只要想到大隻的血腥蝮蛇已經被殲滅，這種程度的損害根本就……失禮了，應該說這種程度的影響，其實比預期來得小。是的，這是真心話。
地獄狼牠們打到的獵物也一併送給我們，看來大家可以輕鬆一陣子了。
是的，我們絕不敢反抗龍族，只要她們明白這點……

咦？

龍住在森林中央…………有個人類娶了那兩頭龍？而且他才是那群地獄狼真正的主人？

…………

這個世界上，怪物真的很多。

是，菈臨時請讓我們盛大歡迎。

還有那個……要怎麼做才能讓他接受我們的效忠呢？

Farming life
in another world.
Presented by Kinosuke Naito
Illustration by Yasumo

03

登場人物辭典

Characters
Isekai Nonbiri Nouka

◉人類

【街尾火樂】
穿越者暨「大樹村」村長，在異世界努力從事過去夢想的農業。

◉地獄狼族

【小黑】
村內地獄狼的代表，也是狼群的首領。喜歡番茄。

【小雪】
首領的伴侶。喜歡番茄、草莓與甘蔗。

【小黑一／小黑二／小黑三／小黑四　其他】
小黑和小雪的孩子們，排行一直到小黑八。

【愛莉絲】
小黑一的伴侶。優雅恬靜。

【伊莉絲】
小黑二的伴侶。個性活潑。

【烏諾】
小黑三的伴侶。應該很強。

【耶莉絲】
小黑四的伴侶。喜歡洋蔥。性情凶暴？

【吹雪】
小黑四與耶莉絲的孩子。是變異種的冥界狼。

【正行】
小黑二與伊莉絲的孩子。有多位伴侶，是隻後宮狼。

◉惡魔蜘蛛族

【座布團】
村內惡魔蜘蛛的代表，負責製作衣物。喜歡馬鈴薯。

【座布團的孩子】
座布團所生的後代。一部分會於春天離家旅行，剩下的留在座布團身邊。

【枕頭】
座布團的孩子。第一屆「大樹村」武鬥會的優勝者。

◉諾斯底蜂種

【蜂】
村裡飼養的蜜蜂。與座布團的孩子維持共生（？）關係，為村子提供蜂蜜。

◉吸血鬼

【露露西·露】

村內吸血鬼的代表，別名「吸血公主」。擅長魔法，喜歡番茄。

【芙蘿拉·薩克多】

露的表妹。精通藥學，正在努力研究味噌與醬油。

【始祖大人】

露和芙蘿拉的祖父。科林教的首領，被信徒稱為「宗主」。

◉鬼人族

【安】

村內鬼人族的代表兼女僕長。負責管理村裡的家務。

【拉姆莉亞斯】

鬼人族女僕之一。主要負責照顧獸人族。

◉天使族

【蒂雅】

村內天使族的代表，別名「殲滅天使」。擅長魔法，喜歡黃瓜。

【格蘭瑪莉亞／庫德兒／可羅涅】

蒂雅的部下，以「撲殺天使」的稱號聞名。不時要負責抱著村長移動。

NEW **【琪亞比特】**

天使族族長的女兒。

◉蜥蜴人

【達尬】

村內蜥蜴人的代表。右臂纏有布巾，力氣很大。

【娜芙】

蜥蜴人之一。主要負責照顧半人牛族。

◉高等精靈

【莉亞】

村內高等精靈的代表。以旅行兩百年所培養出的知識，擔任村子的建築工作（？）。

【莉絲／莉莉／莉芙／莉柯特／莉婕／莉塔】

與莉亞有血緣關係的族人。

【菈法／菈莎／菈露／菈米】

跟莉亞她們會合的高等精靈。

【菈菈薩】

跟菈法她們有血緣關係的族人。擅長製作木桶。

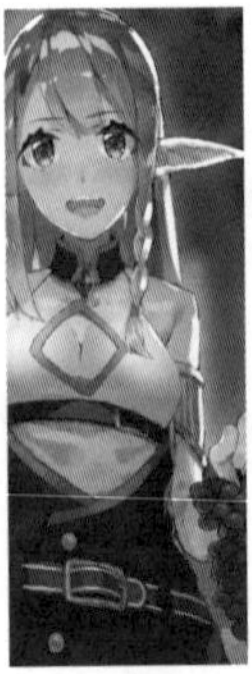

◉加爾加魯德魔王國

【魔王加爾加魯德】
魔王。照理說應該很強才對。

【比傑爾・克萊姆・克洛姆】
魔王國的四天王之一，負責外交工作，封伯爵。勞碌命。

【葛拉茲・布里多爾】
魔王國的四天王之一，負責軍事工作，封侯爵。雖是戰略天才卻喜歡上前線。

【芙勞蕾姆・克洛姆】
村內魔族暨文官少女組的代表。暱稱「芙勞」，是比傑爾的女兒。

【優莉】
魔王之女。擁有未經世事的一面。曾在村子住過幾個月。

【文官少女組】
優莉與芙勞的同學兼朋友。在村裡擔任芙勞的部下非常活躍。

【菈夏希・德洛瓦】
文官少女其中之一，是魔王國德洛瓦伯爵家的次女。主要負責照顧半人馬族。

◉龍

【德萊姆】
在南方山脈築巢的龍，別名為「守門龍」。喜歡蘋果。

【葛菈法倫】
德萊姆的夫人，別名「白龍公主」。

【拉絲蒂絲姆】
村內龍族的代表，別名「狂龍」。是德萊姆和葛菈法倫的女兒。喜歡柿餅。

【德斯】
德萊姆等人的父親，別名「龍王」。

【萊美蓮】
德萊姆等人的母親，別名「颱風龍」。

【哈克蓮】
德萊姆姊姊（長女），別名「真龍」。

【絲依蓮】
德萊姆姊姊（次女），別名「魔龍」。

【馬克斯貝爾加克】
絲依蓮的丈夫，別名「惡龍」。

【海賽兒娜可】
絲依蓮和馬克斯貝爾加克的女兒，別名「暴龍」。

【賽琪蓮】
德萊姆的妹妹（三女），別名「火焰龍」。

【德麥姆】
德萊姆的弟弟。

NEW **【廓恩】**
德麥姆的未婚妻。父親是萊美蓮的弟弟。

NEW **【廓倫】**
賽琪蓮的未婚夫。廓恩的弟弟。

惡魔族

【古吉】
擔任德萊姆的隨從，也是相當於智囊的存在。

【布兒佳／史蒂芬諾】
擔任拉絲蒂絲姆的傭人。

獸人族

【格魯夫】
從東側山脈（好林村）來的使者。應該是一名很強的戰士。

【賽娜】
村內獸人族的代表。從東側山脈（好林村）移居至此。

【瑪姆】
獸人族移民之一。主要照顧樹精靈族。

長老矮人

【多諾邦】
村內矮人的代表。最早來到村裡的矮人，也是釀酒專家。

【威爾科克斯／庫洛斯】
繼多諾邦之後來到村子的矮人，也是釀酒專家。

夏沙多市鎮

【麥可・戈隆】
人類。夏沙多市鎮的商人，戈隆商會的會長。極其正常的普通人。

？？？

【阿爾弗雷德】
火樂與吸血鬼露所生的兒子。

【蒂潔爾】
火樂與天使族蒂雅所生的女兒。

山精靈

【芽】
村內山精靈的代表，是高等精靈的亞種（？）。擅長建築土木工程。

半人蛇

【裘妮雅】
南方迷宮統治者。下半身為蛇的種族。

【絲涅雅】
南方迷宮的戰士長。

半人牛

【哥頓】
村內半人牛族的代表。是身軀龐大而且頭上長牛角的種族。

【蘿娜娜】 NEW
派駐員。魔王國四天王之一的葛拉茲為她著迷。

半人馬

【古露瓦爾德·拉比·柯爾】

村內半人馬族的代表。是一種下半身為馬的種族，腳程飛快。

樹精靈

【依葛】

村內樹精靈族的代表。是一種能變成樹椿和人類模樣的種族。

其他

【史萊姆】

在村子裡的數量與種類日益增加。

【牛】

分泌牛奶，不過牛奶產量不像原世界的牛那麼多。

【雞】

提供雞蛋，不過雞蛋產量不像原世界的雞那麼多。

【山羊】

分泌山羊奶。一開始性格狂野，但後來變乖了。

【馬】

為了讓村長移動用而購買的。對古露瓦爾德抱持競爭意識。

NEW

【酒史萊姆】

村內的療癒負責人。

NEW

【死靈騎士】

身穿鎧甲的骷髏，帶著一把好劍。劍術高手。

NEW

大英雄

【烏爾布拉莎】

目前是五歲的美少女，不過本來是死靈王。

NEW

巨人族

【烏歐】

渾身長滿毛的巨人。性情溫厚。

Farming life in another world.
Presented by Kinosuke Naito
Illustrated by Yasumo

後記

大家好，我是內藤騎之介。

這是第三集。一、二、三的第三集。

登場人物持續增加。還跟得上嗎？我自己偶爾也會弄錯人名。

雖然寫作時檢查人物名字是理所當然的，每次有新角色登場也還是會檢查他們的名字，確認有沒有跟已登場的角色重複。只不過，因為參考了地名或者沿用古代偉人名，所以會跑出許多很相似的名字……為什麼我要設定成這樣啊？

再加上，雖然大綱階段沒什麼問題，但是常常會有原先沒規劃的角色冒出來搶戲。反過來說，也有在大綱階段很有存在感，之後卻變得不起眼的角色。我沒有說是誰，不過加油吧。讓自己更顯眼一點才好啊！咦？設定太多，沒辦法自由行動？

希望負擔少一點？少天真了！我的作品才沒有那麼沉重的設定！

……我到底在說些什麼啊？

那麼，言歸正傳。這部作品的角色數量已超過我的預期，因此會出現「高等精靈少女」或「鬼人族女僕之一」這種描述，常常沒有寫出確切的姓名。

要集結成書之前，我本來想針對這部分改寫一下，不過最後判斷寫出個別的名字反而會造成讀者混亂，因此維持原樣。

基本上，每個人物我都準備了名字，所以總有一天會成為聚光燈的焦點才對。不，應該說我必須將作品繼續寫下去，讓他們能夠成為聚光燈焦點才行。也對，我會加油的。

要維持目前的步調繼續出到第四集、第五集……目標？沒有訂立。只是一本一本接著出而已。不想聽這種準備好的宣傳台詞？想聽真心話？這個嘛，我希望多多益善……我知道了，就十本吧。

到達第十集之後，我想我就會思考新的目標了。

能思考新目標的那天，真的會到來嗎？

最後，這一集也照顧我的編輯大人、校正與校閱的負責人，能成書都是託了各位的福，實在是感激不盡。

負責插畫的やすも老師，以及繪製漫畫版的劍老師，感謝兩位提供充滿魅力的角色。我寫了太多人物，真是對不起。

另外，就是手上正拿著本書的你或妳，非常感謝你們。

那麼，祈禱下一集還能再跟各位見面，恕我先告退了。

內藤騎之介

作者 內藤騎之介

Kinosuke Naito

大家好，我是內藤騎之介。
一顆在情色遊戲農田裡收成的圓滾滾鄉下土包子。
過著有大量錯字與漏字的人生。
還請多多指教。

插畫 やすも

Yasumo

有時玩遊戲，有時畫圖。
是一位插畫家。
希望自己能創作出更多元的題材。

異世界悠閒農家

03

芙蘿拉與拉絲蒂的下集預告閒～聊

大家好，我是芙蘿拉。突然有人說希望我和拉絲蒂小姐一起負責下集預告。

真是找麻煩啊。

就是說呀，我們兩個在書中明明沒什麼交集，不知為何連封面攝影都安排在一起了。

沒交集是因為妳一直在研究發酵食品吧？

那可是村長賦予我的使命。有意見的話，麻煩別用味噌和醬油。

這是兩回事。這個下集預告也是村長賦予我們的使命，好好加油吧。

我明白了。那麼，說到下一集，會有人類移居到一號村。

那些脆弱的傢伙對吧？

別說人家脆弱，要說他們努力。

也有村長期待許久的男性成員呢。

即將發售！

Next Farming life in another world.

可是所有人都帶了妻子過來，感覺充滿惡意。

想成比只有女性的情況要來得好吧？

的確。

然而，他們的登場卻造成了麻煩。

出了什麼問題嗎？

倒也沒有。是我們的登場機會減少了。

這、這可嚴重了。可是拉絲蒂妳在這一集不是相當活躍嗎？

說是活躍，但是還有比我更活躍的哈克蓮姊姊這堵高牆……

哈哈哈。總而言之，下一集繼續努力吧！

也對。因此，《異世界悠閒農家》第四集也請大家多多指教了。

請多多指教。

與佐伯同學同住一個屋簷下 I'll have Sherbet 1~4 待續

Kadokawa Fantastic Novels

作者：九曜　插畫：フライ

為了補償錯身的那段日子，
兩人甜蜜的戀愛喜劇第四幕即將開演！

歷經了種種誤會之後，我——弓月恭嗣和佐伯同學再次確認了彼此的心意，回到一如往常的生活，水之森高中也進入了籌辦文化祭的季節。某天午休，桑島學長到班上來找我，建議我和佐伯同學兩人一起去參加附近大學舉辦的校慶——

各 **NT$220~270/HK$67~80**

打倒女神勇者的下流手段 1~3 待續

Kadokawa Fantastic Novels

作者：笹木さくま　插畫：遠坂あさぎ

「對女神教大神殿發動攻擊！」
下流參謀VS女神教，最終決戰即將展開!?

不僅連最強魔法師「聖女」都成了魔王城居民，還得到人類方的理解者。趁此攻擊良機，真一和瑟雷絲混入聖都，盯上四大樞機卿之一的聖母卿展開攻勢。離魔王們能夠和平生活的世界只差一步時，得到女神祝福的那個男人率領一萬勇者大軍捲土重來——

各 NT$200~220/HK$67~75

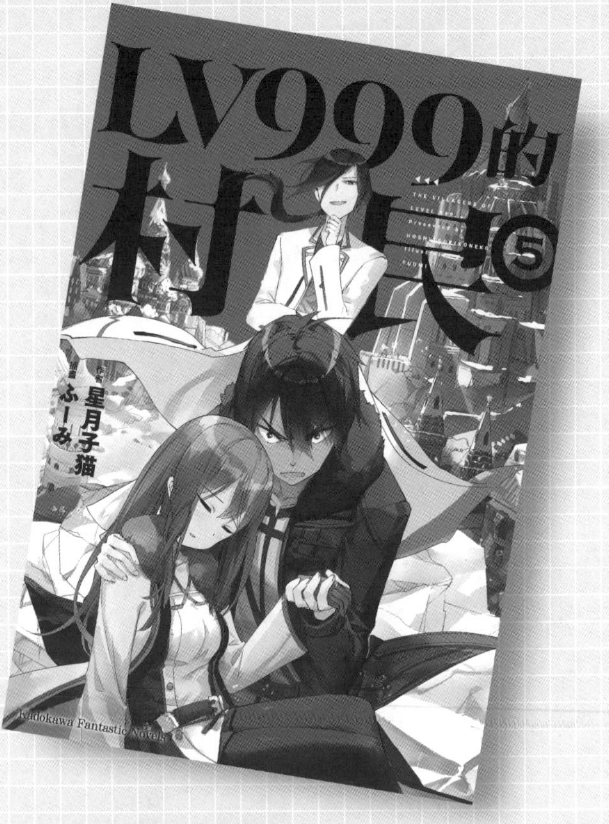

LV999的村民 1~5 待續

Kadokawa Fantastic Novels

作者：星月子猫　插畫：ふーみ

職業對強度的限制和勢單力薄的現實……
無論何種劣勢，都無法阻止鏡實現理想的決心！

村民鏡為了湧現復仇之心和兼顧理想而天人交戰。失去伙伴，卻一無所得。然而他只能繼續前進。為了追上逃走的來栖，為了守護艾莉絲，為了拯救阿斯克利亞世界，他決定前往由佛羅堤尼亞王國所統治的北方大地——俄羅斯。

各 **NT$250~280/HK$78~85**

廢柴以魔王之姿闖蕩異世界 1~6 待續

Kadokawa Fantastic Novels

作者：藍敦　插畫：桂井よしあき

以魔王之姿在世界橫行無阻！
這次要擺攤參加美食大賽！

凱馮一行人與伊克絲等人道別後，便朝向薩迪斯大陸移動。半路上從歐因克口中得知首都賽耶斯正舉辦豐收節，於是前去一探究竟。當他們在城裡悠閒散步時，蕾斯表示想參加攤販美食大賽，因此決定要親自擺攤參賽──

各 **NT$220/HK$68~75**

幼女戰記 1~10 待續

Kadokawa Fantastic Novels

作者：カルロ・ゼン　插畫：篠月しのぶ

即使是命運，又豈有順從地毀滅的道理？
——他們掙扎著尋求活路。

帝國這個國家的沙漏遲早有流完的一天，時間所剩無幾。在沙漏的沙流盡之前，人們將各自面臨抉擇。有的人對命運視若無睹；有的人則選擇了拒絕悲慘結局的道路。而擺出「愛國者」之姿的譚雅也發誓自己絕對要逃離這艘沉沒的船隻……

各 **NT$260~360/HK$78~110**

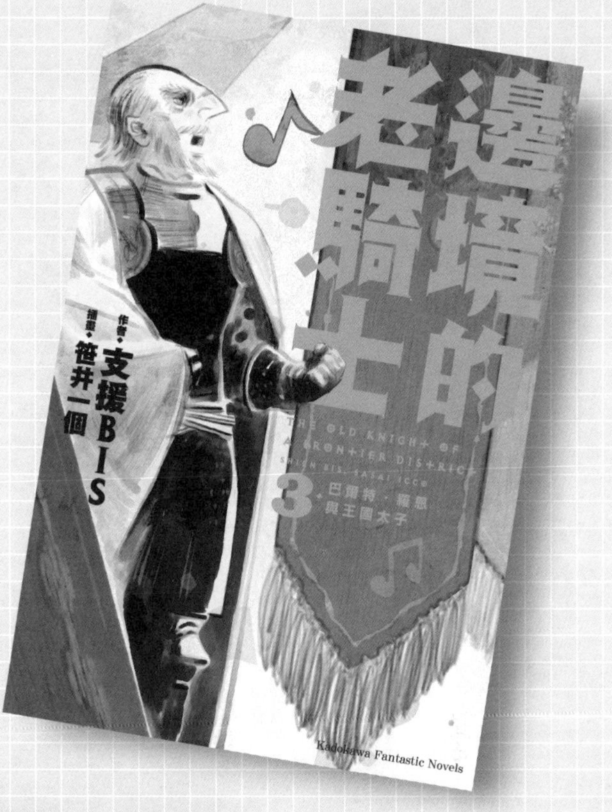

邊境的老騎士 1~3 待續

Kadokawa Fantastic Novels

作者：支援BIS　插畫：笹井一個

美食史詩的奇幻冒險譚第三幕！
老騎士巴爾特將與英雄豪傑展開熾熱之戰!!

老騎士巴爾特與哥頓・察爾克斯道別，再次度過奧巴河前往西岸。在洛特班城觀賞邊境武術競技會，並為多里亞德莎的戰鬥做見證。原本身為旁觀者的老騎士卻因為事態轉變而被捲入其中。巴爾特更前往帕魯薩姆王都，而這也將成為捲入中原全體的動亂序章。

各 NT$240~280/HK$75~93

倖存鍊金術師的城市慢活記 1~2 待續

Kadokawa Fantastic Novels

作者：のの原兎太　插畫：ox

隱藏於兩百年歲月之中的鍊金術師祕密究竟是？
慢活型奇幻故事邁入新篇章！

兩百年後的世界，鍊金術師少女瑪莉艾拉與奴隸青年吉克蒙德共同生活，透過與「迷宮都市」的人們邂逅，過著悠閒且平靜的日子——卻無從得知城市背後正在一點點地產生某種變化……「迷宮討伐軍」遭遇悲劇、「黑鐵運輸隊」成員察覺鍊金術的存在……

各 **NT$280~300/HK$93~98**

賢者大叔的異世界生活日記 1~5 待續

Kadokawa Fantastic Novels

作者：寿 安清　插畫：ジョンディー

大叔在異世界遇上的女殺手竟是宿敵！
「既然是敵人，殺了也無所謂吧？」

伊斯特魯魔法學院主辦的實戰訓練到了第三天，茨維特竟被殺手襲擊！此時大叔卻在另一邊挖礦，完全忘了護衛的事。幸好守護符發揮了效用，於是傑羅斯急忙騎著機車趕往現場。當傑羅斯和女殺手正面對峙時，發現對方卻是他意想不到的人……？

各 **NT$240/HK$75~80**

因為不是真正的夥伴而被逐出勇者隊伍，流落到邊境展開慢活人生 1 待續

Kadokawa Fantastic Novels

作者：ざっぽん　插畫：やすも

「快樂愜意的藥店經營」、「與公主的甜蜜生活」，沒有得到回報的英雄將展開美好的第二人生！

英雄雷德跟不上最前線的戰鬥，遭到隊友賢者屏除在戰力外，被踢出了勇者隊伍。他搬到邊境地區居住，還準備開一間藥草店，就這樣抱著興奮期待的心情過日子……然而此時，身為昔日夥伴的公主忽然找上門來!?

NT$220/HK$73

賭博師從不祈禱 1~3 待續

Kadokawa Fantastic Novels

作者：周藤蓮　插畫：ニリッ

第二十三屆電擊小說大賞「金賞」得獎作品第三局！
以「愛」為名的種種紛爭，將拉撒祿等人捲入——

拉撒祿等人終於抵達了觀光勝地巴斯——這座以溫泉和賭博聞名的鎮上，正暗中進行著儀典長和副典儀長的激烈權力鬥爭。拉撒祿泡完溫泉回到旅館後，只見房裡躺了一個渾身是血的少女。他收留了這名少女，這也為巴斯充滿詭計的漫長鬥爭拉開了序幕……

各 **NT$250~260/HK$75~82**

國家圖書館出版品預行編目資料

異世界悠閒農家 / 內藤騎之介作 ; 許昆暉譯. -- 初版. -- 臺北市 : 臺灣角川, 2020.01-
冊 ; 公分
譯自 : 異世界のんびり農家
ISBN 978-957-743-504-0(第3冊 : 平裝)

861.57 108019514

Kadokawa
Fantastic
Novels

異世界悠閒農家 3

（原著名：異世界のんびり農家 3）

2020年1月31日 初版第1刷發行
2024年3月22日 初版第3刷發行

作者：內藤騎之介
插畫：やすも
譯者：許昆暉

發行人：台灣角川股份有限公司
總監：呂慧君
總編輯：蔡佩芬
主編：林秀儒
編輯：彭曉凡
設計指導：陳晞叡
美術設計：莊捷寧
印務：李明修（主任）、張加恩（主任）、張凱棋
發行所：台灣角川股份有限公司
地址：104台北市中山區松江路223號3樓
電話：(02) 2515-3000
傳真：(02) 2515-0033
網址：www.kadokawa.com.tw
劃撥帳戶：台灣角川股份有限公司
劃撥帳號：19487412
法律顧問：有澤法律事務所
製版：巨茂科技印刷有限公司
ISBN：978-957-743-504-0